신발장 안의 사과

임은주 산문집

신발장 안의 사과

초판 인쇄 2025년 2월 1일
초판 발행 2025년 2월 5일

지은이 임은주
펴낸이 홍철부
펴낸곳 문지사
등록번호 제2510-000038호
주소 서울시 은평구 갈현로 312
전화 02)386-8451/2 팩스 02)386-8453

ISBN 978-89-8308-608-2 (03810)

값 17,000원

ⓒ2025 moonjisa Inc
Printed in Seoul Korea

신발장 안의 사과

임은주 지음

문지사

길 끝에서

길 끝에서 내가 걸어온 길을 되돌아본다.

어디서 출발하였는지 그 시작점은 보이지 않지만 나는 알고 있다. 좁고 꼬불꼬불한 길, 울퉁불퉁 진흙탕 길, 넓고 편한 길.

그동안 내가 걸어온 길이 차창을 스치며 지나가는 풍경으로 다가온다.

길고 끝이 보이지 않는 길을 걸으며 때로는 돌부리에 걸려 넘어져 피를 흘리기도 했고, 가끔은 주저앉아 쉬고 싶을 때도 있었다.

어떤 때는 오던 길을 되돌아가고 싶었지만 그러기에는 너무 멀리 와버린 뒤였다.

이 길이 내 길이 맞는지, 수없이 의심하면서도 가는 길을 멈출 수는 없었다. 어느덧 길 끝에 다다랐고, 제법 먼 길을 걸어왔다.

이제 그 길 끝에서 좀 쉬어가야겠다.

쉬지 않고 달려온 탓에 목이 마르고, 발도 아프다.

휴식이 필요할 때다.

교사라는 인생길을 걸으면서 나는 수많은 날을 아이들로 인해 울고 웃었다.

 초보 교사 시절, 중도에 학교를 그만두는 녀석을 설득하지 못하는 나 자신을 질책했고, 내 진심을 알아주지 않는 녀석 때문에 힘들었다.

 그때는 내 마음의 상처가 크게 느껴져, 녀석의 상처를 온전히 살피지 못한 것 같아 마음 아프게 생각한다.

 그래도 우는 날보다 웃는 날이 많았으니, 나를 웃게 해 준 나의 제자들에게 감사의 마음을 전한다.

 교사라는 직업, 교사에게 기대하는 도덕적 잣대는 그 어떤 사람보다 엄격하다.

 그도 그럴 것이 사람을 가르치는 직업이니 엄격한 것은 당연하다는 생각으로 살았다.

 일반인은 그럴 수 있는 일도 교사기에 용서되지 않는 여러 상황을 경험하면서 나 자신의 자유를 스스로 구속하고 산 날도 많았다.

 이제 그 구속에서 벗어날 때가 되었지만, 아주 오랜 습관이라 그다지 달라질 것 같지도 않다.

여전히 나는 도덕군자처럼 살지 않을까 싶다.

첫정, 그것은 아주 깊이 새겨진 문신과도 같다.

나의 첫 제자들이 바로 그렇다.

이제 40대 중반의 나이로 고등학생 학부모가 되어 있는 그들과 나의 인연은 30년을 이어오고 있으니 얼마나 고마운 일인지 모른다.

내 환갑 생일을 축하해주는 자리에서 나와 그 녀석들이 함께 나이 들어가는구나, 생각하면서 미소 지었던 일이 생각난다.

마지막 정, 나는 중학교 3학년 남학생들과 마지막 정을 나누고 있다.

아이들은 느끼지 못하겠지만, 내 눈에는 예쁘지 않은 녀석들이 없다.

미운 짓을 해도 그 순간뿐, 돌아서면 미운 마음은 어느새 사라진다.

나는 나의 마지막 교직 생활을 어느 때보다 부지런히 살고 있다.

녀석들은 내가 한 녀석을 야단이라도 칠라 하면, 나보다 먼저 나서,

"야! 야! 야! 야!"

외쳐 나를 맥 빠지게 하지만 그렇게 또 하루를 웃으면서 보낸다.

요즈음 나는 어느 선배 교사의 말씀을 자주 떠올린다.

교직 생활 십 년은 패기로 했고, 그다음 십 년은 기술로 했고, 나머지 십 년만 사랑으로 한 것이 아닌가 하며 자기반성을 표현했던 그분의 말씀에 깊이 공감하게 된다.

길 끝에서 만난 '보람'이라는 선물을 가슴에 품고, 잠시 쉬었다가 다시 일어나 다른 길을 가리라 생각해 본다.

교직에 있는 많은 후배 교사도 먼 훗날 나와 같은 선물을 받지 않을까 생각한다.

나의 글이 많은 이들에게 교사의 마음을 들여다볼 수 있는 작은 손거울이 되길 바라본다.

임은주

이 책을 출간해야 하는 이유

학생은 교사를 울리고 웃기는 능력자다. 삼십 년이 넘는 교직 생활을 뒤돌아보면 나는 참 많은 날을 학생으로 인해 울고 웃었다. 교직 생활을 마무리하는 시점에 그간의 일을 책으로 내는 것이 나의 오랜 소망이었기에 지금 그 일을 실행하고자 한다.

학교 폭력으로 아이들이 회복하기 어려운 상처를 입고 교권 침해 행위로 교사가 목숨을 끊는 불행한 현실을 접할 때마다 참 마음이 아프다. 우리 모두 갈등 없이 함께 행복할 수는 없을까? 갈등을 원만하게 해결하는 지혜를 가질 수 있기를 바란다.

교사로서 학생들과 부대끼며 경험한 다양한 사건 사고들을 교사로서 느끼는 솔직한 심정을 글로 써보았다. 그래서 학부모와 학생이 교사를 이해하는 데 조금이나마 도움이 되기를 바라는 마음이다.

후배 교사에게는 한 선배 교사가 털어놓은 진솔한 이야기를 거울삼아 좀 더 학생을 잘 이해하고, 지혜를 모아 여러 갈등 상황에 현명하게 대처하여 자기의 삶을 후회하지 않는 존경받는 교사, 행복한 교사로 남길 바라는 마음이다.

이 책을 읽는 어른들이 잠시나마 자기의 학창 시절을 회상하는 시간이 되었으면 하고, 자녀 교육에 조금이나마 도움이 되었으면 하는 바람도 담아본다. 그동안 내가 가르쳤던 수많은 제자 중에 혹시라도 나로 인해 상처받은 이가 있다면 진심으로 용서를 바라는 마음이다.

대표작
신발장 안의 사과

학생들을 지도하다 보면 애 늙은이처럼, 너무 일찍 철이 든 녀석들이 가끔 있다.

내가 말하고자 하는 녀석 또한, 너무 일찍 철이 들어 마음이 짠했다.

녀석은 부모님의 이혼으로 아버지 밑에서 형과 함께 생활했다.

어느 해 12월 초 무렵으로 기억된다. 이른 아침 학교에 출근해서 중앙 현관에서 실내화로 갈아 신기 위해 신발장 문을 열었다. 놀랍게도 신발장 안은 사과로 가득 차 있다.

나는 사과를 꺼내고, 신발장 안쪽으로 밀려서 들어간 구겨진 실내화를 찾아 신었다.

그러고는 영문도 모른 채 사과를 안고 교무실로 향했다.

그때 녀석한테서 전화가 왔다.

나는 사과의 주인이 녀석임을 바로 알아차렸다.

녀석의 말에 의하면, 수능 시험을 치른 후, 친구 부모님이 농사지으시는 얼음골 농장에서 사과 수확하는 아르바이트를 하였단다.

한 달가량 일을 하였는데, 어제 마지막 수확을 끝냈다는 것이다. 친구 어머니께서 그동안 일한 임금을 주셨는데, 사과도 한 상자 주시면서 같이 일한 친구 한 명과 나눠서 가져가라고 하셨다는 것이다.

이 말에 나는,

"이렇게 귀한 걸 집에 가져가서 가족들과 먹지 왜 나를 줘?"

했더니, 녀석은

"선생님 사과 좋아하시잖아요. 선생님 드세요."

하고 말한다.

나는 코끝이 찡했지만, 태연한 척 잘 먹겠다는 인사를 하고 전화를 끊었다.

나는 사과를 씻어 교무실 테이블 위에 올려놓고 교직원들이 다 같이 먹도록 했다.

교무실에서 선생님들과 사과를 깎아서 먹는데, 크고 작은 사과마다 꿀이 가득했다.

어찌나 사과가 맛있던지, 선생님들은 너무 맛있다고, 어디서 샀냐며, 자기도 좀 사고 싶다고 내게 물으셨지만, 산 것이 아니라고 말했고, 사랑이 가득 든 사과라서 더 맛있다고 말할 뿐 녀석의 이름은 밝힐 수는 없었다.

신발장 안에 사과를 넣어 놓은 녀석의 마음을 잘 알기 때문이다.

현재 3학년 담임이 아닌, 2학년 때 담임인 나에게 사과를 주는 것이 현 담임 선생님께는 죄송한 마음이었으리라 생각한다.

그때부터 녀석은 아르바이트를 해서 자기 등록금을 마련하는가 하면, 대학에 다니면서도 쉬지 않고 아르바이트를 해서 돈을 벌었다.

그렇게 번 돈으로 군 생활을 마치고 복학하는 형의 등록금까지 자기가 번 돈으로 내게 하는 등, 녀석은 막내지만 한 집안의 가장이나 다를 바 없었다.

아버지께서는 택시 운전하시는데, 벌이가 그리 넉넉지 못한 모양이었다.

그런 녀석을 위해 내가 한 일은 고등학교 다닐 때, 적십자 부녀봉사단과 연결하여 가정에 약간의 쌀과 냉장고를 지원받도록 추천서를 쓰고, 녀석의 마음을 헤아리려 애쓰며, 고민을 들어주고 조언을 해주는 정도이다.

대학 진학을 앞두고 녀석이 내게 상담을 요청해 왔다.

작업치료학과와 경호학과 두 곳을 두고 어디를 선택해야 할지 고민이 된다는 것이었다.

그때 나는 경호학과를 지원하는 이유가 무엇이냐고 물었고, 녀석은 경호원이 되고 싶다고 했다.

나는 경호원은 나이 들면 어렵지 않느냐고 말했고, 녀석은 그때 되면 태권도 체육관 관장을 하고 싶다고 말했다.

나는 태권도 관장은 대학 졸업장이 꼭 필요한지, 아니면 단증만 있으면 되는지를 물었고, 녀석은 단증만 있으면 되는 것으로 안다고 말했다.

나는 그렇다면 작업치료학과를 가는 것이 전망이 있을 것 같다고 말했고, 녀석은 내 조언대로 작업치료학과에 진학하였다.

2년 후, 녀석이 군대 간다며 찾아왔다.

어디를 지원했느냐고 물으니, 자기 전공을 살려 의무 하사관으로 군생활을 시작한다고 한다. 하사관으로 근무하면 일반 병사보다는 조금 긴, 4년간 의무복무를 하게 된다는 것이었다.

그러나 좋은 점은 일정한 금액의 월급도 나온다고 작업치료학과로 가기를 잘한 것 같다고 했다.

나는 잘 결정했다고 말해주었다.

그렇게 군대에 간 녀석은 4년 의무복무를 마치고, 지금은 아예 직업군인으로 생활하고 있다.

가끔 명절이 되면 전화로 안부를 물어오는 녀석은 30대 초반의 젊은 나이에 부산에 32평 아파트를 마련해 전세를 놓고 있고, 자기는 의정부 부대 근처에 원룸을 사서 생활하고 있다고 한다.

너무 기특하고 대견하다.

나는 녀석이 하루빨리 좋은 배우자를 만나서 따뜻한 가정을 꾸리며 행복하게 살아가기를 간절히 바랐다.

어린 시절 힘들게 살아온 녀석에게 포근한 보금자리가 되어줄 행복한 가정이 하루빨리 꾸려졌으면 좋겠다고 나는 생각했다.

녀석의 아내는 지혜롭고 현명한 여성이면 참 좋겠다.

어린 시절 고생이 많았으니, 앞으로는 녀석에게 꽃길만 펼쳐졌으면 하는 마음이다.

나는 녀석의 미래가 편안하고 행복하기를 진심으로 바란다.

녀석과 소식이 끊어진 지 꽤 되었다.

지금쯤 결혼했을까? 녀석의 소식이 너무 궁금하다.

차례

차례

차례

차례

1
하루가 한 편의 드라마

나는 초보다

나는 93년 8월에 운전면허증을 취득했다.

운전 학원에 주말 반으로 등록하여, 매주 토요일과 일요일에 운전 연습을 하는데, 직장 상사이신 우리 계장님께서,

"운전은 감각인데, 그렇게 해서 되겠나."

하시면서 걱정 어린 말씀을 하셨다.

그러나 나는 운 좋게 이론과 코스는 한 번에 통과하고, 주행은 두 번째 통과하여 면허증을 취득했다.

계장님께서는,

"운전면허 참, 쉽게 따네."

하시면서 웃으셨다.

부모님 계신 고향집에서 출퇴근하기로 마음먹고, 바로 빨간 소형차를 구매했다.

나는 다른 색을 사고 싶었는데, 눈에 잘 띄는 색이 사고율이 낮다는 TV 교통정보를 들으시고, 딸을 염려하시는 아버지의 걱정 섞인 조언에 따라 빨간 차로 결정했다.

그러나 바로 차를 도로에 끌고 나갈 수가 없었다.

주행 연습을 해야 하는데, 그때 당시 학원에 등록해서 주행 연습을

하면 꽤 비싼 수업료를 내야 했다.

그래서 내 주변 여성 초보 운전자들은 아는 지인을 통해 주행 연습을 하고는 했다. 주로 통근버스를 운전하시는 기사님께 부탁해서 도로 주행 연습을 많이 했다.

나는 처음에 내게 차를 판 자동차 딜러에게 한 시간 정도 연수를 받았지만, 그 실력으로는 자신이 없어, 다니는 직장 주차장에다 차를 세워 두고 짬짬이 연습할 생각이었다.

그러나 일주일 넘게 차는 타보지도 못한 채 주차장에 세워져 있었다.

긴 시간 시동을 안 걸면 자동차에 문제가 생긴다는 주변 지인들의 말에 마음이 급해지고 걱정되었다.

추석이 며칠 남지 않은 어느 주말, 국정감사 자료 준비하느라 주말인데도 출근하여 사무실에 앉아 일을 하고 있었다.

때마침 같이 근무하던 주무관께서 조상님 산소에 벌초하고 오는 길에 사무실에 들렀다며, 도로 연수를 시켜줄 테니 나가자고 말씀하셨다.

워낙 인간성 좋고 업무 능력도 뛰어난 분인 데다 동향이라, 친오빠처럼 믿고 따르는 분이었다.

긴장은 되지만 즐거운 마음으로 따라나섰다.

청사 마당에서 반 클러치와 기어 변속 방법, 브레이크 밟았다가 출발하기를 수십 분 동안 연습하고 도로로 나왔다.

복잡한 시내를 주행하는 동안 신호등 앞에서 멈췄다 출발할 때, 교차로를 지날 때의 주의 사항 등을 꼼꼼하게 지도받으며 시내를 달리다 보니, 기어가는 내 차 옆으로 차들이 쌩쌩 달려 꼭 부딪힐 것만 같아 겁이 났다.

바짝 긴장하고 차를 몰아 창원 공단지역 산업도로로 들어섰다.

주말이라 지나다니는 차들이 뜸한 공단지역은 운전 연습하기에 좋았다.

한적한 공단지역을 돌고 또 돌고, 그렇게 한참을 연습하다 꼬불꼬불한 진해 안민고개 산길로 올라갔다.

고갯길 정상에 내려 잠시 시내를 내려다보며 긴장을 푼 뒤, 같은 길을 내려가기 시작했다.

올라갈 때는 몰랐는데, 내려오는 길에는 왼쪽은 언덕이고 오른쪽이 낭떠러지인지라, 자칫하면 산 아래로 굴러떨어질 것만 같아 어찌나 긴장되고 겁이 나던지, 굽은 도로에서 길이 보이지 않을 때는 반드시 자기 차선을 지켜야 한다는 말씀에, 걷는 것이나 다를 바 없는 속도로 고갯길을 내려왔다.

그렇게 한참 연습하다 시내를 통과해 사무실로 돌아가는데, 큰 트럭들이 옆에 지나갈 때면 더욱더 겁이 났다.

그렇게 무사히 시내를 통과하여 2시간이 넘는 긴 시간 동안 도로 주행 연습을 하고 사무실로 돌아와 주차장에 차를 세우고 차에서 내렸다.

얼마나 긴장했던지, 엉덩이와 등이 땀으로 범벅이 되어 있었다.

그렇게 주말에 도로 연수를 시켜주신 오라버니 덕분에 자신감이 생겼다.

다음날 통근버스 기사님께 부탁하여 점심시간을 이용하여 고속도로 주행 훈련을 받았다.

하루는 직장에서 부모님이 계신 집까지 고속도로로 갔다가 국도로 돌아오고, 다음날은 국도로 갔다가 고속도로로 돌아오는 연습을 했다.

도로 주행 연습을 하면서 알게 된 사실은, 통근버스 기사님은 나의 둘째 오빠와 동기동창인 동향 분이셨다. 세상 참 좁다.

그다음 날부터 나는 스스로 운전하였다.

내가 이렇게 스스로 운전할 수 있게 된 것에는 많은 분들의 도움이 있었다. 정말 감사한 일이다.

세상을 살다 보면 주변의 도움이 절실할 때가 많다.

그럴 때 누구에겐가 손 내밀어 도움을 청할 수 있으려면, 나 또한 이웃에게 베풀며 살아야 한다는 것을 다시 깨닫게 되었다.

도로 주행 연습을 할 때, 나는 겁이 났지만, 꽤 적극적이었다. 죽고 사는 건 내 소관이 아니라는 생각으로 간 크게 덤볐다.

그랬더니 내 이야기가 여직원들 사이에 전설처럼 회자된다고 한다.

내가 도로 주행 연습을 한 후, 몇몇 여직원들도 통근버스 기사님께 도로 주행 연습을 받았다고 한다.

겁이 많아 응석부리는 여직원들에게 기사님은 나의 도로 주행 연습 때의 이야기를 해 주셨다고 한다. 내가 하도 겁 없이 덤벼서 기사님이 더 겁이 나더라는 얘기를 해 주셨다는 것이다.

웃음이 절로 난다.

초보운전 그 시절 여직원들 사이에는 많은 뒷얘기들이 있다.

반 클러치가 어려워, 황색 신호에는 그냥 지나갔다는 이야기다. 황색 신호에 서게 되면, 다시 출발할 때 시동이 꺼지는 게 겁이 났다는 것이다.

이렇게 저마다의 실수 얘기로 점심시간 수다를 떨며 휴식 시간을 보내기도 했다.

한번은 한 여직원이, 어떤 운전자에게 당한 자기의 경험을 털어 놓았다.

추월할 수 없는 좁은 길에서 느리게 달리는 자기에게 창문을 내리고 삿대질하면서 큰소리로 욕을 하더라는 것이다.

"여자가 집에서 밥이나 하지, 뭐 하러 차는 끌고 기어 나와 길을 막고 지랄이야."

우리는 약속이나 한 듯 단체로 흥분했다.

"자기는 초보 시절이 없었나?"

누군가의 한마디에, 우리는 모두

"그러게 말이다."

하면서 다 같이 욕으로 맞장구쳤다.

이듬해 나는 4년 가까이 다니던 직장을 그만두고, 사립 고등학교에 초보 교사로서 첫 시동을 걸었다.

부모님 집에서 학교까지는 50분가량 걸리는데, 나는 출퇴근하기로 했다.

그렇게 원하던 직장이라, 누구보다 잘하고 싶었고, 좋은 선생님이 되고 싶었다.

1학년 담임을 맡아 3월 한 달은 저녁 9시까지 교실에서 야간자율학습 지도를 하고 집에 가면 10시다.

늦은 시간에 밥상을 차려놓고 나를 기다리신 어머니는, 내가 밥을 다 먹을 때까지 밥상에 마주 앉아 이런저런 얘기를 해 주시고, 생선 뼈도 발라주시곤 하셨다.

참 감사한 일이다. 막내딸이 장거리 출퇴근한다고 하니, 아버지께서는 걱정을 많이 하셨다.

매일 아침 안전운전에 관한 상식을 알려 주는 TV 교통 정보를 듣고 메모해 두셨다가, 날씨와 계절, 상황에 따른 안전운전 상식들을 내게 알려 주셨다.

그 덕분에 나는 다른 사람보다 빨리 운전 실력이 늘었다.

스스로 생각해도 대견했지만, 아버지의 조언이 참으로 많은 도움이 되었다.

아버지가 계셔서 참 고맙고 든든했다.

빨간색이 눈에 잘 띄어 사고율이 낮다는 얘기를 들으신 아버지의 강력한 주장에 따라 빨간 차를 산 것인데, 그 덕분인지, 나는 별다른 사고 없이 초보 딱지를 뗐다.

나는 초보 교사라 그런지, 온 신경이 우리 반 아이들에게 가 있다.

걱정거리가 생기면 집에서도 아이들 생각에서 벗어나지 못하고, 문제를 해결할 방법을 찾느라 머릿속이 복잡했다.

그래서 그런지 좀처럼 꿈을 꾸지 않던 내가 어쩌다 꿈에 아이들이 보이는 날에는 꼭 크고 작은 사건들이 발생해 나를 힘들게 했다. 정말 놀랍고도 무서운 텔레파시다.

어느 날 꿈에 아이들이 보였는데, 그날도 무슨 일이 생길까 봐 조바심하며 학교에 갔다.

아무 일 없이 하루가 지나가기만을 간절히 바라는 내 마음과는 달리, 1교시를 마치고 나니, 한 학생의 어머니께서 학교를 찾아오셨다.

자기 딸이 어제 여러 학생으로부터 집단 폭행을 당했다는 것이다.

나는 어머니를 통해 알게 된 폭행에 가담했다는 학생들을 불러 얘기를 들었다.

학생들은 일대일로 싸우고 나머지는 지켜보았을 뿐이라고 말한다.

싸움의 당사자 두 명은 절친 사이였다. 한 명은 우수한 성적으로 입학한 모범 학생이라 불리는 녀석이고, 맞았다는 녀석은 친구들 사이에서 중학교 때 껌 좀 씹었다는 녀석이다.

둘이 친해지면서 모범생이라 불리던 녀석이 점점 변해갔다. 생활 태도가 안 좋아지고, 성적이 떨어지기 시작했다.

수차 불러 상담하면서 친구들과 어울려 노는 것도 좀 자제하고, 공부에 좀 더 집중하라고 말했다.

그런데 녀석이 싸우면서 '선생님이 너하고 놀지 말라 했다.'라고 말한 모양이었다.

순간 녀석이 내 마음을 읽었나, 깜짝 놀랐다.

학생의 어머니는 내가 자기 딸과 놀지 말라고 했냐면서, 교사가 그런 말을 해도 되냐고 따졌다.

나는 헛웃음이 났지만, 내색은 하지 않았다.

어머니와 한참 자초지종 얘기를 나누었다.

학생부장 선생님과 적당한 해결책을 논의한 후 일은 마무리되었지만, 정말 혼이 빠진 하루였다.

학부모님은 자기 아이의 말만 듣고 흥분해서 학교에 달려오는 실수를 하지 않으셨으면 한다.

아이들은 항상 부모님께 말할 때, 자신에게 불리한 내용은 빼고 말하는 습관이 있는 것 같다.

학생의 말만 듣고 학교에 따지러 왔다가 교사나 목격한 학생의 얘기를 듣고는 멋쩍게 돌아가시는 분을 몇 번 보았다.

나는 성격상 남에게 해를 입히면 못 견디는 성격이라 남에게 피해를 주는 행동은 하지 않으려고 애쓴다.

그러다 보니 실수로라도 옳지 못한 일을 하거나 남에게 피해를 주고 나면 자책으로 나 자신을 엄청나게 괴롭힌다. 그래서 학생들의 조그만 일탈도 참지 못하는 건 아닌지 스스로 반성하고, 정말 많은 수양을 해야겠구나, 생각했다.

학생들로 인해 교직 생활에 점점 스트레스가 심해지면서, 나는 이래서는 안 되겠다는 생각에서 마인드컨트롤을 시작했다.

퇴근길에 교문을 나서면, 나는 이제 학교 일은 잊어버린다고 수없이 되뇌었다. 출근할 때면 집안일은 잊어버려야지 하면서 스스로 세뇌를 계속했다.

하루 이틀 시간이 쌓여 가면서 어느 순간, 더 이상 학생들의 꿈은 꾸지 않게 되었다. 교문 밖을 나가도 학교 일은 더 이상 나를 괴롭히지 않았다.

나는 초보 교사다.

그래서 종종 나의 진심이 학생들에게 전달되지 않을 때, 나 자신이 답답하고, 안타까워 힘이 든다.

나의 진심을 알아 달라고 마음속으로 외치며, 학생들을 이해하기 위해 나의 학창 시절을 떠올려보지만, 학창 시절 말썽을 부려본 기억이 떠오르지 않는다. 그래서 그런지 흔히 문제 학생이라 불리는 학생들을 온전히 이해하기는 쉽지 않다.

나는 계속해서 연습 중이다.

학생들과 눈높이를 맞추고자 노력하는 중인데, 마음처럼 쉽지 않다. 신체적 눈높이는 가능할지라도 마음의 눈높이를 완전히 맞추는 것은 불가능에 가깝지 않을까 싶다.

다만 내가 하고 싶은 말을 참고, 상대방의 말을 들어주고 이해하려 애쓸 뿐이다. 누구에게나 초보 시절은 있으니, 스스로 좀 너그럽게 이해하고 사는 것도 삶의 지혜가 아닐까, 생각해 본다.

숨기고 싶은 걸까, '다문화가정'

내가 처음 교단에 섰을 때는 다문화가정의 학생들은 찾아보기 힘들었다.

그러나 최근에는 너무 흔한 일이 되었고, 다양한 문화가 어우러져 함께 생활하는 것은 자연스러운 일로 받아들여진다.

우리 학교는 최근 몇 년, 다문화가정의 자녀들이 한 학년에 몇 명씩 있는 상황이다.

해를 거듭할수록 다문화가정의 학생은 점점 늘어나고 있는데, 다행히 의사소통이 어려운 학생은 몇 명 되지 않는다.

예전에는 학년 초 기초 조사를 통해 다문화가정의 자녀를 쉽게 파악할 수 있었으나, 요즈음에는 개인정보라 물을 수도 없고, 개명하는 사람들이 많아 쉽게 파악할 수도 없다.

몇 년 전에 있었던 일이다.

이 학생은 우리나라에서 태어나 우리말밖에 할 줄 모르는 학생이다. 그런데 학교에서 학부모들께 단체 톡으로 알림을 보냈는데, 한 어머니가 댓글을 달았다. 그 댓글의 어머니 프로필사진을 보고 다문화가정의 자녀가 있다는 사실을 안 적이 있다.

나와 친한 선생님 몇은 그 학생이 누굴까 찾았고, 며칠 뒤 어렵지 않게 그 어머니의 아들을 찾을 수 있었다.

어느 날 진로 수업 시간에 영화 '완득이'를 보고 느낀 점을 발표하는 수업을 하는데, 영화가 시작되자 손을 번쩍 들고 자기가 바로 저 영화에 나오는 다문화가정이라고, 자기 어머니는 필리핀 사람이라고 아주 당당하게 말하여 학급 친구들을 웃겼다고 한다.

학생의 말에 의하면, 어머니는 우리말을 너무 잘해 말 안 듣는 아들에게 한국말로 욕을 한다는 것이다.

녀석의 자존감은 정말 대단하다. 키 크고 외모도 잘생긴 데다 성격도 활발하고, 농담을 잘해 친구들과도 아주 잘 어울린다. 춤추는 것을 좋아해 댄스 동아리에서 활동하며 학교 행사가 있을 때마다 춤을 선보이기도 한다.

그러나 학생들 대부분은 자신이 다문화가정의 자녀인 걸 숨기고 싶어 하는 것 같다.

우리말이 서툴러 누구나 쉽게 알 수 있는 상황이 아니면, 굳이 다문화가정인 걸 밝히고 싶어 하지 않는다.

바라보는 우리에게는 특별하지 않은데, 정작 그들의 마음은 그렇지 않은 것 같다.

그들의 마음을 잘은 모르지만, 젊은 어머니와 나이 차이가 많은 아버지 사이에서 태어난 학생들이 낮은 자존감을 가지고 살아가는 것 같아 참으로 안타깝고 마음 아프다. 떳떳하게 자신을 드러내고 당당하게 생활하면 좋으련만, 그러지 못하는 아이들을 보면 참으로 안타깝다.

다문화가정의 자녀 중 두 명의 학생은 의사소통이 안 되었는데, 둘다 태국에서 살다 온 학생이었다.

한 명은 태국에서 살다 중도 입국한 학생으로, 처음에는 다시 태국으로 간다며 한국말 배우기를 소홀히 하였다. 그러더니 나중에는 한국에서 계속 살고 싶다는 의사를 표시하여, 담임교사가 한글 도우미 역할을 할 친구를 붙여주어 같이 책을 읽게 하는 등 주변의 도움으로 우리말이 많이 늘었다. 지금은 시내 고등학교에 진학하여 잘 지내고 있다.

그러나 또 한 학생은 한국말이 전혀 되지 않아, 수업 시간에 번역기를 돌려가며 수업을 들어야 하는 어려움이 있어, 집으로 전화를 걸어 가정에서의 지도가 필요하다는 것과, 허락해 주시면 방과 후 학교에서 특별 지도를 하겠다고 하니, 태국으로 다시 갈 것이라며 거절하였다.

그래서 별다른 대책 없이 그냥 지켜보았다. 태국으로 다시 돌아간다던 그 학생도 중학교를 졸업하고 시내 고등학교로 진학하긴 했다.

부모의 양육 태도 탓에, 그 학생은 3년 동안 한국 학교에 다니고도 우리말 실력은 자기 의사 표현도 제대로 할 수 없는 수준이라 의사소통에 어려움이 많았다.

필기구를 제대로 챙겨오지 않는 녀석에게 나는 보관 중이던 필통과 필기구를 챙겨주고, 수업 시간에 일부러 발표하게 했다. 발표하고 나면 박수를 크게 쳐주도록 해서 격려하기도 했다. 그리고 질문에 고개를 끄덕이거나 하면 말로 표현하라고 다그치기도 했다.

나와 동료 교사들은 말한다. 부모님이 이해되지 않는다고.

아버지가 한국 사람인데 우리말을 가르치지 않는 것도 이해되지 않고, 다중 언어를 할 수 있는 좋은 환경임에도 불구하고 활용하지 않는 점도 참 이해하기 어렵다.

코로나19 팬데믹 상황이 시작되어 학교에서의 마스크 착용이 의무화되면서 입학부터 졸업할 때까지 마스크를 착용하고 수업을 받아야만 했던 학생들이 있다.

교사도 학생들도 서로의 얼굴은 모른 채 눈만 바라보면서 3년 동안 수업하고 나니, 졸업할 때가 되어 새삼 서로의 얼굴이 궁금했다.

참 우습지만 슬픈 현실이다. 졸업하고 거리에서 녀석들을 만나도 서로가 알아보지 못하겠구나, 생각하니 절로 한숨이 나왔다.

몇몇 별난 학생은 수시로 마스크를 벗어서 얼굴을 알 수 있지만, 그 수가 그리 많지 않다.

코로나19 상황이 종식되고 더 이상 마스크 착용은 의무가 아닌데도, 다문화가정의 학생들은 여전히 마스크 속에 얼굴을 감추고 있어, 그들을 바라보는 우리 마음이 답답하고 안타깝다.

한 학생은 검정 마스크를 착용하고, 앞머리는 길어서 눈을 가리고 있고, 그 위에 안경을 쓰고 있어 여간 신경이 쓰이는 게 아니다.

학년말 워크숍에서 학생들 지도 문제에 관한 얘기를 나눌 때, 녀석의 이야기가 나와 여러 선생님의 안타까운 마음과 걱정을 읽을 수 있었다. 어떻게 하면 그 녀석의 자존감을 높여주어 마스크를 벗게 할 수 있을까 의논할 지경이 되었다.

언제까지 마스크를 착용하고 살 수는 없는 일, 녀석이 마스크를 벗고 건강한 사회인으로 당당하게 살아갈 수 있도록 도와주어야 하는데 뾰족한 수가 생각나지 않는다.

녀석은 자기 관리에 엄격하여 수업에 열심히 참여하고, 지적받을 만한 행동은 절대 하지 않는 건전한 생활 태도를 지니고 있다.

그러나 녀석의 마음은 제대로 읽을 수가 없으니, 답답하다.

담임이 지속적인 상담을 통해 자존감을 높여주자는 의견으로 마무리는 되었지만, 그 문제는 아직도 진행형이다.

어쩌다 마스크 벗은 모습을 본 한 선생님, 왜 그렇게 예쁜 눈을 가리고 다니냐며, 녀석의 자존감을 높여주고자 격려의 말을 해 주었다고 한다.

그런데도 녀석은 쉽게 마스크 밖으로 얼굴을 내보이지 않는다.

올해 나는 드디어 녀석의 아주 잘생긴 얼굴을 보았다. 학생 건강 체력 평가를 하는 날, 오래달리기를 할 때, 녀석의 마스크 벗은 모습을 보고 깜짝 놀랐다. 녀석은 훤칠한 키에 오뚝한 콧날, 초롱초롱하고 예쁜 눈, 너무도 잘생긴 얼굴을 하고 있었다.

다음 날 수업 시간에 나는 녀석을 보고 한마디 했다.

"○○이는 세상 잘생긴 얼굴을 하고, 왜 마스크로 가리고 다니는지 모르겠네. 마스크 벗으면 여학생들에게 인기가 아주 많겠는데."

그러자 아이들이,

"선생님! ○○이 얼굴 처음 봤어요?"

하고 묻는다.

나는 ○○이의 잘생긴 얼굴을 어제 처음 보았다고 말했다.

녀석도 잘생겼다는 말이 기분 좋은지 눈이 웃고 있었다.

최근 녀석은 머리도 좀 짧게 자르고 목소리에서 자신감이 묻어난다. 열심히 학교 생활하는 녀석을 보면 참 기특하다. 녀석이 건강하고 밝게 성장하기를 바라는 마음이다.

그러나 여전히 그 잘생긴 얼굴은 마스크에 가려져 보기가 어렵다.

코로나19 상황이 종료되고 사람들 대부분은 마스크를 벗었다.

그러나 찌는 것 같은 무더운 여름 날씨에도 마스크로 얼굴을 가리고 있는 녀석들을 보면, 무엇이 마스크를 벗지 못하게 하는지 참 궁금하다. 그리고 마스크를 계속 착용하는 것이 면역력을 기르는 데 오히려 방해되면 어쩌나, 혹시라도 피부에 나쁜 영향을 주지는 않을까, 걱정하는 마음에 마스크를 벗는 게 어떠냐고 말해보지만, 그 한마디에 마스크를 쉽게 벗어 던지지는 않는다.

사실 마스크를 착용한 모습을 보면 자존감이 낮고 세상 앞에 당당하지 못한 것 같아 보기가 싫다.

세상 누구보다 소중한 자기를 숨기지 말고, 당당하게 드러내고 자신감을 가지고 멋지게 살아가기를 바라는 마음이다.

행복은 물질이 아니고 감정이다. 행복은 누가 주는 것이 아니고, 스스로 느끼는 것이다.

좋은 학교와 가고 싶은 학교

3월 입학식을 하고 첫 수업을 하는 날에는, 학교에서 학년별로 '새 학년 맞이 프로젝트 수업'을 진행한다.

학교의 특색에 맞게 학년별로 특별히 알아야 할 내용이나, 중요한 일들을 주제로, 학급 단위 또는 학년 단위로 진행한다.

프로젝트 수업을 떠나서, 나는 항상 신입생 첫 수업에서 진행하는 수업이 있다.

학교생활 예절교육이다.

선생님과 선배, 친구들에 대한 인사법과 호칭, 교칙 등 중학생으로서 지켜야 할 학교생활 전반에 걸친 예절교육이다.

갈등이 생겼을 때 풀어가는 지혜와 절차 등을 알려 주고, 배려, 나눔, 공감하는 학생이 되었으면 하는 바람을 담아, 여러 가지 얘기들을 해 주고는 한다.

그리고 덧붙여 우리 학교를 지원하게 된 동기라든지, 공부는 왜 하는지 등에 대한 학생들의 솔직한 생각을 듣기도 하고, 학생들의 꿈에 관한 이야기를 듣는 시간을 갖기도 한다.

학생들의 얘기를 듣고 난 후 공부는 왜 해야 하는지, 꿈을 가지고 살아가는 게 얼마나 중요하고 행복한 일인지, 어떻게 사는 것이 잘 사는 것인지, 왜 열심히 살아야 하는지 등, 일장 연설을 늘어놓는다.

우리 학교는 사립 남자 중학교로 시 중심가에서 조금은 떨어져 외곽에 있는 편이다.

그래서 그런지 지원자가 많지 않아 1지망으로 정원을 채우지 못하고, 2지망 한 학생들이 배정받기도 한다. 그래서 2지망으로 오게 된 학생들의 불만 섞인 소리가 나오지만, 한두 달이 지나면 학교생활에 만족한다.

학교에서는 다각적으로 방안을 강구해 보지만, 지리적 위치를 상쇄할 만한 뾰족한 방법은 없는 것 같다.

내가 생각해도 우리 학교만큼 교육을 알차게 하는 학교는 드문 것 같다.

학부모들 사이에서는 학교에 관한 평이 좋은데, 항상 지원자는 정원을 넘지 못한다.

지망하지 않는 이유를 물어보면, 몇 가지를 든다.

교통이 불편해서, 집 가까운 학교에 보내기 위해서, 친한 친구와 같은 학교에 다니고 싶어 해서, 친구를 괴롭히는 못된 학생과 같은 학교에 보내기 싫어서 등 저마다의 이유는 있다.

그중 하나는 같은 재단의 고등학교에 가게 될까 봐 지원을 꺼린다는 이야기도 있다.

참 기분이 씁쓸하다.

사립학교라 선생님들의 이동이 거의 없는 관계로, 누구보다 책임감을 가지고 열심히 학생들을 지도하고 있는데, 늘 학교에 대한 소문이 기대에 미치지 못해 안타까울 때가 많다.

나무 밑에서는 숲을 보지 못하고, 멀리서는 나무숲만 보이는 것과도 같다.

나는 십 년 넘게 고등학교에서 교직 생활을 하다 중학교로 왔다. 그래서 나름 학교의 분위기를 말할 수 있다.

졸업하고 모교에 기간제교사로 왔던 한 졸업생의 얘기가 생각난다.

학교 다닐 때 자기가 좋아했던 한 선생님을 직장 동료가 되어 바라보니, 참 아닌 것 같다는 것이다.

교사로서 사명감도 별로 없는 것 같고, 업무를 함에도 다른 교사들에 대한 배려가 보이지 않는다는 것이다.

그렇다. 오랫동안 학교에서 생활하였지만, 학생들이 좋아하는 선생님이 우리 교사가 볼 때 꼭 훌륭한 선생님은 아니다.

공부도 잘 가르치는 선생님이 학생들에게 인기가 있으면 참 다행인데, 때로는 동료 교사가 볼 때는 영 엉터리인데, 학생들 사이에 인기가 있는 교사가 있다.

나름의 쇼맨십으로 학생들의 마음을 살 줄 아는 것도 하나의 기술이라면 기술이다.

그러나 항상 온 마음을 다해 학생들을 대하지만, 그 진심이 학생들에게 전달이 되지 않는 예도 있다.

참으로 안타까운 일이 아닐 수 없다.

더구나 중학교 학생들은 좋은 선생님을 구별하는 데 많은 오류를 범하는 것 같다.

시간이 흘러 어른이 되면 알 수 있을까? 알 수도 있지만, 대부분은 영영 모르고 살아가겠지.

학교에 대한 추억을 떠올려보면 좋거나 싫었던 선생님이 생각나거나 친구가 생각난다. 그리고 어떤 특별한 활동에서 경험했던 추억들이 떠오른다.

학생들은 대부분 한 학교에서만 생활하기 때문에, 다른 학교와 비교해서 자신이 다니는 학교의 교육과정이나 선생님이 얼마나 훌륭한지 알지 못한다.

아주 가끔 같은 초등학교를 졸업하고 다른 중학교에 간 친구들과 나눈 이야기를 통해, 자신이 다니고 있는 학교에 대한 좋은 점을 발견하기는 한다.

학부모님들도 마찬가지다.

학교 행사에 적극적으로 참여하시는 학부모님은 다른 학교 학부모들과도 교류가 있어, 학교에 대한 사정을 잘 알고 계신다.

안타까운 건 학교 행사에 적극적으로 참여하는 학부모가 학생 수의 10%도 안 된다는 것이다.

비싼 강사료를 주고 중학생 사춘기 아이들 교육에 꼭 필요한 성교육을 비롯한 부모 교육을 해도, 반드시 부모 교육이 필요한 학부모님은 절대 참석하는 법이 없다. 일부러 전화까지 해서 좋은 교육이 있다고 참여하시라고 해도 바쁘다는 핑계로 절대 참여하지 않는다.

교육이 필요한 아이들의 부모님은 참석하지 않고, 학교생활 잘하고 있는 아이들의 부모님은 늘 관심이 많다. 아니, 관심을 가지기 때문에 아이들이 바르게 자라는 것이다.

아주 가끔 아이 일로 속을 끓이던 부모님이 학교에서 하는 부모 교육을 받고, 자녀와의 관계가 개선되는 경우를 본 적이 있다.

그런 경우는 드물지만, 참 다행이라는 생각이다.

우리 학교는 행복학교로서 학생들에게 많은 자율권을 주고, 인격적으로 대하고자, 모든 교직원이 노력한다.

그러나 교사도 사람인지라 교권과 학습권을 계속해서 침해하는 학생을 보면 치솟는 화가 참아지지 않을 때가 있다.

학생들이 행복한 학교가 되려면 교사들도 행복해야 하는 법인데, 현실은 그렇지 못한 경우가 많다.

학생에게 지나친 인권과 자율권을 주다 보면, 교사의 교권이나 인격권이 침해되는 경우가 있다.

저울로 달아 균형 있게 조율할 방법이 있을까? 아니, 그런 방법이 있기는 할까?

중학생에게 가고 싶은 학교가 어떤 학교냐고 물어보면, 대부분이 이렇게 답한다.

많은 학생의 답을 살펴보면, 한마디로 생활지도가 느슨하여 복장이나 행동이 자유로운 학교로 정리할 수 있다.

그것이 꼭 좋은 학교는 아닌데, 아이들은 그런 학교에 가고 싶다고 말한다.

좋은 학교가 가고 싶은 학교가 되면 참 좋으련만, 현실은 그렇지가 않으니, 참 아이러니하다.

참으로 듣기 거북한 말 '촌지'

영화 '선생 김봉두'를 보고, 교사로서 새삼스레 촌지에 대해 생각하게 된다.

내가 교사다 보니, 친구들이 뉴스에서 말하는 촌지 이야기를 내 앞에서 할 때가 있다.

그러면 나는 농담처럼 '촌지가 어떻게 생겼는데?' 되묻고는 한다.

그리고 매년 스승의 날이 되면 뉴스에서 촌지 이야기가 나온다.

그럴 때마다 마음이 불편하고 짜증이 난다.

1994년 교사로 첫발을 내딛던 해, 나는 고등학교 1학년 여학생반 담임을 맡았다.

3월 교육설명회가 있던 날, 우리 반 어머니 다섯 분이 참석하셨는데, 만 원씩 거두어서 넣었다며, 5만 원이 든 돈봉투를 내밀었다.

새내기 교사였던 나는 너무도 당황하며 두 손을 저으며 정중히 거절하였다.

그 후, 저 선생은 촌지 안 받는다고 소문이 났는지, 그런 일은 두 번 다시 일어나지 않았다.

마음이 편하고, 아이들 보기도 떳떳하고 좋았다.

당시, 부산에 있는 중학교에서 밀양에 있는 우리 학교에 입학하여 원거리 열차 통학하던 녀석이 몇 있었다.

우리 학교가 기차역과 가깝다 보니, 부산지역 연합고사에 떨어진 학생들이 통학이 가능한 우리 학교에 입학하는 경우가 종종 있었다.

그 두 녀석 중 한 명은 우리 반 학생이다.

녀석은 원거리 통학을 한다는 이유로, 항상 수업이 끝나면 열차 시간에 맞춰 부리나케 역으로 달려갔다.

자연히 학급 청소나 당번 활동이 제대로 될 리가 없다.

이 녀석 때문에, 다른 학생이 피해를 보고 있지만, 우리 반 아이들은 그에 대한 불만을 드러내지는 않았다.

녀석은 무용으로 대학에 진학할 계획으로, 수업을 마치면 종례 사항은 듣는 둥 마는 둥 열차 시간이 되었다고 서둘러 교실을 뛰쳐나가 역으로 달려갔다. 부산에 있는 무용학원에 가야 한다는 것이다.

나 같으면 쉬는 시간이나 점심시간을 이용하여 청소한다든지 해서, 다른 친구들에게 피해는 주지 않을 것 같은데, 녀석은 그런 생각을 못 하는 것인지, 아니면 알면서 안 하는 것인지, 학급의 일원으로서 해야 할 일을 전혀 하지 않았다. 녀석은 학원 간다는 이유로 학급 일에는 늘 예외였다.

보다 못해 점심시간에라도 청소하는 것이 친구에게 덜 미안하지 않겠냐고 말했지만, 놀기 좋아하는 녀석이 점심시간에 청소할 리가 없다.

어느 날 녀석의 어머니께서 학교에 상담 차 오셨는데, 돌아가신 후 어머니가 놓고 가신 종이 쇼핑백이 있어 안을 들여다보니, 거기에는 오렌지가 담겨 있었다.

나는 아무 생각 없이 오렌지를 꺼내 교무실에 계신 선생님들께 하나씩 나눠드렸는데, 쇼핑백 바닥에 하얀 봉투가 하나 있었다.

편지인가 하면서 꺼내서 보니, 안에 만 원짜리 석 장이 들어있었다.

난감했다.

부산에 계신 학부모님께 전해드리기는 쉽지 않고, 이 일을 어떻게 하지 생각하며, 학생이 모르게 돌려줄 방법을 찾다가, 나는 우리 반 아이들의 간식을 샀다. 그리고 종례 시간에 그 간식을 들고 교실에 들어갔다.

간식을 나눠주기 전에 나는 이렇게 말했다.

"○○이 어머니께서 ○○이가 학원에 간다고 항상 청소도 못하고 해서 친구들한테 늘 미안하고 고맙다고 이 간식을 사주고 가셨으니까 맛있게 먹어."

녀석의 어머니께서 두고 간 삼만 원은 그렇게 우리 반 아이들에게 간식을 사서 나눠주고 해결했다. 오렌지는 교무실에 계신 선생님들과 나눠 먹었다.

그 시절 교사라면 한 번쯤 촌지의 유혹을 받지 않은 사람이 있겠냐만, 어떤 선택을 하느냐는 본인의 마음이 아닌가 생각한다.

나는 어려서부터 돈에 큰 욕심이 없기도 했지만, 아이들 앞에 떳떳하게 서고 싶어서 처음부터 단호하고 정중하게 거절하였다.

한두 번 거절했더니 더 이상 봉투를 내미는 부모님은 안 계셨다.

교직 생활을 하는 내내 내 소신대로 행동하고 편안한 마음으로 아이들을 바라볼 수 있어 좋았다.

내 아이를 특별히 잘 봐달라고 내미는 촌지는 정말 없어져야 한다.

따라서 부모들은 교사에게 내 자식을 특별히 잘 봐주기를 기대하지 말고, 차별 없이 똑같이 대해주길 기대해야 한다. 아니, 그보다는 자녀가 바르게 자랄 수 있도록 좋은 본보기가 되어야 한다는 것이 내 생각이다.

예의 바르게 잘 자란 학생을 미워하는 교사는 없기 때문이다.

그리고 촌지를 둘러싼 웃지 못할 얘기를 들은 적이 있다.

엄마들끼리 선생님에 대한 정보를 공유하면서 나름대로 평하는 것을 말릴 수는 없다.

그런데 촌지를 주는 것도 나쁘지만, 남에게 부풀려서 말하는 일도 있다는 것이다.

즉 자기의 자존심을 추켜세우려 3만 원의 촌지를 준 것을, 5만 원을 주었다고 말하는 사람이 있다는 것이다.

참 재밌는 세상인 것 같다.

이런 것을 생각할 때, 참 억울하게 입에 오르내린 교사도 없지는 않을 것 같다는 생각이 든다.

교사라면 당연히 아이들을 차별 없이 대해야 하고, 또 그러려고 노력한다.

그런데도 학생들은 차별이 심한 선생님이 계신다고 말한다.

교사로서 보면 유난히 잘 따르는 학생이 있는가 하면, 영웅 심리인지 학생들 앞에서 교사에게 삐딱하게 구는 녀석들이 있다.

교사도 신이 아닌 사람인지라, 자신의 지도에 잘 따르고 예의 바른 학생이 예쁜 건 당연하다. 다만 겉으로 표현하지 않으려고 애쓸 뿐.

학생들의 역량은 같지 않다.

예를 들어 반장에게 과제를 거둬오게 하면, 어떤 반장은 번호대로 거두어 제출하지 않은 학생 명단을 메모해서 오는가 하면, 어떤 반장은 번호대로 챙기지도 않고 그냥 거두기만 해서 들고 온다.

그리고 심부름을 시키면 열 일 제쳐 놓고 신속하게 심부름해 주는 녀석이 있는가 하면, '이것 좀 하고요.' 하는 말을 한다거나, 심부름을 시킨 후 기다리고 있는데, 자기 볼일 먼저 보느라 오지 않는 녀석이 있다.

그런 일이 반복되다 보면, 자연히 심부름은 야무진 학생에게 자주 시키게 된다.

그러면 학생들은 특정 학생만 예뻐한다고 말한다.

다른 사람은 어떨지 모르지만, 내 생각은 그렇다.

학생이 교사에게 사랑받고 안 받고는 학생의 말과 행동에 달린 것이지, 공부를 잘하고 못하고, 촌지를 받고 안 받고의 문제는 아니다.

그러니까 부모님은 촌지를 줄 생각보다, 내 아이를 예의 바른 아이로 키우는 것이 중요하다는 게 내 생각이다.

우리 속담에, '말 한마디로 천 냥 빚을 갚는다.' '가는 말이 고와야 오는 말이 곱다.' 등 말의 중요성을 강조한 속담들이 많다.

그렇다. 같은 말이라도 듣기 거북하게 하는 녀석들이 있다.

퉁명스럽게 말하거나, 따지듯이 말하는 녀석을 보면 화가 날 수밖에 없다.

그러니 부모님께서는 아이의 말투를 관찰하여 교정이 필요한 경우 바르게 잡아주는 것이 필요할 것 같다.

때때로 말투로 기분을 상하게 하는 녀석들을 만날 때면, 나 스스로 마음을 쓸어내리며 미워하지 않으려고 애쓴다.

'저 녀석은 사춘기다, 언젠가는 달라지겠지.' 하고 스스로에게 최면을 건다.

그래서 그런지 그 순간이 지나면 신기하게도 미운 감정이 사라진다.

그래서 나는 교사가 나한테는 천직이라고 생각하며 생활한다.

미운 말을 하고 눈에 거슬리는 행동을 하는 녀석에게 계속해서 미운 마음이 남아있다면, 이 일을 오래 할 수 없었을 것이다.

학생은 미워하는 선생님이 있을지 모르지만, 교사는 학생을 미워할 수 없는 존재인 것 같다.

재학시절 잠시 미워했던 녀석도 졸업하면, 미운 감정이 깨끗이 사라지는 것이, 암만 생각해도 참으로 신기한 일이다.

이래서 천직이라고 하는지 모르겠다.

하필이면 이 중요한 시기에

한창 피 끓는 나이인 지금, 연애를 안 하면 언제 하냐고 말씀하시던, 어느 교수님의 강연 내용이 생각난다.

그런데도 고3 수험생이 이성 교제를 한다면 부모님이나 교사의 마음은 걱정이 앞선다.

꼰대라고 놀릴지 몰라도, 나 역시 마음이 편하지 않다.

그동안 이성 교제로 인해 자신의 능력치보다 낮은 대학에 입학하는 성적을 내는 학생들을 여럿 보았기 때문이다.

내가 근무하는 학교는 사립이라 중학교 학생들 절반 이상이 같은 재단의 고등학교로 진학한다.

중3 담임을 오래 하면서 대놓고 같은 재단의 고등학교에 가라고 권유한 사례는 손에 꼽을 정도이다.

나 스스로 판단해서, 아이의 성향이나 환경적 여건을 고려하여, 이 학교에 가는 것이 대학 진학에 유리하겠다는 확신이 있을 때 나름 적극적으로 권유했다.

혹시라도 잘못되면 원망 들을까 조심스러워, 대놓고 어느 학교로 가라고 말할 수가 없다.

여러 조건이나 상황들을 설명하고, 학생의 수준을 고려하여, 어느 학교가 대학 진학에 좀 더 유리하다는 정도로 입시지도를 하고, 판단이나 결정은 학생과 부모님께 맡긴다.

그래서 무조건 같은 재단의 고등학교에 진학을 권유하는 일은 있을 수 없다.

나 나름대로 생각해서, 그 학생의 성향이 열심히 잘 이겨낼 것 같고, 대학 진학에 좀 더 유리하리라 판단해서 보내는데, 대체로 결과는 만족하지만, 한두 번은 그렇지 않은 예도 있었다.

중학교 때 내신 성적이 10%대였던 학생이, 고등학교에 가서 기대 이상의 성적으로 S대나 Y대를 포함하여 흔히들 말하는 수도권의 명문 대학에 진학한 예도 있다.

이들은 고등학교 진학 당시 내신 성적에 비해, 다른 학교에 진학한 학생보다 아주 좋은 결과를 얻어, 부모님이나 본인의 만족도가 높은 경우이다.

그런데 유독 한 녀석이 늘 마음에 걸렸다.

그 녀석은 고등학교를 졸업하고 대학 진학할 때, 결론적으로 말하면, 부모님이 원하는 입시성적을 내지 못했다.

이에 부모님은 학교를 향해 원망의 목소리를 쏟아내셨고, 교사는 지역자치단체에서 운영하는 진학 프로그램에 참여하느라 야간자율학습도 하지 않고 갔기 때문에, 학교에서 특별히 지도할 기회가 없었다고 한다.

그러나 내가 보기에 녀석은 이성 교제에 에너지를 많이 소비한 것이 아닌가 싶다.

고등학교에 보내 놓고, 늘 녀석의 생활이 궁금하고 해서 담임교사에게 물어보면, 만족할 만한 대답이 안 나와 마음속에 늘 걱정을 내려놓지 못하고 있었다.

그리고 학교 근처에서 마주칠 때마다 늘 여자 친구와 함께 있는 녀석을 안타까운 마음으로 바라보았다. 이 중요한 시기에 하필 이성 교제에 열중하다니, 너무나 걱정이 되었다.

고등학교에 근무할 때 이성 교제하다 입시에 실패하는 사례를 몇 차례 보았고, 원망 섞인 얘기도 들었던 터라 더욱 걱정되었다.

고등학교에 근무할 때, 전교 탑3에 들던 여학생이 있었다.

나는 녀석이 2학년 때 담임을 맡았는데, 이성 교제를 하더니 성적이 점점 떨어졌고, 여러 차례 학습에 방해가 된다면, 잠시 만남을 미루었다가 대학 진학하고서 만나라고 권유했는데, 말을 듣지 않았다.

결국 그 녀석은 본인이 목표했던 대학에 진학하지 못했다.

졸업 후 1년쯤 지나고 녀석이 학교에 찾아왔다.

이런저런 얘기를 하다가, 그때 고등학교 때 만나던 남자 친구는 아직도 만나냐고 물었더니, 헤어졌다고 말했다.

그리고는 녀석이 하는 말이,

"선생님, 그때 좀 뜯어말리지 그러셨어요."

하고 말한다.

나는 어이가 없었다.

내가 그렇게 말릴 때는 눈도 까딱 안 하더니 이제 와서 원망한다.

나는 몇 차례 상담한 장소와 내용을 짚어 가며 서로 어떤 말을 주고받았는지 조목조목 얘기를 해 주었고, 내 얘기를 들은 녀석은 기억나는지, 그때 왜 그랬는지 모르겠다고 말하면서 멋쩍은 미소를 지었다.

한번은 회식 자리에서 주변에 앉은 남자 선생님들께 여쭤보았다. 학창 시절 이성 교제가 학업에 방해가 되는지.

자리에 계시던 모든 남자 선생님께서 방해가 된다고 말씀하신다.

딱 한 번 이성 교제로 성적이 올라가는 사례를 본 적은 있다.

여학생은 공부를 아주 잘하고, 남학생은 아주 잘생긴 외모에 보통의 학업 성적이었다. 둘은 공부를 하면서 데이트하고, 여학생이 남학생의 공부를 가르쳐주면서 둘 다 좋은 입시성적을 내는 사례를 딱 한 번 본 적은 있다.

그러나 대개는 성적이 떨어져 자신이 원하는 목표치에 도달하지 못했다.

그래서 이성 교제가 공부에 방해가 된다고 생각해서 걱정을 내려놓지 못하는 것이다.

나는 학생들에게 이런 말을 자주 한다.

"공부가 인생의 전부는 아니다. 그렇지만 너희들은 직업이 학생이기 때문에 성실하게 최선의 노력을 다해 공부해야 한다."

아울러 이 말도 덧붙인다.

"선생님이나 부모님이 걱정하는 것은 꼭 공부가 아니어도 다른 뭔가를 열심히 하면 되는데, 아무것도 안 하니 걱정하는 것이다. 그러니 내가 좋아하는 것, 잘할 수 있는 게 무엇인지 진지하게 고민하고 탐색하여 자신의 진로를 찾기 바란다.

아무것도 잘하는 것이 없다면, 그래도 공부를 잘하면 대학 진학도, 직업 선택도 조금은 수월할 수 있으니, 공부를 열심히 하는 것이 어떻겠냐고"

겸손은 힘든 것인가?

신입생 ○○이는 마냥 착하고 여린 학생이었다. 초롱초롱한 눈으로 아주 수업을 열심히 듣는 모범생이라, 늘 선생님들의 칭찬이 자자해졌다.

녀석이 청소년적십자 단원이 되면서부터 지도교사인 나와는 더 특별한 인연이 되었다.

녀석은 청소년적십자 단원으로 활동하면서 응급처치 UCC대회에 참가하여 상도 받고, 어버이날 편지쓰기에도 참가하여 상을 받는 등, 코로나 상황에서도 봉사활동이며 다양한 동아리 활동에 열심히 참여하여, 내가 믿고 아끼는 녀석이다. 물론 공부도 잘하는 그야말로 모범 학생이라 말할 수 있다.

그랬던 녀석이 3학년이 되자 달라졌다.

작년 12월에 있었던 학생회장 선거에서 녀석은 학생회장으로 선출되었다. 3학년이 되어 회장으로서 본격적인 활동을 시작했고, 나름대로 열심히 하는 것 같았다.

누구보다 회장의 역할을 잘 수행하고 싶은 녀석의 마음을 알기에, 나도 열심히 응원하고 있다.

그런데 어찌 된 일인지, 녀석은 친구들과 다투는 일이 자주 벌어지더니, 급기야 울음을 터뜨리는 일까지 생겼다.

몇몇 선생님은, '요즘 ○○이가 너무 설치는 것 같다.' 말씀하신다.

아마 어린 마음에 학생회장이 되고 보니, 지도자로서 잘하고 싶은 마음이 앞서, 어깨에 힘이 들어가고, 약간의 잘난 척을 하는 모양이다.

담임이 아닌 나는 한동안 지켜보기만 했다.

그러다 더 이상 내버려두면 안 되겠다 싶은 마음에, 쉬는 시간에 잠시 불렀다. 나는 녀석에게 내가 관찰한 모습과 다른 선생님들이 녀석에 대해서 하시는 말씀들을 말해주면서 어떻게 생각하는지를 물었다.

조용히 듣고 있던 녀석이 그런 것 같다고 수긍하고는 조심하겠다고 말했다.

자신을 돌아보는 여유와 지혜를 갖도록 짧은 충고까지 해 주었다. 벼는 익을수록 머리를 숙인다는 말과 학생회장이 되었으면 더 큰 포용력으로 너그럽게 학생들을 대할 줄 알아야 한다고 말해주었다. 그리고 앞으로 더 큰 목표를 상기하고, 자신이 어떻게 행동해야 할지를 생각해 보라고 일러주었다.

녀석은 머리가 좋고 눈치가 빨라, 내 얘기를 충분히 잘 알아들었다고 말했고, 적어도 내 수업 시간에는 행동이 달랐다.

스스로 통제하고 절제하는 모습을 보여주었다.

그런데 다른 선생님 수업 시간에는 행동이 고쳐지지 않았는지, 불만의 소리가 들렸지만, 나는 '차차 나아지겠지.'라는 말만 하고 이야기를 끊었다.

중학생에게 학생회장이나 학급 반장이라는 감투는 어떤 의미일까?

그저 어깨에 힘 들어가는 존재로 인식하는 것이 아닌지 염려될 때가 있다. 여러 아이를 지켜보지만, 감투만 쓰고, 책임 있는 행동을 하지 않아 학급 전체를 곤란하게 하는 경우가 종종 있다.

학기 초 반장 부반장을 뽑을 때, 학급 반장의 역할이나, 우리 반 반장이 해 주었으면 하는 것들을 공유하고, 여기에 부합하는 학생을 반장으로 뽑으라고 사전 교육을 하고 선거를 한다.

그렇게 하고서 뽑으면 최소한 지도를 받아야 할 학생이 지도자로 뽑히는 어이없는 일의 발생을 줄일 수 있다.

그러나 그렇게 해도 자질이 부족한 학생이 뽑히기도 한다.

반장이 되면 햄버거를 사주겠다거나, 입에 발린 감언이설에 넘어가 전혀 엉뚱한 녀석을 반장으로 뽑기도 한다.

1990년대에는 어느 정도 성적이 우수하고 품행이 단정한 학생들에게 지도자 자격을 부여했지만, 요즈음에는 학생 인권이니 뭐니 해서 그런 제한이 없다 보니, 지도자 자질이 없는 학생들이 학급 반장이나 부반장에 나서기도 하고, 때로는 선출되기도 한다.

그렇게 되면 그 반의 학습 분위기는 엉망이 되고 만다.

교사들은 그런 일을 최대한 막아보려 애쓰지만, 어이없는 일은 종종 일어난다. 교사가 생각하는 지도자다운 학생과 학생들이 생각하는 반장감이 다를 때가 있기 때문이다.

올해도 학생회 차장들 이야기가 교사나 학생들 사이에 입에 오르내린다.

학생회장은 워낙 바른 생활하는 녀석이라, 학생회 부장들을 진지하고 모범적인 학생들로 뽑았는데, 학생회 차장은 부회장이 말이 많고 활발한 녀석이라 그런지, 다들 별난 녀석들을 뽑아 학교 분위기를 흐린다는 얘기들이 나오고 있다.

녀석들은 어깨에 힘을 주고 집단으로 몰려다니면서 동급생이나 후배들에게 위압감을 주기도 하고, 심지어 학생회장도 이 녀석들을 상대하기가 버거운 모양이다. 학생회 대의원회의를 할 때 연락이 안 되거나 참여하지 않을 때도 있는 것 같다.

순한 학생회장이 이들을 휘어잡지 못하니, 자연히 학생회 담당 교사의 목소리가 커지고, 이리저리 바쁘게 뛰어다니는 것 같다.

중학생이라 아직 서툴고 교사의 도움 없이 스스로 알아서 행사를 기획하고, 계획을 세워 학생회를 이끌어 가는 것이 잘되지 않는 것 같다.

행사는 날짜가 정해져 있으니, 무한정 기다려줄 수도 없는 일, 보고 있자면, 담당 교사의 애로사항이 느껴진다.

담당 교사에게 심심한 위로를 보낸다.

학교 앞 벚나무

아침 일찍부터 쉼 없이 내 귀를 괴롭히는 저 지겨운 매미 소리는 언제쯤 그치려나. 오늘도 어김없이 날은 찌는 듯이 무더울 것이라 예상하게 된다.

우리 학교 앞 둑에는 아주 오래된 늙은 왕벚나무가 터널을 이루고 있다.

봄이면 만개한 벚꽃을 보기 위해 많은 상춘객이 모인다.

그러나 오솔길이 아니라 차들이 쌩쌩 달리는 큰길이라, 그 아름다움을 멋진 사진으로 담기에는 조금 아쉬운 점이 있다.

바람이 부는 날이면 활짝 핀 꽃잎이 바람에 날려 교실 복도에까지 날아와 수업을 방해한다.

날아드는 꽃잎에 시선을 빼앗긴 우리들은 교실 밖으로 나가 뛰어다니고 싶은 충동을 참느라 힘이 든다.

그러나 꽃을 보며 느끼는 행복의 순간은, 너무나 짧다. 활짝 핀 벚꽃을 보며 황홀감에 빠져 지내는 시간은 그리 길지 않다.

비라도 내리는 날이면, 그마저도 너무 짧아 아쉬움이 남는다.

꽃이 지고, 새순이 돋아나기 시작하면, 어느새 신록이 숲을 이룬다.

연둣빛 새잎에 신록이 짙어지면서 버찌 열매가 빨갛게 익어 떨어지기 시작하면, 출근 시간을 앞당겨야 한다.

나무 밑 그늘을 찾아 주차해 놓은 차 위로 빨간 버찌 열매가 떨어져 마치 핏자국처럼 묻어있는 자동차를 보고 낭패당하지 않으려면, 남들보다 일찍 출근해야 한다. 버찌의 공격 장소를 피해 주차하려면, 어쩔 수 없다. 모두 경쟁이라도 하듯 출근 시간을 당긴다.

나무에서 떨어질 때 터진 버찌 열매는 차를 더럽히기도 하지만, 실수로 길바닥에 떨어진 버찌 열매를 밟으면 신발에도 피를 묻힌 듯 보기 흉한 몰골을 하고 있어, 보는 이의 눈살을 찌푸리게 한다.

여름이면 아주 큰 그늘을 이루어 동네 어르신들의 피서지가 되기도 하고, 길 가는 나그네가 햇빛을 피해 걸을 수 있도록 그늘 길을 열어주기도 한다.

그러나 그 고마움과는 달리 짜증스러울 때가 많다.

벚나무 숲에 숨어 울어대는 매미의 송신한 울음소리가 귀를 때려, 수업하는 우리들을 곤란하게 만드는 날이 많다.

그럴 때마다 이 지겨운 매미 소리가 언제 그칠지 몰라 아득하다.

매미에게는 참 미안한 일이다.

매미로서는 억울한 일일 것이다.

매미는 암컷이 나무껍질에 알을 낳으면, 알에서 깨어난 애벌레가 땅속으로 들어가 7년이라는 인고의 세월을 보내고 성충이 된다고 한다. 성충이 된 매미는 짝짓기를 위해 암컷을 유혹하느라, 저리도 목이 터지라 운다는 것이다.

더 억울한 일은 짝짓기가 끝나면 매미의 일생도 끝난다는 것이다.

이 얼마나 기막힌 일인가.

게다가 매미의 애벌레 굼벵이는 약으로 쓴다고도 하지 않는가.

그러나 나는 나약한 사람인지라 매미의 속마음까지는 헤아리지 못한다. 그저 매미 울음소리가 귀찮고 듣기가 힘이 든다.

어이없게도, 교사들에게는 불청객인 송신한 매미 소리가 학생들에게는 자장가로 들리는가 보다.

나른한 오후가 되면, 매미 소리를 자장가 삼아 엎드려 곤하게 잠을 자는 녀석들이 있다.

그들의 잠을 깨우는, 매미 소리에 내 목소리가 묻힐까 봐 목소리를 한 옥타브 높여 수업하고 나면, 목이 아파 침을 넘기기도 힘들 때가 있다.

빨리 여름방학을 맞아 저 지겨운 매미 소리와 이별하고 싶다는 생각이 간절하다.

간사한 것이 사람이라 좋은 것은 고마워할 줄 모르고, 불편한 것은 참지 못하고 안달복달하게 된다.

그렇게 지겨운 매미 소리와 한바탕 기 싸움을 하고 나면 어느덧 여름이 지나간다.

가을이면 한 잎 두 잎 낙엽이 지는 모습을 보며, 지나간 계절을 그리워한다. 바람에 실려 교사 뒤편 운동장에 굴러다니는 낙엽을 치우는 것은 내 일이 아니라 그런지 덜 거슬린다.

바스락거리는 낙엽 소리를 들으며 겨울이 다가오고 있음을 알아차린다.

그래서 우리 학교 졸업 앨범에는 항상 벚나무가 빠지지 않는다.

벚꽃이 필 무렵이면 만개한 날을 택일하여 활짝 핀 벚꽃을 배경으로 앨범에 담을 스냅 사진을 찍는다.

겨울이면 가지만 남아서 추위에 떨고 있는 벚나무를 보면서 또 새봄을 기다린다. 잎이 떨어지고 없는 계절이면 나뭇가지 사이로 저 멀리 산이 보이고, 지나가는 차들도 보인다.

앙상한 가지 사이로 윙윙거리며 지나는 바람 소리를 들으면, 우리는 모두 바깥 날씨가 춥다는 것을 점칠 수 있다.

매미 소리를 자연의 소리라고 아름답게 듣는 사람도 있겠지만, 여름철이면 언제나 내 목을 아프게 하니, 나를 괴롭히는 저 매미 소리를 나는 그다지 좋아하지 않는다.

이런 나를 정서가 메말랐다고 해도 하는 수 없다.

목이 아파 연신 물을 들이켜야 하는 나로서는 시끄럽게 울어대는 매미 소리가 정말 싫다.

벚나무는 괴로워서 어떻게 참고 살아갈까?

삼십 년이 넘는 긴 세월 나와 학교생활을 함께해 준 벚나무에 존경과 감사의 마음을 전한다.

부모라는 이름

'아버지가 자녀에게 줄 수 있는 최고의 선물은, 자식의 어머니를 사랑하는 일이다.'

이 말은 부부가 서로 사랑하는 화목한 가정에서는 문제아가 나오지 않는다는 말일 것이다.

내 생각도 그렇다.

오랫동안 교사로 생활하면서 교사와 학부모 관계로 많은 어머니들을 만났고, 몇 분의 아버지도 만났다.

행복한 아이의 뒤에는 화목한 가정의 부모가 늘 자녀들을 지지하며 든든하게 버티고 있다.

반면에 늘 표정이 어둡고 불행해 보이는 아이의 뒤에는, 부부싸움으로 얼룩진 이혼 직전의 불행한 부모들이 있는 경우가 많다.

담임을 맡다 보면 다양한 가정의 아이들을 만나게 된다.

우리는 흔히 이혼한 가정의 자녀는 불행할 것이라고 착각하는 우를 범하기도 한다.

그러나 그렇지 않다는 게 나의 생각이다.

오래전 아버지 밑에서 생활하는 두 형제가 있었다.

그 녀석들은 너무도 반듯하게 잘 자라, 담임이 아니면 이혼가정의 자녀라는 것을 전혀 눈치채지 못했다.

상담 도중 알게 된 내용인데, 어머니가 도박에 빠져 부모님이 이혼하셨고, 공무원인 아버지 혼자서 두 아들을 키우고 계신다는 것이다.

아버지는 가까운 인근 도시로 출퇴근하셨는데, 늘 자녀들에게 최선을 다하셨다.

집안일은 세 남자가 역할 분담을 해서 하는 것 같았다.

연년생인 두 형제는 집 안 청소와 빨래를 번갈아 가면서 맡아 하고 있었다.

건강한 아버지 밑에서 자라는 두 아들은, 언제나 예의 바르고, 누구보다 학교생활을 모범적으로 했다.

두 녀석은 이 세상에서 가장 존경하는 사람으로 아버지를 꼽을 정도로 아버지를 믿고 따랐다.

이렇듯 아버지는 두 아들로부터 응원과 신임을 받고 있으니, 이 얼마나 건강하고 행복한 가정인가.

반면, 항상 표정이 어둡고 잘 웃지 않는 녀석을 상담하다 보면, 부부가 불행한 가정이 많다.

부부싸움으로 이혼 위기에 있는 가정의 자녀는 절대 행복할 수 없다. 부모가 이혼하면 어떻게 하지 하는 불안감에 늘 마음 졸이며 생활한다.

한 아이는 불화의 원인이 자기라고 생각하여, 자신에 대한 혐오감을 손목에 칼자국을 내는 것으로 드러내기도 했다. 이 아이는 고통 속에 자기도 모르게 자해하는 것이다. 너 때문에 부모님이 불행한 것이 아니라고 위로를 해도 쉽게 받아들이지 못한다.

나는,

"부모도 행복할 권리가 있다. 그런데 너 때문에 이혼을 못하고, 싸우면서 평생을 불행하게 살아가면 어떨까. 부모님은 물론이고, 너도 행복하지 않을 것이다."

라고 말해주었다.

"네가 커서 부모님께 잘해드리면 된다고 생각할지 모르지만, 네가 아무리 잘해드려도 부모님은 행복하지 않을 수 있다. 혹시라도 부모님이 이혼한다고 하더라도, 한 걸음 물러서서 이성적으로 생각해 보는 것이 어떠냐."

라고 물어보았다.

아무 대답이 없었지만, 굳어져 있던 표정이 조금은 풀린 것도 같다.

"선생님이라면, 부모님이 이혼을 하시든, 재혼을 하시든, 두 분이 행복했으면 좋겠다. 그러면 나는 자식으로서 가져야 할 부모님에 대한 책임을 내려놓고, 내 행복을 스스로 찾으며 열심히 살아갈 것 같아. 미국 아이들은 이런 상황을 자연스럽게 잘 받아들인다고 하잖아. 너도 자연스럽게 받아들이고 너무 상처받지 않았으면 좋겠다."

다음 날 아침 나는 녀석의 얼굴을 먼저 살폈다.

다행히 녀석의 표정에서는 조금의 여유가 느껴졌고, 나는 참 다행이라고 생각했다.

부모가 행복해야 아이가 행복하다는 사실을 우리 부모님들은 꼭 기억하길 바라는 마음이다.

"담임 선생님이 지도하지 못하겠다면 집에 가야지."

고등학교에서 십 년 넘게 근무하다가, 중학교로 옮겨서 근무하게 되었다.

주변에서는 걱정 섞인 이야기들을 담아서 전보 인사를 건넨다.

고등학교에서 중학교로 오셨다가 일 년 만에, 다시 고등학교로 가신 선생님께서 하신 말씀이다.

"중학생은 말귀가 안 통해 힘들던데."

갑자기 마음이 무거워졌지만, 어쩔 수 없는 일이다.

중학교로 오자마자, 3학년 담임을 맡았다. 많은 선생님이 염려하셨던 이유가 근거 없는 것은 아니구나, 하는 생각이 들었다.

중학생 남자아이는 절대 호락호락하지 않았다.

아니, 내가 서툰 탓인지도 모른다.

매일 매일 천방지축 설쳐대는 아이들을 상대하면서, 나는 점점 지쳐갔고, 마음속으로 수없이 외쳤다.

"이 녀석은 지금 사춘기다. 내가 참아야 한다."

하루에도 수십 번 소리쳐 보지만, 녀석들은 좀체 나아질 기미가 보이지 않는다. 수업 시간 떠드는 것은 물론, 필기구를 빌린다거나 쓰레기를 버린다는 이유로 허락 없이 돌아다니는 녀석이 있는가 하면, 일상이 욕이다. 장난으로 시작했다가 싸움으로 끝나고, 조용한 날이 거의 없다.

나의 일상은 롤러코스트를 탄 듯 정신없이 하루가 지나갔다.

아이들이 모두 하교하고 나서야 한숨 돌리게 되고, 잠깐의 쉼이 채 끝나기도 전에 퇴근 시간이 된다.

돌아보면 그때의 학생들이 가장 별났던 것으로 기억된다. 한편으로는 내가 중학교 교사로서는 초보라 서툴렀는지도 모른다. 그러나 전자에 가깝다는 결론이다.

녀석들이 고등학교에 진학한 후 들은 소문에 의하면, 고등학교 선생님이 그 몇몇 학생들 때문에 무척이나 힘들어한다는 것이다.

그래서 그 녀석들이 별난 것이라고, 스스로 위로를 해 본다.

한번은 종례 시간 교실에 들어갔는데, 벽에 붙어있던 선풍기가 땅에 떨어져 박살이 나 널브러져 있다.

누가 그랬냐며 깨뜨린 사람 앞으로 나오라고 하니, 아무도 나오지 않는다. 재차 학생들에게 누가 망가뜨렸냐고 물어도 눈치만 보고, 모두가 입을 꾹 다물고 있다.

나는 범인이 나오면 스스로 치우게 하고, 조용히 타이를 생각이었다. 그런데 끝까지 아무도 입을 열지 않으니 점점 화가 치밀었고, 범인이 나오기 전에는 종례를 마치지 않겠다고 엄포를 놓았다.

한참 동안 나와 학생들 사이에 신경전이 벌어졌고, 시간이 흘러 학원에 가야 하는 학생들의 표정이 점점 일그러지기 시작했다. 참지 못한 몇 명의 입에서는 학원 차가 기다리고 있어 빨리 가야 한다는 불만의 소리도 나온다.

이쯤 되면 다른 사람에게 해를 끼치기 싫어서라도 자수를 해야 하건 만, 그건 나의 바람일 뿐, 끝까지 서로 눈치만 볼 뿐 아무도 나서지 않 는다.

나는 아이들 한 명 한 명 눈을 마주치며 아이들의 표정을 살폈다. 그러다 자연스레 누가 범인인지 짐작할 수 있었다. 아이들의 표정이 그 녀석을 가리키고 있었다.

나는 범인으로 추정되는 학생 한 명을 지목하여 네가 그랬냐고 물으 니, 아니라고 딱 잡아뗀다.

마지막으로 묻겠는데, 정말로 네가 하지 않았냐고 물었더니, 아무런 답이 없다.

녀석이 범인임이 확실했다.

나는 녀석을 남기고 나머지 학생들은 집으로 돌려보냈다.

교실에 녀석과 나 둘이 남았다.

나는 녀석에게 박살 난 선풍기 잔해도 치우고, 교실 청소도 하라고 했다. 치우고 나서 조용조용 타이를 생각이었다.

그런데 녀석은 치울 생각이 없는지 잔뜩 골이 난 얼굴로 버티고 서 있다.

나는 몇 번을 치우라고 종용하였으나, 끝내 녀석은 내 말을 듣지 않 았다.

참다못해 나는,

"지금 당장 안 치우나. 너 학교 그만 다닐래?"

하면서 큰 소리로 화를 내며 소리쳤다.

그래도 녀석은 꿈쩍도 하지 않는다.

나는 다시,

"내가 학교를 그만두는 일이 있더라도, 너의 이 나쁜 버릇은 꼭 고치고야 말겠다."

말하고 녀석의 팔을 잡고 교무실로 들어서니, 한 선생님이 말씀하신다.

"○○이 또 뭘 잘못해서, 선샘이 화가 나셨나?"

나는 교감 선생님 앞으로 녀석을 데리고 가서 자초지종을 설명하고, 강한 어조로 말씀드렸다.

"교감 선생님! 저는 이런 학생은 도저히 지도할 수 없으니, 이 녀석이 학교를 그만두게 하시든지 해 주십시오. 안 그러면 제가 학교를 그만두겠습니다."

눈치 빠른 교감 선생님께서,

"담임 선생님이 못 가르치겠다고 하면 집에 가야지 할 수 있나."

하시면서,

"부모님께 연락해 학교에 와서 학생 데리고 가라고 하세요."

하고 말씀하신다.

그리하여 녀석의 아버지께 전화를 돌리자, 그제야 녀석이 잘못을 인정하고 아버지께는 연락하지 말아 달라고 손이 발이 되도록 싹싹 빈다.

이 일이 이렇게까지 해야 할 일인가, 몸에서 힘이 쭉 빠진다.

나는 녀석의 아버지께 학교에서 있었던 일을 말씀드리고 가정에서의 지도를 부탁드렸다.

알아듣게 이해시키고 큰소리로 야단을 쳐도 끄떡하지 않던 녀석이 이렇게 태도가 돌변하다니, 정말 허탈하다.

비로소 그때 알았다. 이 녀석의 처방전은 아버지라는 것을.

녀석은 부모의 이혼으로 아버지와 살고 있는데, 아버지께서 아시면 크게 노하실까 무척 두려워했던 것 같다.

나는 녀석을 데리고 다시 교실로 돌아갔다.

혹시라도 녀석이 다칠까 봐 선풍기 잔해는 내가 치우고, 교실 청소는 녀석에게 하게 했다.

청소를 마치고 우리 둘은 책상을 가운데 두고 마주 앉았다. 얼굴을 마주하고 무슨 일이 있었는지, 선풍기를 왜 부수었는지 물어보았다.

녀석은 이렇게 말했다.

"친구와 장난을 치다 자존심 상하는 말을 해서 욱하는 마음에 주먹으로 벽을 쳤는데, 선풍기가 방향을 잃고 흔들거려 눈에 거슬려 주먹으로 선풍기를 날렸어요."

나는 녀석의 손을 살펴보았다. 다행히 조금 찍히고 긁힌 자국은 있으나 그리 심하지는 않았다.

교무실로 가서 약을 발라주려 했지만, 녀석이 괜찮다며 집에 가서 약을 바르겠다고 거부하여 그만두었다.

나는 녀석에게 오늘 자기의 행동으로 누가 어떤 피해를 얼마나 입었는지를 생각해 보라고 했다.

한참을 생각하더니, 녀석이,

"선생님을 화나게 하고, 친구들까지 벌을 받고 집에 늦게 가게 했습니다."

라고 말한다.

나는 나직이 말해주었다.

"선풍기를 망가뜨렸으니, 금전적인 손해가 있고, 제일 큰 문제는 네가 이렇게 손을 다치지 않았니."

하고 말을 덧붙였다.

그러자 녀석이 고개를 숙이며,

"그러네요."

하고 작게 말한다.

"그럼, 앞으로 이런 일이 생기면 어떻게 행동해야 하는지도 알겠네? 앞으로 어떻게 행동할 거야?"

하고 물었더니,

"앞으로 주먹 함부로 사용하지 않고, 솔직하게 자수할게요."

하고 말한다.

나는 녀석에게 친구들의 입장이 되어 생각해 보고, 선생님의 처지에서도 한번 생각해 보았으면 좋겠다는 말을 해 주면서 내 생각을 덧붙였다.

친구들은 너로 인해 선생님한테 안 들어도 될 꾸중을 들었고, 학원에도 지각하게 되었지만, 제일 안타까운 건 친구들이 널 어떻게 생각할지 걱정이다.

거짓말을 하고, 다른 사람에게 피해를 주는 널 보면서 너에 대한 신뢰가 깨졌을지도 모르는 일이다. 선생님도 잘못이 없는 학생들을 야단치고 늦게 보냈으니, 친구들에게 미안한 마음이다.

솔직하게 잘못을 인정하고 스스로 치웠더라면 이런 일은 없었을 것이다. 그보다 먼저, 순간적으로 화가 나서 일을 저질렀어도 선생님한테 와서 미리 자수 했더라면 아무 일 없는 듯 지나갔을 일이다.

한동안 이런저런 훈계 지도를 했다. 그리고 앞으로는 이런 일이 생기지 않도록 하겠다는 약속을 받고 녀석을 집으로 돌려보냈다.

생각해 보면 참 안타까운 일이다.

무슨 연유인지는 모르나 부모의 이혼으로 엄마의 정을 느끼지 못하고 지낼 녀석이 참 안쓰럽다.

나는 아이들에게, '누구나 실수할 수 있는데, 실수를 인정하고 반성하는 태도가 중요하다. 그 태도 여하에 따라서 처벌이 달라질 수 있으니, 항상 문제가 생기면 자신을 먼저 돌아보라.'라고 말한다.

그러나 현실에서는 그렇지 않다.

중학생 아이들은 당장 닥친 현 상황만 모면하면 되리라 생각하는지 쉽게 거짓말을 하고, 그 거짓말을 덮기 위해 또 다른 거짓말을 하는 학생들을 종종 본다. 잘못을 인정하고 용서를 비는 학생에게는 용서가 따르지만, 끝까지 거짓말을 하며 버티다 보면 화가 나서 용서가 쉽게 되지 않는다.

교사도 감정이 있는 사람이기 때문이다.

다음 날 나는 아이들에게 말했다.

"누구나 실수는 할 수 있지만, 같은 실수를 두 번 하지 않도록 노력하는 것이 중요하다. 죄인도 자수하면 죄를 감해주지 않느냐. 잘못을 하면 그것을 인정하고, 반성하고, 사과할 줄 아는 사람이 되었으면 좋겠다."

"ㅆㅂ 학교 그만두면 될 거 아이가!"

매년 신입생을 받아 일주일 정도 지내다 보면, 어느 정도 학생들의 성향이 파악된다.

그러나 초등학교 때부터 말썽을 부려 입학하기도 전에 학생의 이름부터 먼저 듣게 되는 일도 있다.

작은 도시가 가지고 있는 좋지 않은 점인 것 같다.

편견 없이 학생을 바라봐야 하는데 이름을 먼저 듣게 되면, 그 아이가 눈에 먼저 들어오기 마련이다.

그런데도 편견 없이 학생을 바라보고자 노력한다.

십여 년 전 즈음의 일이다.

이 학생은 초등학교 때 선생님들을 힘들게 한다는 소문이 시내 초중학교에 파다하게 퍼져있어 모르는 사람이 없을 정도였다. 이 학생과 같은 중학교에 배정이 되었다는 것만으로 학생과 학부모는 두려움을 느끼고, 심지어 우는 학생도 있었다는 소문이다.

그렇게 이름을 날리던 학생이 우리 학교에 배정이 되어 왔다.

학생들만큼이나 교사들도 긴장하며 녀석을 관심 깊게 바라볼 수밖에 없다.

녀석이 중학교 2학년 때의 일이다.

평소 이 녀석은 수업 분위기를 훼손하고, 야단을 치는 선생님께 불손한 태도로 대들어서 연세 드신 선생님 몇 분은 화가 머리끝까지 치밀어 교무실에 학생을 데리고 오셔서는 큰소리로 훈계 지도하시는 모습을 종종 볼 수 있었다. 그때마다 한 마디도 안 지고 자기변명만을 늘어놓는 모습을 보고, 교무실에 있는 동료 교사들의 표정이 일그러지고는 했다.

한 번은 수업을 마치고, 어느 선생님의 손에 이끌려 교무실에 내려왔는데, 교무실에 들어서자마자 허락도 없이 학교 전화기를 들고 자기 아버지와 통화를 하였다.

"아빠! 아빠가 학교에서 선생님이 뭐라고 하면 전화하라고 했다 아이가. 오늘 선생님이 뭐라고 해서, 지금 전화한 건데."

학생의 돌발적인 행동에, 교무실에 있던 우리는 모두 눈을 동그랗게 뜨고 서로를 쳐다보았다. 도저히 믿기지 않는 현실 앞에 놀라고 어이가 없었다.

그때 그 선생님은 퇴직이 몇 년 남지 않았는데, 그 일이 있고 난 후 교직 생활에 싫증을 느끼셨는지, 몇 년 일찍 명예퇴직하셨다.

나는 그 녀석의 욱하는 성격이 폭발할까 봐 아주 조심스럽게 녀석을 대했기에 아주 가끔 위태롭기는 했지만, 그런대로 평화가 유지되고 있었다. 그러나 그 평화는 오래가지 못하고 드디어 폭발하고 말았다.

그날 수업을 들어갔는데, 그 녀석이 친구와 말다툼하고 있었고, 왜 다투고 있는지 양쪽의 말을 듣고, 제3자인 학급 학생들의 증언을 듣고자 했으나, 아이들이 녀석의 눈치를 보며 입을 열지 않는다.

나는 두 학생 모두 짧게 훈계 지도하고, 수업 마치고 다시 지도할 요량으로 자리에 앉혀 수업을 진행하고자 자리에 앉으라고 말했다.

그런데 그 녀석이 계속해서 씩씩거리며 수업을 방해하고 있어, 교무실에 내려가 있으라고 말했다. 수업이 끝나면 조용히 데리고 상담 지도를 할 생각이었다.

그런데 교무실에 내려가서 기다리라는 말을 무시하고, 수업 시간 내내 쓸데없는 소리를 내거나, 친구들을 집적거려 수업을 방해한다.

나의 인내심은 한계치에 달했다.

나는 녀석을 강제로 교실 밖으로 끌어내고자 했으나, 녀석은 반항하며 버텼다.

화가 난 나는 나가라고 목소리를 높였고, 녀석도 화를 내며 내게 대들었다. 심지어 자리를 박차고 일어나 턱을 내 얼굴 가까이 들이대며 사람을 칠 것 같은 행동을 취하기까지 했다.

나는 마음속으로 당황하고 무서웠지만 애써 침착하게 행동했다. 너하고 실랑이하다가는 수업 한 시간 다 망칠 것 같으니 수업 마치고 얘기하자며 애써 태연한 척 말하고 교탁 앞으로 가서 수업을 진행하고자 했다.

그러나 그 녀석은 더 기고만장하여 소리를 지르며 수업을 방해한다.

나는 회초리가 될 만한 것을 찾아 주변을 살폈고, 마침 책상에서 떨어져 나온 작은 나무토막이 보여 그 나무토막을 녀석에게 집어 던졌다.

다행히 학생이 피해서 다치지는 않았고, 나는 마음속으로 다행이라고 생각했다.

화가 나서 던지긴 했지만, 순간 후회했다.

나는 수업을 하는 둥 마는 둥 시간을 보내고 녀석을 데리고 교무실로 내려와서는 녀석에게 어머니의 전화번호를 물어 어머니께 전화를 걸어 학교에서의 면담을 요청했다.

학생들이 하교한 후 녀석의 어머니께서 학교에 오셨다.

어머니는 인사도 없이 나를 찾았고, 교무실 옆 교사 휴게실에서 어머니와 마주 앉았다. 어머니는 다리를 꼬고, 팔짱을 낀 채 몸을 소파에 기대어 앉아 내 말을 듣고 있다.

나는 마음속으로 뭐 이런 사람이 있나 싶었지만, 침착하게 자초지종을 설명했다. 그리고 가정에서의 지도가 필요하다고 덧붙였다.

부모님들 대부분은 불미스러운 일로 학교에 오면, 인사와 함께 죄송하다는 말을 먼저하고, 그리고 자초지종 얘기를 들을 때마다 죄송하다는 말을 몇 번씩 반복하신다.

그런데 이 학생의 어머니는 끝까지 자세도 고쳐 앉지 않고 죄송하다는 말 한마디 없이 학교를 나가셨다.

어머니가 나가신 후 복도에서 마주친 선생님과 눈빛을 교환했다.

'부모가 저러니 학생의 교육이 제대로 안 되지.'

서로가 마음속으로 나눈 대화일 것이다.

참으로 화가 나고 마음이 불편했다. 학생들이 보는 앞에서 벌어진 일이라 민망하기도 했지만, 그렇게 만든 나 스스로에게 실망하고, 지혜롭게 처리하지 못한 자신을 질책했다.

그리고 며칠이 지난 어느 일요일, 초등학교 동창 친구들과 스크린 골프를 치며 놀고 있었다.

그때 낯선 전화번호로 전화가 왔다.

전화를 받아보니, 그 학생의 어머니였다.

어머니의 말에 의하면, 자기 아이가 학교 선배한테 불려 나가서 강에 빠뜨린다는 협박을 당하고, 한 시간 넘게 끌려 다니며 혼이 나서 집으로 돌아왔다는 것이다.

이유는 나한테 버릇없이 굴었기 때문이라고 한다.

그래서 어머니는 내가 시킨 일이라고 생각해서 전화한 모양이다.

정말 황당하고 어이없는 일이 아닐 수 없다.

나는 그런 사실이 없으며, 그 선배가 누군지 모른다고 말했다.

나 스스로 자존심 상하고 민망한 일을 누구에게 말할 수 있으랴.

도대체 누구일까 궁금했지만, 도무지 짐작 가는 사람이 없었다. 학교에서 있었던 일을 졸업생이 어떻게 알고 그 같은 일을 한 것인지, 정말 알 수 없는 노릇이다.

다음날 학생을 불러 자초지종을 물었다.

그 녀석의 말에 의하면, 친구의 전화번호로 전화가 와서 받았는데, 나른 사람의 목소리가 들렸고, 선배라며 잠시 집 앞으로 나오라고 해서 나갔다는 것이다.

집 앞에 나가니 낯선 청년이 자가용에 타라고 해서 탔고, 차 안에 또 다른 한 청년이 있었다는 것이다. 선배라는 두 청년이 자기를 태우고 어딘가로 가더니, 강이 보이는 언덕길 갓길에 차를 세우고는 협박했다는 것이다.

어떻게 협박했느냐고 물으니,

"니, 죽을래! 어디 선생님을 때리는 그 따위 행동을 하노? 저 강에 확 빠자삐까!"

하고 말했다는 것이다.

그래서 자신은 선생님을 때리지 않았고, 잘못했다고 하니, 선배는

"선생님한테 그라는 거 아이다. 다음에 또 그라믄, 진짜 강물에 확 빠자삔다."

하고 협박하였고, 학생이 다시는 그러지 않겠다고 약속하니, 선배가 다시 차로 집에 데려다주어 집으로 돌아갔다는 것이다.

시간이 얼마나 걸렸냐고 물으니, 대략 15분 정도 걸린 것 같다고 했다.

나는 그 선배의 이름을 아느냐고 물었고, 학생은 모른다고 답했다. 생김새가 어떤지 물어보고, 생김새에 걸맞은 졸업생이 있는지 떠올려보았지만, 짐작 가는 졸업생이 생각나지 않는다.

"그 선배들이 어떻게 알았을까?"

하고 물으니,

"우리 반 아이 중에 누가 얘기해서, 알게 되지 않았을까요?"

하고 말한다.

그럴 수도 있겠구나, 생각했다.

그 졸업생이 누군지도 모르면서 부끄러운 감정이 올라왔다. 그리고 녀석의 버릇을 한방에 고쳐주어 마음 한편으로는 그 졸업생이 고맙기도 했다.

또 한편으로는 역시 그 학생의 어머니는 내게 사건을 부풀려서 말씀하셨구나, 생각하니 씁쓸했다. 자식을 대하는 부모의 태도를 보니, 더욱 그랬다.

그날 이후, 나의 궁금증은 계속되고 있다.

그때 그 선배라는 졸업생은 도대체 누구일까? 나는 언제쯤, 그 졸업

생의 정체를 알 수 있을까?

아마 평생 알 수 없을 것 같지만, 언젠가는 내 앞에 모습을 나타내주 었으면 하는 바람이다.

그 학생이 졸업하고 2년 뒤에 들려온 소문에 의하면, 고등학교에서 도 학교생활을 제대로 하지 않아 학교에서 많은 제재를 받았다고 한다.

그렇게 여러 선생님을 힘들게 하여 원성이 높아지자, 교감 선생님 앞에 불려가 지도를 받게 되었단다.

교감 선생님께 지도받던 도중에 녀석이 욱하는 성격을 참지 못하고 교감 선생님 책상을 주먹으로 쾅 내려치며,

"아! ㅆㅂ 학교 안 다니면 될 거 아이가!"

하고 소리치며 학교를 뛰쳐나가 돌아오지 않았다는 소식이다.

녀석이 참 안 됐다는 생각이다. 녀석의 부모님은 과연 자녀 양육을 위해 얼마나 고민하셨을까 궁금해진다.

나는 학창 시절 수업 시간에 선생님께 이름만 불려도 죄송한 마음에 고개를 못 들었다.

부모님께 학교에서 야단맞았다고 얘기하는 것은 꿈도 못 꾼다. 학교 에서 어떻게 행동했기에 선생님께서 야단을 치시냐며, 도리어 부모님 께도 혼이 나기 때문이다.

두 부모님의 양육 방법은 참 다르지만, 두 방법 다 좋다고는 말하기 어려운 것 같다.

내 부모님은 무조건 선생님이 옳다는 생각이었을 것이고, 녀석의 부 모님은 무조건 자기 아이 말이 사실이라고 생각하지 않았을까, 하는 생각이다.

그런데도 내 부모님 덕분에 나는 선생님 말씀을 잘 듣는 아이로 자랐으니, 교육적인 관점에서는 내 부모님이 조금 낫지 않았을까, 하는 마음이다.

교사를 우습게 여기는 부모님 밑에서 자란 아이는 학교에서의 교육을 받아들이기 쉽지 않기 때문이다.

세상의 부모님께 부탁드리고 싶다.

혹시 내 아이의 교사가 마음에 들지 않더라도, 아이 앞에서만큼은 가식적이라도 교사를 존중해 주셨으면 좋겠다. 그것이 내 아이의 교육에 도움이 될 것이니 말이다.

국민 신문고 사건

중학교 입학 배정이 끝나고 며칠 뒤, 신입생 학부모로부터 특정 학생과 같은 반이 되지 않게 해달라는 전화가 걸려 왔다.

그러자 학교에서는 자연스레 녀석 얘기가 나왔고, 교사들은 지인으로부터 듣거나 초등학교 선후배 교사로부터 들었던 이런저런 소문들을 한마디씩 쏟아내기 시작했다.

소문으로만 듣던 녀석이 우리 학교에 배정된 것이다.

학부모와 학생들에게 공포의 대상이 된 학생이, 어떤 녀석인지 얘기를 해 보려 한다.

녀석은 초등학교 때부터 워낙 친구들을 많이 괴롭히고, 교권 침해 행위를 일삼아, 담임을 맡았던 선생님이 울었다는 소문도 있고, 담임을 맡았던 교사가 하나 같이 힘들어했다고 한다.

심지어 녀석 때문에 교사가 전보 발령 신청을 하는 등, 소문이 자자할 정도로 악명이 높았다.

참으로 슬픈 일이다.

편견 없이 학생을 바라봐야 하는데, 입학하기도 전에 이미 녀석을 모르는 사람이 없으니, 노력은 하겠지만, 편견 없이 녀석을 대하기는 어려울 것 같다.

작은 도시에서 볼 수 있는 좋지 못한 사례이다. 그러나 한편으로는 소문과 다를 수도 있다는 한 가닥 희망도 가지려 애쓴다.

그렇게 많은 선생님의 우려 속에 녀석이 우리 학교에 입학했다. 초등학교에서 별나던 학생들도 중학교에 입학하면, 한 달 정도는 눈치를 살피느라 쉽게 본색을 드러내지 않는 법인데, 녀석은 달랐다.

입학 후 일주일을 넘기지 못하고 말썽을 부리기 시작했고, 교사들은 지금까지 이런 학생은 처음이라며 혀를 찼다.

나 역시 마찬가지다. 미리 녀석에 대한 정보를 들어 알고 있었지만, 정말 이 정도일 줄은 상상도 못 했다.

며칠이 지나지 않아 친구를 괴롭혀 시시때때로 교무실로 불려 와 야단을 듣고, 담임 선생님을 힘들게 했다.

녀석은 그 또래들에 비해 덩치도 크고 주먹도 셌다. 그러다 보니 다른 학생들이 이 학생을 무서워하였다.

수업 시간 자리를 이동하여 앉는 것은 예사고, 쓸데없는 얘기를 하거나 교사의 말에 토를 달고, 친구들을 집적거려 울리기도 하는 등, 수업 시간마다 분위기를 흐려 힘들어하시는 선생님들의 불만 섞인 소리가 이어졌지만, 별 뾰족한 해결책이 없었다.

하루는 내 수업 시간에 친구들에게 시시한 농담을 던져서 친구들을 웃기고 계속 떠들어, 수업에 방해가 되니 조용히 하라고 몇 차례 주의를 주었다.

그랬더니, 갑자기 노래를 부르는 등 너무도 반항적인 태도를 보이기 시작했다.

학습권 침해 행위가 도를 넘어 도저히 수업이 진행되지 않아 교실 뒤로 나가 서 있으라고 했다.

그랬더니 뒤에 앉은 친구를 집적이며 수업을 방해하여, 다시 복도에 나가 앉아 있으라고 했다.

녀석은 잠시 복도에 앉아 있는 듯했다.

그래서 수업을 진행하고 있는데, 갑자기 소란스러운 소리에 녀석을 바라보니, 복도에 앉아 있던 녀석이 교실 출입문에 매달려서 턱걸이하며 반 아이들의 시선을 끌고 있다.

가만히 앉아서 창문 너머로 수업을 들으라고 다시 주의를 주었다.

잠시 조용히 있더니, 돌연 교실에 있는 의자를 복도로 들고 나가 앉아서는 의자를 끄덕거리며 삐거덕삐거덕 시끄러운 소리를 내더니, 또 교실을 기웃거린다.

나는 참다못해 교무실에 내려가 있으라고 말했다. 수업을 마치고 조용히 데리고 상담 지도를 할 생각이었다.

그렇지만 녀석은 교무실로 내려가지 않고 끝까지 복도에서 기웃거리고 있었다.

나는 수업을 마치고 녀석을 데리고 교무실로 내려와 휴게실에 둘이 마주 앉아 한참 동안 타일렀다.

이런 일은 수차 반복되었다. 어떤 날은 말을 알아듣는 것 같고, 어떤 날은 삐딱하게 굴기도 한다. 학부모를 불러 상담도 하였지만, 녀석의 태도는 크게 변화가 없다.

담임교사는 얼마나 힘들까, 생각하니 안쓰럽기까지 했다.

그런데도 학교는 사람을 키우는 곳이기 때문에 지속하여 사명감을 가지고 학생이 변하도록 지도해야 한다. 때로는 무관심이 약이라고 외면해 보기도 하지만, 오래가지 못했다.

한쪽 눈 질끈 감고 괄호 밖으로 내놓는다는 사람도 있지만, 나는 성격상 그리하지 못한다.

다른 학생들에게 피해가 되기도 하지만, 녀석의 장래를 위해서도 그냥 두고 볼 수는 없는 일이라 생각한다.

그러던 와중에 녀석이 친구들을 지속하여 괴롭혀 학교 폭력으로 학교에서 징계 여부를 논의하고 있었고, 때마침 현장 체험학습 계획이 잡혀 있었다.

어느 날, 학부모 한 분이 이런 학생과 도저히 체험활동을 함께 갈 수 없다며, '국민 신문고'에 글을 올려 특별 조치를 해 달라고 소청했다는 얘기가 들려왔다.

학교에서는 급히 녀석에 관한 논의가 진행되었고, 녀석은 체험활동에 참가하지 말고, 학교에 남아 지도를 받도록 하라는 조처를 내렸다.

차라리 다행이라는 선생님들의 반응이다. 체험활동 가서 사고를 치면 수습하기 힘든데, 잘된 일이라는 것이다.

아이들도 교사들도 안도의 한숨을 쉬는 것처럼 느껴졌다.

그렇게 녀석은 현장체험학습 기간 동안 혼자 학교에 남아 독서와 봉사활동을 하였다.

얼마 후 학교에서 녀석을 학생선도위원회를 거쳐 징계를 할 것이라는 소식을 전하자, 부모는 자진해서 인근 도시로 이사를 해 전학을 간다고 했다.

녀석이 전학을 가고 난 후 학교는 조용해졌다.

그 후 일 년 뒤 학생 동아리 행사에서 녀석을 만났다.

창원실내체육관에 학생을 인솔하여 참석한 행사에 학생들과 함께 지정된 좌석에 앉아 있는데, 녀석이 와서 오랜만이라며 인사를 한다.

어쩐 일이냐고 물으니, 친구를 만나러 왔다고 한다. 그러고는 한참 동안 내 옆자리에 앉아서 묻지도 않은 말들을 쏟아놓는다.

나는 학교생활 잘하라고 이런저런 얘기로 타일렀고, 녀석은 학교생활 잘하고 있다고 선도위원이라며 자랑삼아 교복 위에 떡하니 붙어있는 선도위원 명찰을 내게 보여주었다.

그렇게 녀석은 한참을 내 옆에 앉아 이런저런 얘기를 하더니 그만 가봐야겠다며 자리에서 일어나 유유히 강당 밖으로 사라졌다.

그 후 일 년이 지나 중학교 3학년이 되었을 때다.

난데없이 녀석이 학교에 나타났다.

왜 왔느냐고 물으니, 그냥 놀러 왔다고 하면서 자기는 이제 법원의 보호관찰소로 들어간다고 말했다.

아무도 모르고 있고, 누구도 묻지 않았는데, 녀석이 스스로 자기가 처한 상황을 털어놓는다.

굳이 말하지 않아도 될 일을, 이전에 다니던 학교에까지 일부러 찾아와서 그 말을 하는 이유가 무엇일까?

녀석이 혼잣말처럼 내뱉었다.

"그때 전학 가지 말고 이 학교에 '그냥' 있을 걸 그랬어요."

아마 전학 간 학교에서도 만만치가 않았나 보다. 이 학교에 있었더라면 보호관찰소 가는 일은 없었을 텐데 하는 의미로 들렸다.

녀석은 이제 와서 처벌을 피해 전학 간 걸 후회하고 있는 것일까.

이것도 부모의 잘못된 자식 사랑이 아닌가 싶다.

잘못했으면 그에 합당한 벌을 받도록 가르쳐야, 다시는 같은 잘못을 하지 않을 것인데, 징계를 피해 전학을 택한 것이 너무나 참담한 결과를 초래한 것이 아닌가 싶다.

그 후 녀석의 소식은 듣지 못했다.

우리는 칭찬은 고래도 춤추게 한다는 말을 자주 한다.

그러나 남자 중학교 현실에서는 칭찬보다는 야단 칠 일이 많다.

칭찬하고 싶지만, 딱히 칭찬할 말이 떠오르지 않는 학생도 있기 마련이다. 그런데도 학교생활기록부에는 되도록 좋은 말만 기록하고자 애쓴다.

그래서 학기 말이 되면 몇몇 학생들의 학교생활기록부를 잡고 여러 가지 고민을 하느라 머리가 복잡하다.

학생의 미래를 생각해서 긍정적인 내용을 기록하고 싶지만, 그것이 사실과 멀 경우 교사의 양심이라는 감정을 건드리니, 망설일 수밖에 없다.

그런데도 그 학생의 미래 가능성까지 억지로 찾아내어 좋은 말로 쓰려고 노력하는 것은, 그 학생의 미래는 아무도 모르기 때문이다.

교사는 그저 바람직한 어른으로 성장하기를 바라는 교사의 간절한 마음을 담아 기록하는 것이다.

철없는 젊은 아빠

담임을 맡게 되면 제일 먼저 하는 일이 학급 아이들을 파악하는 일이다. 학기 초에 간단한 기초 조사를 하고, 한 명씩 차례로 상담하게 된다.

그러다 보면 자연스레 아이들의 심리상태나 가정의 분위기를, 어느 정도는 파악할 수 있다.

오래 전의 일이다. 15년은 훨씬 넘었을 것 같다.

중학교 1학년을 맡게 되었는데, 교복도 없이 유독 차림새가 깔끔하지 못하고 산만하여 눈에 띄는 아이가 있었다.

상담 중 아이 아버지의 나이를 알게 되었는데, 계산해 보니, 아버지가 10대 때, 이 아이의 아빠가 된 것이었다.

그런데 어찌 된 일인지 엄마는 없고, 아버지와 산다는 것이다.

자세히 물어보고 싶었으나 상처가 될까 염려되어 천천히 알아보리라 생각하고 지냈다.

그러던 어느 날, 졸업생 어머니로부터 전화가 왔다. 내가 고등학교에 근무할 때, 담임을 맡았던 학생의 어머니시다. 내가 어머니회 업무를 맡아 결손가정 자녀와 결연사업을 할 때, 많은 도움을 주셨던 분이라, 그 후로도 계속 서로 안부를 묻고 지내는 사이다.

어머니께서는, "선생님 반에 ○○이 있죠?" 하고 물으신다.

나는 어떻게 아시는지 물었고, 어머니께서는 초등학교 때부터 동반자 프로그램으로 상담을 진행하고 있는 아인데, 불쌍한 아이이니, 잘 보살펴달라는 부탁이었다.

나는 졸업생 어머니로부터 그 아이의 가정형편 얘기를 듣고, 잘 보살펴야겠다고 마음먹었다.

그리하여 3개월 동안 지속적인 상담을 진행하는 동반자 프로그램 상담도 다시 신청했다. 그리고 적십자 부녀봉사단체와 연결하여 밑반찬 등의 지원을 받게 도와주고, 급식바우처도 신청해 주었다.

그러나 녀석은 나의 마음을 아는지 모르는지, 연락도 없이 결석하는 날이 점점 잦아졌다.

상담 선생님과 이야기해 보니, 집으로 찾아가서 학부모 상담도 하셨다고 한다. 그러나 효과가 별로 나타나지 않는 것 같다.

며칠째 결석이 이어지던 어느 날, 평소 녀석과 잘 어울리던 한 학생을 불러 물어보았다.

처음에는 입을 열지 않더니, 한참 만에 입을 열어서 하는 말이, 지금 녀석이 자기 집에 머물고 있다는 것이다.

왜 같이 학교에 오지 않았냐고 물으니, 학교에 가기 싫다고 말해서 혼자 왔다고 했다.

집에 부모님이 안 계시냐고 물으니, 부모님은 인근 도시에서 가게를 하시는데 주말에만 집에 오신다고 했다.

나는 학교를 마치고 그 학생을 따라 녀석을 데리러 갔다.

학교에서 그리 멀지 않은 아파트였는데, 아파트 문을 여니, 역한 냄새가 진동하였다. 냄새를 쫓아 싱크대를 살펴보니, 라면 먹다 남은 찌꺼기가 그대로 말라붙어 초파리가 끓고 있었다.

나는 싱크대를 물로 씻어 내리고, 이방 저방 녀석을 찾았지만 보이지 않았다. 누구한테 미리 연락받았던 건지 녀석은 사라지고 없었다.

친구에게 내일은 꼭 학교에 데리고 나오라는 당부를 하고 아파트를 나왔다.

아파트를 나와 생각했다.

참 간이 크신 부모님이 계시네. 아무리 일이 바쁘다고 해도, 어떻게 미성년 자녀들만 지내게 하실 수가 있지, 한숨이 절로 나왔다. 할머니가 가까이에 사신다고는 하지만, 내 상식으로는 도저히 이해할 수 없는 노릇이다.

나의 고민은 점점 깊어만 갔다.

간간이 학교에 나오면, 밥을 사 먹이면서 얘기도 하고, 과자로 달래도 보고, 때로는 벌을 주어 마음을 돌려보려 했지만, 결석하는 일수는 늘어나고, 전혀 녀석은 달라지지 않았다.

따라서 나의 고민도 점점 커지고 한숨이 늘어갔다.

견디다 못한 나는 마지막으로 녀석의 집을 방문하기로 마음먹고 집으로 찾아갔다. 집에 사람이 없으면 저녁 늦게까지 기다리리라 마음 단단히 먹고 비장한 각오로 갔다.

이런저런 생각을 하면서 가다 보니, 어느새 녀석의 집 앞에 도착했다. 그런데 아무리 벨을 눌러도 문이 열리지 않는다.

그대로 돌아갈 수 없어 밖에서 누가 올 때까지 기다리기로 마음먹고 복도 담 너머로 보이는 골목길을 내려다보고 있었다.

그때 집안에서 인기척이 나는 것 같아 가만히 숨죽여 출입문에 귀를 대고 들으니, 분명 집안에 사람이 있는 것 같았다.

나는 주먹으로 문을 두드리며 큰 소리로,

"○○이 안에 있는 것 다 안다. 빨리 문 열어라."

하며 큰 소리로 몇 번을 외쳤다.

그렇게 한참 실랑이 끝에 문이 열렸고, 나는 아파트 안으로 들어갈 수 있었다. 집 안으로 들어서니 방 두 칸짜리 아주 좁은 공간이 눈에 들어왔다.

이곳저곳을 살피다 보니, 방문 입구에 야구 방망이가 놓여 있다.

"○○이가 야구를 좋아하는구나."

라고 말했더니, 아니라고 했다.

아빠가 화가 나면 저 야구 방망이로 자기를 때린다는 것이다.

혼자 있냐고 물으니, 여섯 살쯤 되어 보이는 여자아이가 방에서 쏙 나온다. 동생이라고 했다.

녀석은 집에서 동생을 보고 있었는데, 요즘 말하는 아동 학대가 이뤄지고 있었던 것이 아닌가 생각된다.

그날 녀석과 아주 많은 이야기를 나누었다.

나는 녀석에게 아버지께 전화해서 선생님이 기다리고 있다고 전하라고 했다. 퇴근 후 아버지와 마주 앉아 더 이상 결석하면 유급된다는 사실을 말하고, 꼭 학교에 다닐 수 있도록 협조를 부탁드렸다.

바쁘시면 주변에 도와주실 분을 찾아보시는 것이 어떨지, 동생을 어린이집에 보내는 것도 한 방법이지 않겠냐고 말씀을 드렸더니, 아무런 대답이 없다.

나는 녀석을 꼭 학교에 보내 달라고 간곡하게 부탁하고 아파트를 나왔다.

이렇게 키우려면 차라리 보육원에 맡기는 것은 어떠냐고 말하고 싶었지만, 차마 그 말을 입 밖으로 내뱉지는 못했다. 가슴이 아프고 답답했으며, 발길이 무거웠다.

녀석에 대해 내가 파악한 내용은 이렇다.

녀석의 아버지는 10대에 실수로 녀석을 낳았으나, 녀석의 엄마는 현실을 피해 도망갔다는 것이다.

녀석의 아버지는 건설 현장에 막노동해서 생활하고 있으며, 가끔 여자를 집으로 데리고 와서 녀석에게 고모라 부르라며 같이 자기도 한다는 것이다. 그 고모라는 여자는 한 사람이 아니고, 이미 몇 사람 바뀌었다는 것이다.

최근에는 고모라는 여자가 여동생을 한 명 데리고 와서 함께 살고 있는데, 그 동생을 돌봐야 한다는 것이다.

아버지는 술을 좋아하고, 일이 잘 풀리지 않으면 술을 마시고 들어와 자기 아들 때문에 인생이 꼬였다고 한풀이하는 것 같았다.

그랬다. 학교에서 아무리 애를 써 봐야 무슨 소용이 있을까. 요즘이라면 아동학대로 신고해야 할 상황이지만. 그때는 달리 해결할 방법을 찾지 못했다.

청소년 상담실을 통해 인연을 맺었던 상담 선생님과 나의 갖은 노력에도 불구하고, 녀석은 계속해서 결석하였고, 결국에는 출석 일수를 채우지 못해 유급되고 말았다.

참으로 허망했다. 내가 그 녀석한테 쏟은 정성이 얼마인데.

이렇게도 미약한 나 자신이 싫었다.

그 후로 얼마 동안 녀석의 안부를 알아보았지만, 전혀 좋은 소식은 들리지 않았고, 이듬해부터는 녀석이 어떻게 살고 있는지, 아무도 소식을 알려 주지 않았다.

녀석이 자신의 아버지로부터 보고 배운 것이 무엇일까, 생각하니, 참으로 녀석이 불쌍하고 걱정이 된다.

나에게라도 찾아오면 도와주고 싶건만, 녀석의 소식은 친구도 그 누구도 알지 못했다.

나는 가족 관계 수업을 할 때, 어린 중학생이라 생각하지 않고, 장차 아버지가 될 아이들이라 생각하여 부모의 양육 태도와 가족 구성원의 역할 등에 대해서 현실적인 사례를 들어 많은 이야기를 해 준다.

내가 가족 정책을 입안하는 사람이라면, 부모가 되기 전에 반드시 의무적으로 부모 교육을 하고 싶다는 사견을 붙이기도 한다. 다양한 사례를 찾아 가족 갈등을 풀어가는 연습을 시키기도 한다.

내 경험상, 학창 시절 배운 것이 가장 오랫동안 기억되고, 유용하게 쓰인다는 것을 알고 있기 때문이다.

나는 중학교 3학년 남자아이들에게 말한다.

부부싸움은 자녀들 앞에서는 하는 것이 아니며, 혹시 부부싸움을 할 일이 있으면, 지금 일어난 일에만 집중해야지, 지난 과거 일을 들추는 건 현명하지 못하고, 싸움이 끝이 나지 않는다. 그리고 상대방의 약점을 건드려서는 안 된다.

너희들은 부모가 되면 꼭 이 세 가지를 기억해라.

부모의 불화 속에서 자라는 아이는 늘 불안과 두려움으로 정서적으로 문제가 생길 수 있으니, 자녀 앞에서 부부싸움은 절대로 하면 안 된다.

부모가 자식에게 줄 수 있는 최고의 선물은 자식의 어머니(아버지)를 사랑하는 것이라는 말을 나는 굳게 믿는다.

심증은 있는데 물증이 없네

북한이 쳐들어오지 못하는 것은 중2가 있기 때문이라는 우스갯소리를 들을 때마다, 나를 비롯한 주변 선생님들은 말한다. 사실은 중2가 아니라, 중3이 제일 무섭다고.

한 학년이 마무리되고 나면 학교에서는 신학기 업무 분장과 담임교사를 배정하게 된다. 그래서 신학기에 어떤 업무를 맡아야 할지, 담임은 몇 학년을 맡는 것이 좋을지, 여러 날 고민하게 된다.

그때마다 떠오르는 말은 '복불복'이라는 단어이다.

대개는 평범한 중학생의 범주에 속하지만, 어떤 해는 정말 별난 녀석들이 많이 입학하는 해가 있다.

그럴 때면 인근 학교의 학생들도 그런지 물어보는데, 그 나이 학생들이 전체적으로 유별난 때도 있고, 특정 학교에 별난 녀석들이 몰려 있는 일도 있다는 것이다.

그리고 학생과 교사의 궁합이 잘 맞는다 싶은 해도 있고, 궁합이 잘 맞지 않는 해도 있다.

어떤 해는 문제 학생들이 많아 고생하겠다는 주변의 걱정과 달리, 한 해를 별 사고 없이 잘 마무리하는 경우가 있는가 하면, 착한 학생들이 많다고 생각해 부러움 속에 맡은 학급인데도 학생과 담임교사의 궁합이 맞지 않는 것인지 갈등이 자주 일어나 스트레스를 많이 받게 되는 경우도 있다.

그래서 우리는 정말 복불복이라고, 서로의 능력 부족이 아니라고 위로한다.

내가 고등학교에 근무할 때의 일이다.

그해 나는 남녀 합반 2학년 담임을 맡았다.

1학년 때 잦은 결석과 태도 불량으로 퇴학 처분을 당할 위기에 있던 학생이 포함된, 전교에서 제일 문제 학급이라고 불리는 학급을 맡았는데, 걱정과 달리 녀석들이 나를 잘 따라주어 일 년을 한 명도 결석 없이 한 해를 잘 마무리했었다.

그해 나는 녀석들의 마음을 사기 위해 무척이나 애썼고, 손 편지를 얼마나 많이 썼는지 모른다. 학생 한 명당 다섯 번씩은 쓰지 않았을까 생각한다. 문제 학생이라 생각되는 녀석은 그보다 훨씬 많이 썼다.

그것이 통했던지, 허구한 날 결석하던 녀석이 어머니가 깨우기 전에 일어나서 학교에 가야 한다며 깨우지 않아도 스스로 일어나, 어머니께서 담임 선생님이 누구신지 궁금하다며 학교에 오셨던 적이 있다.

또 한 살 많은 재수생이 학급에 있었는데, 종례도 안 하고 집에 가려고 하면, 학생들이 "에이, 형님! 그러면 안 된다." 하면서 붙잡아서 자리에 앉혔다는 이야기를 훗날 전해 들었다.

그해 나는 학년 초의 염려와 달리 고민 없이 하루하루가 즐겁고, 고마운 마음으로 일 년을 보냈던 기억이 있다. 돌아보면 그들과 내가 가장 쿵짝이 잘 맞았기 때문이라고 생각한다.

중학교에서 신입생을 맞이하다 보면 대부분이 정서적으로 별문제가 없는 착하고 평범한 아이들이다.

그러나 어떤 해는 어디로 튈지 모르는 탁구공 같은 녀석들이 여러 명 들어와 전쟁 같은 일 년을 보내는 해도 있다.

그런 해는 정말 잠시도 한눈을 팔 수가 없다.

반에서 힘이 세다고 평가받는 놈은 일상이 욕이다. 거들먹거리며 친구를 괴롭히고, 잘못하여 야단을 치면, 눈앞의 상황만 모면하려 거짓말을 하고, 그 거짓말을 가리기 위해 또 다른 거짓말을 한다.

고발이 들어와 정확하게 알고 물어도, 누가 그러더냐고 되물으면서 시치미를 떼는 행동을 보다 보면, 정말 기가 찰 노릇이다.

고발한 학생을 보호하기 위해 이름을 밝힐 수 없는 상황에서 끝까지 거짓말을 하면 어쩔 수 없이 속아 넘어가는 척할 수밖에 없다.

그런 일이 있고 나면 더 이상 그 학생을 신뢰할 수 없다.

참으로 안타깝고 서글픈 일이다.

사람을 믿지 못한다는 것은 아주 큰 스트레스이기도 하지만, 어떤 일을 해도 의심하는 마음이 먼저 생기니, 참 슬픈 일이기도 하다.

다른 사람의 신뢰를 얻는 데는 시간이 아주 많이 걸리지만, 그것을 잃는 것은 한순간의 일이라는 생각이다. 열 번을 잘해도 한번 잘못하면 그 한 번의 잘못이 크게 부각하기 마련이다.

어느 해 중학교 3학년 담임을 맡았는데, 우리 반에 덩치도 크고, 힘이 센 녀석이 있었다. 녀석 주변에는 항상 몇 명의 불량 학생이 빌붙어 다니고는 했다.

이 녀석들이 학급 분위기를 흐리고 다녀 고민이 깊었다.

이 녀석들은 수업 분위기를 흐리는 것은 물론이고, 친구를 괴롭히고, 자신이 당번이거나 청소 활동을 해야 할 때면, 담임인 내가 지켜보지 않으면 다른 학생에게 청소를 미루고 집에 가버린다.

그동안 참고 기회를 노리던 나는, 나의 수업 시간 일부를 할애하여 작심하고 훈계 지도하기로 마음먹었다.

나는 고등학교에 근무할 때의 일을 들려주었다.

중간고사를 치고 학생들과 함께 영화 '비열한 거리'를 봤을 때의 일화를 들려주었다.

영화 줄거리와 함께 영화를 보고 난 후 느낀 점을 발표하는데, 한 학생이 한마디로 '주먹을 쓰지 말아야겠다.'라고 하더라는 말을 전해주었다.

그리고 덧붙였다.

친구는 마음으로 사귀어야지, 돈이나 힘으로 사귀는 건 곤란하다. 돈으로 친구를 사귀면 내 호주머니 돈이 떨어지면 친구가 떠나가고, 힘으로 친구를 사귀면, 나보다 힘센 놈이 나타나면, 그놈한테로 옮겨가기 마련이다. 그러니 순수하고 진실한 마음으로 친구를 사귀어라. 친구는 평생을 함께 걸어가는 아주 소중하고 꼭 필요한 존재이다.

나는 콕 집어서 말하지 않고, 에둘러서 학생들에게 말했다.

우리 반에는 그런 어리석은 학생이 없었으면 한다. 혹시라도 지금까지 잘못된 마음으로 친구를 대했다면 앞으로 고쳤으면 한다는 말을 해주었다.

그리고 방과 후 조용히 한 녀석을 교무실로 불렀다.

나는 그간의 일을 조목조목 들어 무엇이 잘못되었는지 이해시키고자 했다. 그동안 자신이 했던 행동이 다른 사람에게, 어떤 피해를 주었는지 인식시키고 싶었다.

그러나 지도하는 내내 친구와 같이 귀가하지 못하는 것에 대한 불만을 드러내며, 내 얘기에 귀를 기울이는 것 같지 않았다.

나는 그 학생을 기다리던 친구들을 먼저 가라고 보내고는 작심하고, 다시 훈계 지도를 했다. 앞으로 또 그러면 부모님께 알리겠다고 협박도 하였다.

자기의 잘못을 인정하고 재발 방지 약속은 하였지만, 녀석이 진심으로 뉘우치는 것 같지는 않았다.

친구들이 모두 귀가하고 뒤늦게 귀가하게 된 녀석은 골이 잔뜩 나 있다는 마음을 숨기지 않았다.

그렇게 녀석은 친구들보다 30분가량 늦은 귀가라는 벌을 받고 귀가했다.

퇴근 시간이 되어 학교 옆 건물 교회 주차장에 세워 둔 차에 오르려고 하는데, 한쪽 백미러가 부러져 있는 것을 발견하였다.

순간 녀석이 떠올랐지만, 그때 당시 내 차에는 블랙박스가 없었기 때문에 심증만 가지고 학생을 의심할 수는 없었다.

다음날 교무실에서 백미러가 부러져 있었다는 얘기를 하니, 어느 선생님께서 어제 교회 주차장에서 녀석이 나오는 것을 보았다고 한다.

학생들이 다 귀가하고 난 시간이라 눈에 잘 띄었던 모양이다.

그러나 실제로 백미러를 부수는 장면을 본 것은 아니라서, 심증은 있으나 물증이 없는 상황인지라 뭐라 할 수는 없었다.

나는 마음속으로 생각했다.

훗날 녀석이 어른이 되어 자기의 잘못을 뉘우치고, 백미러값을 들고 학교에 나타나 줄 수도 있지 않을까.

작은 기대감으로 나 자신을 위로하며, 거금을 주고 자동차 백미러를 교체했다.

그 일이 있기 몇 달 전, 고등학교에서도 이와 비슷한 일이 있었다고 한다.

교칙을 위반한 한 학생이 학생부 선생님께 지도를 받다가, 선생님의 지도에 불만을 품고 도중에 학교를 뛰쳐나가 그 선생님의 자동차 앞 유리를 깨뜨렸고, 그 학생의 부모님께서 유리값을 물어주었다는 소식을 전해 들었다.

나에게 이런 일이 일어나다니, 나의 학생 지도에 문제가 있나 되짚어 보았지만, 무슨 잘못이 있는지가 딱히 떠오르지 않는다.

녀석이 욱하는 화를 스스로 다스릴 수 있는 능력을 길렀으면 좋겠다는 생각이다.

갈수록 참을성이 없어지고 극단적인 행동을 하는 아이들을 지켜보면서, 참고 기다리는 훈련이 필요하지 않을까 생각하니, 문득 한 글귀가 떠오른다.

'인내는 쓰다.

그러나 그 열매는 달다.'

학창 시절 나 자신을 통제하기 위해 즐겨 사용하던 말이다.

"○○아버지 의사인데요."

남녀공학 고등학교에서 10년 넘게 근무하다 중학교로 이동했다.

중학교와 고등학교는 건물이 일체로 붙어있어 정문에서 바라봤을 때, 중앙 현관을 기준으로 오른쪽은 고등학교, 왼쪽은 중학교다.

그러다 보니, 운동장을 같이 사용하는 관계로, 선생님들 얼굴은 오가며 눈에 익어 다 알고 있지만, 가까이서 처음 대면하는 선생님들도 계셔 새로운 환경에 잘 적응해야 했다. 무엇보다 말로만 듣던 남자 중학생을 상대하는 것이 그리 만만치가 않다.

오죽하면 북한이 쳐들어오지 못하는 것이 중2가 있기 때문이라는 말이 나왔을까 싶다.

나와 같이 중학교로 이동하신, 나보다 선배이신 남자 선생님은 나보다 더 힘들어하시는 것 같다.

어떻게 보면 이 녀석들이 우리를 시험하는 것도 같다.

고등학교에서 근무하다 중학교로 오신 많은 선생님들께서 중학생은 고등학생과 달리 말귀가 안 통한다고들 말씀하신다.

내가 중학교로 이동한 다음 해에 중학교로 이동해 오셨던 한 남자 선생님은, 중학생은 도저히 말이 안 통해 지도가 힘들다고 하소연 하시더니, 그다음 해 다시 고등학교로 이동을 신청해 가셨다.

매년 한두 명의 말썽꾸러기들은 있기 마련이지만, 어느 해는 유독 많은 학생이 말썽을 부리기도 한다. 몇몇 녀석들은 생각이라는 게 있기나 하나 싶을 정도로 말썽을 부릴 때가 있다.

　2007년 그해, 나는 중학교로 오자마자 3학년 담임을 맡았다. 학생들이 역대급으로 별나다며, 많은 선생님께서 혀를 차셨다.

　말썽꾸러기 녀석들을 관찰하다 보면 공통된 특성이 있는데, 나는 유난히 별난 한 녀석에 관한 얘기를 하고자 한다.

　자신이 불리한 상황이 되면 그 순간을 모면하기 위해 거짓말을 하는 것은 당연하고, 욕이 섞이지 않으면 말이 안 되고, 다른 사람의 입장 따위는 안중에도 없다.

　오직 자기의 입장만 생각하고 말한다. 양심이나 배려 따위는 찾아보기가 힘들 정도다.

　수업 시간 시시껄렁한 말로 수업 분위기를 흐리고, 교사의 허락 없이 자리에서 이탈하기도 한다.

　몇 차례 주의를 줘도 말을 듣지 않아 복도에 나가 앉아 있으라고 내보내면, 큰 소리로 노래를 불러 옆 반에까지 지장을 준다.

　이쯤 되면 정말 매를 들고 싶은 충동이 절로 생긴다.

　하는 수 없이 교무실에 가서 앉아 있으라고 보내면, 교무실 문 앞에서 얼쩡거리고 있다.

　세상에 학생을 때리고 싶은 교사가 어디 있겠는가.

　사람이 동물과 다른 점은 이성이 있기 때문이라고, 이성적으로 판단해서 다른 사람에게 피해를 주는 행위를 하지 말자고, 아무리 말해도 듣지 않는다.

많은 사람은 중2병이라고들 말하는데, 암만 생각해도 중3병이라고 해야 맞을 것 같다.

내 주변의 선생님들도 중3병이 맞는 것 같다는 나의 주장에 동의하신다.

나는 기술·가정 과목을 가르치는 교사다.

흔히들 말하는 국·영·수·사과 같은 중요과목이 아니다 보니, 학부모님이나 학생들의 관심도가 낮은 것도 사실이다.

수업 시간에 교과서가 없는 녀석들이 몇 명 눈에 보인다. 그럴 때면 옆 짝꿍과 같이 책을 보게 하고 수업을 해 보지만, 교과서가 없는 녀석들은 대체로 수업에 집중하지 않고 떠들기 일쑤다.

수업 시간마다 책을 꼭 들고 오라고 신신당부하고 약속을 받는다. 그런데도 깜박하고 책을 두고 오면, 옆 반에 빌려서라도 수업 시간에 책을 준비하라고 얘기하지만, 잘 지키지 않는다.

몇 차례 경고하고, 다음에는 진짜 혼난다는 말을 몇 번 반복한다.

그래도 녀석들의 태도가 바뀌지 않으면, 내가 뱉은 말에 대한 책임을 지기 위해 매를 들어야 하는 상황이 발생한다. 말만 하고 약속을 이행하지 않을 수는 없기 때문이다.

그래서 울며 겨자 먹기로 매를 들어야 한다.

하루는 수업을 들어갔는데, 자리에 앉지 않고 장난치며 돌아다니는 녀석이 있는가 하면, 뒤늦게 옆 반에서 책을 빌려오는 녀석까지 난장판이 따로 없다.

교탁 앞에 서서 한참 동안 말없이 서 있었더니, 차차 분위기가 정리되기는 했지만, 시간은 수업 시작종이 울린 지 7분을 지나고 있었다.

나는 지난 시간에 했던 약속을 지키기 위해, 책을 가져오지 않은 녀석들을 책상 위에 올라가 무릎을 꿇게 하고, 앞에서부터 차례로 회초리로 발바닥을 한 대씩 때리면서 지나가고 있었다.

그때 한 학생의 차례가 되자, 난데없이 옆줄에 앉아 있던 녀석이,

"○○아버지 의사인데요."

하고 큰 소리로 말한다.

나는 깜짝 놀라고 어이가 없었다.

그래서 나는 이 상황에 아버지가 의사라는 말이 왜 나오느냐며 녀석을 쳐다봤다. 그리고 덧붙였다.

나한테는 아버지가 대통령이든, 의사든, 농부든, 거지든 다 똑같은 학생일 뿐이라고.

그날 이후 수업 시간에 교과서를 챙겨오지 않는 녀석들은 옆 반에서 책을 빌린다든지 해서 신경을 쓰는 것 같다.

이 세상에 학생을 때리고 싶은 교사는 없다.

말로 지도가 되면 얼마나 좋을까. 상담을 통해 말로 지도를 해 보지만, 그 효과는 오래 못 간다.

그러다 보니 혼낸다는 말을 수차 반복하게 되고, 급기야 다음에 또 이러면 회초리를 들겠다는 말을 내뱉고 나면, 말에 대한 책임을 지기 위해 어쩔 수 없이 매를 들게 된다.

그렇게 하지 않으면 저 선생님은 말뿐이라고 생각해서, 다른 학생들까지도 지도가 어려워진다.

물론 학생마다 처방은 다르다.

상담 지도로 개선이 되는 학생이 있고, 부모님이 알까 두려워하는

녀석들은 부모님께 전화를 해서 가정에서의 지도를 부탁드린다.

훈계 지도나 가정에서의 지도가 통하지 않는 녀석은 매가 약이 되기도 한다. 그래서 아주 가끔은 회초리를 들기도 한다.

학생에게 매를 들고나면, 학생은 맞은 곳이 아프겠지만, 교사는 마음이 아프다. 그리고 회초리로 지도하는 자신에게 스스로 실망하고 자책하게 된다.

내가 좀 과했다 생각되는 경우, 다음 날 아이의 눈치를 보며 상처를 입지는 않았는지 표정을 살피게 된다.

상처를 입었구나 싶으면 불러서 아이의 마음을 어루만져주기도 하지만, 대부분은 아무 일 없는 듯 평소와 다름없이 밝은 표정을 하고 웃고 떠든다.

그러면 참으로 다행이라 생각하면서 그냥 넘어가기도 한다.

때로는 불러서 다독여 줘야지 하고 생각하지만, 바빠서 짬을 내기 어렵거나 깜박하고 그냥 지나칠 때도 있다.

학생을 때리게 될까 봐 지휘봉을 일부러 교무실에 두고 교실에 들어가기도 한다.

고등학교에 근무할 때의 일이 생각난다.

나보다 한참 선배인 두 남자 선생님의 얘기를 듣고 놀란 적이 있다.

그 당시 퇴직이 얼마 남지 않은 선생님이 여학생을 야단쳤더니, 그 다음 날부터 복도에서 선생님을 만나면, 고개를 돌린 체 인사도 하지 않고 지나간다는 것이다.

그러자 그 얘기를 듣고 있던 한 선생님이 말씀하셨다.

자기는 한 여학생을 지도하던 중 너무 화가 나서 자기도 모르게 뺨을 때리는 실수를 저지르고는 몹시 괴로워했다고 한다.

그런데 다음날 학교 복도에서 그 여학생을 만났는데, 너무나 아무렇지 않게 인사를 하는 바람에 자기가 더 당황했다는 얘기였다.

부모님께 소중하지 않은 자식이 없다지만, 교사에게도 학생은 소중하다.

나는 학생들에게 말한다.

이 세상에서 진심으로 너희들을 걱정하고 잘되길 바라는 사람은 부모님과 선생님이다. 그러니 부모님과 선생님을 믿어라.

나는 감히 말할 수 있다. 담임교사는 부모와 같은 마음이라고.

솔직히 내 마음은 그렇기에 다른 사람도 그러리라 생각한다.

내 반의 모든 아이가 잘되었으면 하는 마음이고, 미운 짓을 해도 그 순간뿐이고 돌아서면 잊어버린다.

내가 야단을 치는 건 괜찮은데, 다른 사람한테 야단맞고 있는 모습을 보면 기분이 좋지 않다.

내가 가르친 학생이 졸업해서 명문대학에 진학했다거나, 모두가 가기를 희망하는 직장에 취업했다거나 하는 소식을 들으면, 괜히 내 어깨가 올라가는 기분이다.

세상의 모든 교사는 자기가 가르친 학생이 잘되기를 진심으로 바란다. 제자들에 대한 소식이 내 일처럼 느껴지는 것은 어쩔 수 없다.

졸업생에 대한 좋은 소식은 기쁘고, 나쁜 소식은 부끄럽고 안타깝다. 내가 바로 그들을 가르친 사람이기 때문이다.

신뢰인데 차별이라 말하네

나이 들면서, 아이들이 더욱더 예쁘게 보인다. 그래서 칭찬을 많이 하려고 애쓰다 보니, 가끔 가짜도 진짜처럼 칭찬하는 나 자신에게 놀라기도 한다.

부모님은 흔히들 열 손가락 깨물어 안 아픈 손가락이 없다고 말씀하신다.

교사도 마찬가지다.

내 반 아이들은 자식과 같다. 잘못하면 그 행동을 바로잡고자 야단을 치지만 돌아서면 나쁜 감정은 금방 사라진다. 그 학생이 밉다는 생각은 길게 하지 않는다. 그리고 나는 야단을 쳐도, 다른 교사가 내 반 아이를 야단치면 마음이 편치 않다.

나는 아이들로부터 엄격하다는 소리를 많이 듣는다. 교사라는 직업이 사람을 교육하는 일이기 때문에 규칙을 위반하거나, 다른 사람에게 피해를 주는 행동은 그냥 넘어가지 못한다.

그래서 칭찬도 하지만, 야단 칠 일이 있으면, 그 행동이 다른 사람에게 어떤 영향을 미치는지 짚어주며 앞으로 그러지 말라고 야단을 친다.

칭찬은 고래도 춤추게 한다고 하지만, 잘하는 것이 없는데, 억지로 마음에 없는 말로 칭찬하는 것을 나는 잘하지 못한다.

그러나 나이가 들면서 자연스럽게 아이들을 바라보는 내 시선이 달라지고, 나 자신도 모르게 칭찬을 많이 하게 된다.

아이들은 교사에게 야단맞으면, 누구도 같이 떠들었는데 자기만 야단친다고 항의한다.

심지어 누구는 공부를 잘하니까 야단을 안친다고도 말한다.

그러나 교사 입장은 그렇지 않다.

다 같이 시끌벅적 떠들었지만, 유난히 목소리가 큰 학생을 지목한다. 뒤돌아보고 떠드는 학생을 지목한다. 자리를 이탈하여 떠드는 학생을 지목한다.

잘못에도 더하고 덜하고 약간의 차이가 있기 마련인데, 아이들은 자기 행동은 돌아보지 않고, 무조건 억울하다고 항의한다. 참 기가 찰 노릇이다.

교사는 아이들이 차별한다고 말할 때 가장 크게 상처받는다.

교사는 신뢰라 말하고, 아이들은 차별이라 말한다.

90연대 중반의 일이다.

학급 반장이나 부반장을 맡으면 자연히 교사의 심부름을 해야 하는 일이 생긴다.

그러나 모든 반장의 역량이 같지는 않다.

1반 반장은 교사가 심부름시키면, 하던 일을 미루고 교사의 심부름을 먼저 이행한다. 그리고 과제물을 거둬오라고 지시하면, 번호순으로 챙겨서 미제출자 번호를 메모지에 적어 온다.

2반 반장은 과제물을 번호순으로 챙기지 않고 거둬만 온다. 심지어 자기 일을 먼저 하느라, 교사가 기다리고 있는데도 오리무중이다. 교사는 기다리다 다른 학생에게 다시 심부름을 시킨다.

이런 일이 반복되면 교사는 2반 반장에게 더 이상 심부름을 시키지 않게 된다. 두 번 손 가는 일이 없이 깔끔하게 일하는 1반 반장을 자주 찾게 된다.

학생은 교사의 심부름을 통해 자기도 모르게 업무처리 능력이 길러져 훗날 사회생활에 많은 도움이 될 것이다.

교사는 신뢰라는 이름으로 1반 반장에게 계속해서 심부름시키는데, 학생들은 1반 반장만 예뻐한다고 말한다.

나는 늘 학급 반장이나 부반장을 뽑으면 해 주는 말이 있다.

감투를 쓰는 순간 남들로부터 평가받는다는 사실을 알려준다.

자연스럽게 반장의 역할 수행 능력을 보고, 어느 반 반장은 똑똑하고 야무지게 잘한다. 어느 반 반장은 행동이 느리고 야무지지 못하다. 이런 평가를 듣게 된다.

그 말의 뜻을 잘 이해하는 아이가 있는가 하면, 알아듣지 못하는 아이도 있다.

나는 남녀공학 고등학교에서 12년간 근무했고, 나머지는 남자 중학교에서 근무하고 있다.

얼마 전에 있었던 일이다.

택배를 정리하고, 종이 박스를 분리수거함에 버리기 위해 가던 도중, 마침 쓰레기를 버리러 가는 중학교 2학년 녀석을 만났다.

나는, "가는 길에 이것도 좀 버려줄래?" 하면서 반으로 접힌 작은 종이 박스를 내밀었다.

그런데 뜻밖에도 싫다는 답이 돌아왔다.

나는 너무 당황스러웠다. 교직 생활을 하는 동안 이렇게 야박한 녀석은 처음이라 당황할 수밖에 없었다.

녀석은 이내 다시 박스를 달라고 하였지만, 이미 마음을 상한 나는 괜찮다며 박스를 직접 쓰레기 분리수거함에 버리고 왔다.

참으로 사회성이 부족한 녀석이 아닌가.

가는 길에 같이 버려주는 것이 뭐 그리 힘든 일이라고, 한 치의 망설임도 없이 "싫은데요." 했을까.

그 말을 듣고 나니, 그동안 녀석에게 가지고 있었던 평범했던 내 감정에 서운함이란 아주 옅은 색의 물감이 칠해지는 것을 느꼈다.

하기야 요즘 아이들은 방과 후 심부름을 시킬라치면,

"학원가야 하는데요."

하면서 거절하는 녀석이 아주 가끔 있다.

예전에는 상상할 수 없던 일이다.

그러나 교사도 사람인지라 어쩔 수 없이 느끼는 서운한 감정이다. 나는 아직도 수련이 더 필요한가보다.

다행스럽게도 소도시에 있는 작은 규모의 학교라 학부모들의 교권 침해 행위나 악성 민원은 크게 경험하지 않았다. 얼마나 다행이고 고마운 일인지 모른다.

나는 성격이 거짓말을 못 하고, 다른 사람에게 피해 주는 일은 하지 않으며, 신세를 지고 나면 반드시 갚아야 마음이 편한 사람이다. 그리고 약속은 칼같이 지킨다.

그래서 내 성격과 완전히 반하는 행동을 하는 학생들을 이해하기가 쉽지 않다.

중학교 남학생이 다 그런 것은 아니지만, 중학교 남자아이들은 패륜적 드립과 욕설을 많이 한다. 그리고 잘못하고 나면, 금방 들통날 일도 거짓말을 하는 경우가 종종 있다.

그런 아이들을 내 기준으로 바라보면, 이해하기가 쉽지 않다.

그래서 나는 항상 마음속으로, "이 녀석은 사춘기다."라는 말을 수없이 되뇌며, 아이들의 눈높이에서 이해하려 노력했다.

그래서인지, 아니면 나이를 먹은 탓인지, 그것도 아니면 적당히 수양이 되었는지, 아이들을 사랑스러운 눈으로 바라보며, 하루하루 즐겁게 학교생활하고 있다. 참 감사한 일이다.

"특별반만 학생회장 하란 법 있습니까?"

매년 학생회장이 선출되고, 일 년 간의 활동을 통해 평가받게 된다.

평가라고 하는 것이 공식적인 것이 아니라, 누구는 잘하고, 누구는 별로 하는 일이 없고, 누가 제일 능력과 자질이 있다, 등 자연스레 이런저런 말들이 교사나 학생들 사이에 오가기 마련이다.

여러 학생회장을 보았지만, 유독 기억에 남는 한 녀석이 있다.

90년대 학생회장을 살펴보면 공부는 기본적으로 상위 20% 이내에 들고, 성격이 활발하여 사회성이 있거나, 운동을 잘해 선후배 관계의 폭이 넓은 학생들이 회장 선출에 유리하게 작용했다.

2000년대 중반, 그 당시는 지금과 달리 우열반 편성이 가능할 때라 인문과 자연 계열에 각 한 반씩 특별반이라는 우수학급을 편성했다.

공부하는 학습 분위기를 조성하고, 서로의 경쟁 속에서 학업 성적을 향상해 보려는 차원이다.

그해 학생회장 선거는 처음으로 우열반이 화두가 되어 특별반이 아닌 일반 학급의 학생이 당당하게 학생회장이 되었다. 우열반의 대결이나 다름없는 상황이라 모두의 관심이 컸다.

그런데도 선거의 결말은 충분히 짐작할 수 있었다.

우수학급은 여섯 학급이지만, 일반 학급은 열다섯 학급이기 때문이다. 무엇보다 선거 홍보는 물론이고, 소견 발표를 아주 잘한 것 같다.

녀석이 또랑또랑한 목소리로, "여러분! 특별반만 학생회장 하라는 법 있습니까?" 외치니, 우레와 같은 박수가 쏟아져 나왔다.

그 말 한 문장으로 이미 게임은 끝났다는 것을 짐작하고도 남았다.

예상대로 녀석은 우수학급의 모범생을 제치고 당당하게 학생회장으로 선출되었다.

선거 결과가 나온 후, 녀석은 개선장군처럼 교무실과 교실을 다니면서 감사 인사도 잊지 않았다.

지금까지의 학생회장과는 다른 모습이다. 자신의 꿈을 향한 큰 그림에서 스스로 계획한 행동인지, 누가 시킨 것인지는 모른다.

아무튼 대단한 녀석인 건 분명하다.

녀석은 학생회장 자질이 충분했다. 아주 잘생긴 외모에 키 크고 말솜씨도 뛰어나지만, 무엇보다 배짱이 보통의 학생과는 아주 다르다.

녀석은 선생님을 대하는 데에 두려움이나 불편 따위는 보이지 않았다. 그리고 학생들을 대변하기 위해 무던히도 애쓴다.

그래서 학교에서 상식에 반하는 부당한 일을 하면, 교장선생님 독대는 물론이고, 1인 시위도 마다하지 않는다.

지금까지의 학생회장과는 확실히 다르다.

녀석은 잘생긴 외모도 무기지만, 배포도 크고 용기와 열정이 남다른 녀석이라, 미래 지도자의 자질을 엿볼 수 있다.

그렇게 녀석은 학생회장으로서 성실하고 책임 있게 자신의 임무를 완수하였다.

어린 나이지만 녀석의 꿈은 원대하고 분명했다.

어느 날 진지한 태도로 자신의 장래 희망에 대해 말한 적 있다.

자신이 나고 자란 이곳의 지자체장이 되는 것이라고 망설임 없이 말하던 녀석, 녀석의 포부는 너무나 확고하여 결기까지 느껴졌다.

나는 열심히 응원하겠다고 격려했다.

녀석은 정치인으로서의 자질이 충분하다는 것이 내 생각이다.

졸업하고도 오랫동안 녀석은 전화로 안부를 물어왔다. 명절이 다가오면 잊지 않고 안부를 물어봐 주는 녀석이 참 고맙고 대견하다.

어쩌다 연락이 없으면 기다려지기도 하고, 무슨 일이 있는 건 아니겠지, 안부가 궁금하여 녀석의 SNS를 찾아 근황을 살펴보곤 마음을 놓기도 했다.

어느 날 녀석에게 전화가 왔다.

나는 마음속으로 정말 반가웠지만, 평소와 다름없는 말투로 인사를 하고 안부를 물었다.

녀석은 그동안 자신에게 있었던 여러 일들을 이야기했고, 앞으로 어느 국회의원 사무실에서 일하게 되었다는 반가운 소식을 전한 후로는 한동안 연락이 없었다.

연락이 없으니 바쁜가보다 생각하면서도 늘 안부가 궁금하여 전화해 볼까, 버튼을 누르다가 그만두었다. 방해 되면 어떡하나 하는 생각에 조심스럽기도 하고, 바빠서 연락을 못 하겠거니 생각하며 녀석이 잘 되길 진심으로 기원했다.

그러던 어느 날 녀석이 TV 뉴스에 나왔다는 얘기를 듣고, 뉴스를 찾아서 보게 되었다.

국회의원들의 흔한 볼썽사나운 모습인데, 국회에서 여당과 야당의 대치 상황에서 몸싸움이 벌어지고 있는데, 낯익은 얼굴이 보였다.

녀석이 분명한 것 같았다.

나는 큰 소리로 옆에 있던 언니를 불러, 저기 저 사람이 내 제자인 것 같다고 소리쳤다.

녀석은 예나 지금이나 자기의 일을 참 열정적으로 하는구나, 하는 생각에 절로 웃음이 났다. 정치인으로서 자신의 길을 바쁘게 걸어가고 있는 녀석을 힘껏 응원하며 앞으로의 활동을 기대했다.

그 일이 있고 난 후 얼마의 시간이 지났을 때쯤, 녀석이 모시고 있던 분이 불법 선거자금 수수로 자격을 박탈당했다는 뉴스를 접하면서 녀석이 걱정되었다.

전화를 해 볼까, 생각했지만 참았다. 주변이 정리되면 연락이 오겠지, 생각했다.

몇 달 뒤 녀석에게서 전화가 왔다.

내 예상대로 자리를 옮겨 정치 경력이 훨씬 많은 의원 사무실에 발탁되었다는 얘기를 전해주었다.

참 다행스럽고 잘된 일이라 생각했다.

녀석이 자신의 꿈을 향해 한발씩 다가가고 있는 모습이 정말 대견하고 자랑스럽다.

녀석 외에도 정치인의 꿈을 가지고 활동하고 있는 졸업생이 있다.

진영이 다른 정당에서 각자 활동하고 있지만, 나는 그들 모두를 응원한다.

그들을 응원하는 마음속에 나의 정치적 성향은 전혀 들어있지 않다. 나는 한 사람의 정치인을 응원하는 것이 아니라, 그들이 나의 제자이기 때문에 진심으로 그들의 앞날을 걱정하고 잘 되었으면 하고 바라는 마음이 간절하기 때문이다. 오직 나의 제자들이 잘되길 바라는 마음뿐이다.

잘 뽑아야 하는데

12월 학생회장을 선출하는 선거철이 다가오면, 학생회장 선거에 출마한 학생과 그의 참모들을 보고, 누가 학생회장이 될지 예상해 본다.

그리고 마음속으로 저 녀석이 되면 안 되는데, 또는 저 녀석이 되면 잘할 텐데 하는 생각이 들지만 겉으로 표현은 하지 않는다.

학생들의 마음과 교사들의 마음이 일치하면 참 좋으련만, 그렇지 않을 때가 있다.

90연대 학생회장 출마자는 다음의 조건을 충족해야 한다.

성적은 상위 20% 범위 안에 들어야 하고, 학생들 50명 이상의 추천 서명과 담임교사의 추천서가 있어야 한다. 그리고 징계 경력이 없어야 한다.

내가 근무하는 학교는 남고에서 남녀공학으로 학제 개편을 하였는데, 한 학년에 여섯 학급 중 여학생이 두 반이다. 인문과 자연 계열에 각각 여학생 한 반을 편성하다가, 몇 년이 지난 후부터 남녀 합반으로 편성한다.

주로 학생회장이나 부회장 선거에 출마하는 학생은 남학생이다.

여학생 중에도 학생회장 자질이 있는 학생이 있는데, 적극적으로 나서는 학생이 없다.

선생님과 교우들로부터 신임이 두터운 한 여학생에게 출마를 권유해 보지만, 손사래를 친다.

그 녀석이 하면 잘할 것 같은 생각이 들지만, 아쉽게도 마음을 접을 수밖에 없다.

교사는 학생들의 잠재 능력을 발굴하여 키워주어야 한다는 생각에서 아주 가끔 사회 지도자로 성장할 가능성이 보이는 학생에게 학생회장 출마를 권유하기도 한다.

그럴 때면 용기를 내서 나서는 학생도 있지만, 두려움에 포기하는 학생도 있다.

나는 학생들에게 말한다.

우리는 나보다 못한 사람에게서도 배우고, 실패의 경험을 통해서도 많은 것을 배우게 된다. 누구나 실패는 두려운 법이지만, 작은 실패나 실수를 경험하면서 커야 더 단단해지고, 회복할 수 없는 큰 실수를 범하지 않는다. 그리고 어른이 되어서 실패해도 훌훌 털고 일어설 수 있는 사람이 된다고 강조해서 말한다.

부모님 대부분은 내 아이가 실패를 경험하기를 원치 않으신다.

하지만 우리는 실패가 두려워 아무 일도 하지 않을 수는 없다.

실패의 원인을 찾아 분석하는 과정에서 또 다른 실패를 줄이는 훈련을 하고, 그것을 밑거름 삼아 성공 확률을 높이고, 넘어져도 씩씩하게 일어설 수 있는 용기를 키우는 것이다.

에디슨은 전구를 발명할 때 천 번의 실험을 하였는데, 사람들이 천 번의 실패를 했다고 말하자, 자기는 어떻게 하면 안 되는지를 천 가지 알게 되었다고 말했다고 한다.

실패의 경험과 실패를 딛고 일어서는 연습은 학창 시절에 하는 것이 좋다는 것이 나의 생각이다. 그것이 무엇이든.

언제부턴가 학생 인권을 이유로 학생회 간부를 뽑는 조건에 제약이 없어졌다. 징계 사유만 없으면 누구나 학생회장과 학급 반장 등 학생회 임원이 가능해졌다.

그러다 보니 지도자로서의 역량이 부족한 학생이 학생회장 또는 부회장이 되어 학생회가 제대로 운영되지 못하는 사례를 안타깝게 지켜보아야 하는 경우가 종종 있다.

학기 초 학급 반장을 뽑을 때면, 정도를 걷는 학생이 아닌, 먹을 것으로 급우들을 유혹한다든지, 넉살 좋게 자기를 뽑아달라고 대놓고 어필하는 학생이 있다.

누가 봐도 반장으로서 역량이 있어 보이지 않는 학생이다.

가끔은 이런 학생이 반장이 되어 예상외로 잘 해내는 경우도 있지만, 대개는 책임감과 성실성의 부재로 학급의 학습 분위기가 엉망이 되고 만다.

어느 해, 평소 바람직하지 못한 말과 행동으로 다른 사람에게 상처를 주는 일이 잦은 한 녀석이 반장이 되겠다고 나섰다.

나는 마음속으로 걱정이 앞섰지만, 겉으로는 아무렇지 않은 척했다.

수업 시간 말을 삐딱하게 하여 교사들을 불편하게 하고, 거친 말투와 이기적인 행동으로 급우들을 불편하게 했던 녀석이라, 투표를 하면 당선되지 않을 것이라 확신했다.

녀석은 평소 자신이 맡은 주변 활동이나 청소 활동도 제대로 하지 않을뿐더러 양보와 배려심이 없고, 종례 시간에 교실에 들어가면 늘 자리에 앉을 생각도 하지 않고 호주머니에 손을 넣고 돌아다니는 녀석이다.

그러나 내 예상을 깨고 녀석이 반장이 되었다.

며칠 뒤 아이들로부터 전해 들은 이야기는, 수업 시간 불만이 있는 몇몇 교사에게 반항심을 표출하여 학생들의 환심을 사고, 영웅 심리를 자극한 것 같다는 것이다.

학급을 잘 이끌어 갈지 걱정이 되었지만, 학생들이 뽑은 반장이니, 내가 모르는 좋은 점이 있겠지, 하고 생각했다.

상담실로 녀석을 불러 학급 반장의 역할을 설명하며 열심히 잘해 줄 것을 당부하였고, 녀석은 잘하겠다고 약속했다. 그래서 내심으로는 잘해 줄 것이라 믿었고, 자리가 사람을 만든다고 예상을 깨고 누구보다 잘할 수도 있다는 기대도 했다.

처음에는 좀 신경을 쓰나 싶더니 시간이 지나 한 달이 될 즈음, 복도를 지나가다 교실에서 들려오는 녀석의 말투와 행동을 보고 별 변화가 없다는 것을 알았다.

도대체 반장을 하겠다고 나선 이유를 알 수가 없다.

처음부터 감투에만 관심이 있었지, 반장으로서 학급을 잘 이끌겠다거나 봉사하겠다는 생각은 없었던 것 같다.

모범을 보여야 할 반장이 바람직한 행동과는 거리가 멀다 보니, 점점 학급 분위기가 나빠졌다.

모두 뒤늦게 후회했지만, 어찌할 방법이 없다.

반장은 지도하라는 차원에서 학급 주번이나 청소 당번을 시키지 않는다. 지도자로서 주번이나 청소 활동이 제대로 되지 않으면, 할 수 있도록 지도하는 것이 반장의 역할인데, 녀석은 청소 시간이 되면 다른 교실이나 밖에 나가 놀다 종례 시간이 되면 들어오는 것이다.

여러 차례 불러서 타이르고, 때로는 호통을 치고, 계속 이런 식으로 하면 반장 자격을 박탈하겠다고 엄포를 놓기도 했지만, 달라지는 것은 없었다.

반장 대신 부반장이 노력하였지만, 학급 분위기에 대한 교사들의 걱정 어린 소리를 들을 때마다 속이 상한다.

자율시간은 물론이고, 여유 시간이 있을 때면 학급에서 눈을 떼지 못하고 애써보지만 참 마음처럼 되지 않는다.

훗날 녀석에 관한 이야기를 녀석의 동기 여학생에게서 들었다.

그때 당시 소풍날이면 담임교사의 도시락은 보통 반장이 김밥을 싸 오는 것이 관례처럼 되어 있었다.

그런데 녀석이 우리가 왜 선생님 도시락을 싸야 하느냐고 거부하여 다른 학생이 도시락을 대신 싸 왔다는 사실과, 스승의 날 학생회 회의를 통해 학급에서 돈을 조금씩 거두어 담임과 부담임 교사에게 카네이션을 사서 달아주기로 하였는데, 녀석이 학급에서 제대로 전달도 하지 않고 실행에 옮기지 않아, 우리 반만 유일하게 카네이션 한 송이 없는 스승의 날을 보내게 된 사연을.

그때 나만큼이나 우리 반 아이들도 힘들어했다고 한다.

반장의 잘못으로 학급 아이들 전체가 야단을 듣는 일이 많았다고.

녀석을 참 많이도 야단치고 타일렀건만, 내가 힘든 만큼 아이들도 힘들 것이라 짐작은 했지만, 내 생각보다 더 힘들어했던 것 같아 미안한 마음에 콧등이 찡했다.

학생회장 선거가 남긴 상처

학교마다 매년 학생회장을 선출한다. 올해도 어김없이 선거철이 다가왔는데 뭔가 이상하다. 아니 그냥 지켜봐도 되는지 걱정이 앞선다.

순수해야 할 중학교 학생회장 선거가 이렇게도 요란할 필요가 있나, 자연스레 선거에 흥미와 관심이 더해지면서 선거 운동원을 살펴보게 된다.

운동원이 들고 다니는 피켓을 자세히 살펴보니, 너무 화려하고 전문가의 손길이 느껴져서 물어보니, 아니나 다를까 전문 업체에 돈을 주고 피켓 제작을 맡겼다고 한다.

경제적 여유가 있는 한 학생이 하니까, 다른 학생도 따라서 했다는 것이다. 다만 부모님의 경제적 능력에 따라 피켓 개수만 다를 뿐이다.

전문가의 솜씨이니 너무나 화려하고 근사해 보이는 피켓. 피켓만큼 선거운동에서 경쟁이 너무 치열해 서로 말다툼하는 일이 벌어지고는 한다.

중학교 학생회장 선거가 이렇게 돈을 들여 치러지는 것에 대해 마음이 불편하고 걱정이 된다.

이런 상황을 그대로 두고 보아야 되나 주변에 나의 속마음을 말했더니, 주변 선생님의 반응도 각기 다르다.

약간의 차이는 있지만, 몇 분은 보기 좋은데 뭐가 문제냐는 반응, 또 몇 사람은 말릴 수 있는 근거도 없고 말린다고 되겠냐는 반응이다.

나는 나서서 말리는 것이 부담스러워 후유증이 걱정되었지만, 그냥 눈 감기로 했다.

등굣길과 하굣길에 선거운동을 하고, 쉬는 시간 점심시간 교실을 돌면서 열심히 선거운동을 하고 다니는 학생들의 모습을 보면, 무슨 국회의원 선거 같은 분위기가 느껴져, 나도 모르게 한숨이 절로 나온다.

항상 느끼는 것이지만 오늘 또 한 번 느낀다.

아이들은 어른들을 보고 배우는 것이라, 우리 어른들이 모범적인 행동을 보여야 아이들이 바르게 배우고 자랄 수 있다는 것을.

학교에서 기성세대의 선거 풍경을 보니 기분이 참 씁쓸하다.

선거 결과 야심을 가지고 학생회장 선거에 출마해서 제일 요란하게 선거운동을 했던 녀석이 안타깝게도 두 표라는 아주 근소한 표 차이로 떨어졌다.

그때부터 녀석의 악몽이 시작되었다.

같이 출마해서 학생회장에 당선한 녀석의 담임교사가 수업에 들어가서 안타깝게 져서 어떻게 하냐며 농담 섞인 말을 했다고 한다.

교사가 농담으로 한 말이 녀석의 자존심을 자극했는지, 녀석은 울먹이면서 소리를 지르고 과민 반응을 보였다고 한다.

그 후 녀석의 태도가 달라졌다.

말투가 삐딱해지면서 수업 태도가 달라지고, 생활 태도도 변해갔다.

선거에는 졌지만, 잘 싸웠다는 말로는 위로가 안 되게 큰 상처를 받았던 모양이다.

농담했던 선생님은 녀석의 형의 담임을 맡아 어머니와도 가깝게 지내고 있는 터라 친근함의 표현으로 농담 삼아 위로의 말을 건넨 것이, 그 녀석의 상처 난 자존심에 소금을 뿌린 격이 되어버렸다.

학생회장 선거에서 떨어진 것이 그 아이에게는 너무나 큰 상처가 된 모양이다.

예전과 달라진 생활 태도에 선생님과 친구들이 적잖게 당황했고 걱정했다.

나는 담임이 아니라 깊이 있게 이야기는 못 했지만, 학생회장 선거에 진 것이지 삶을 실패한 것이 아니니 너무 자존심 상해하지 말 것과 고등학교 가서도 기회는 있으니 훌훌 털고 예전처럼 생활하라고 위로의 말을 해 주었다.

그러나 녀석이 어떻게 받아들였는지는 알 수가 없다.

아니, 그 누구도 녀석의 상처가 그토록 깊다는 것을 알지 못했던 것 같다. 그래서 녀석은 그때의 패배감이 제대로 치료가 되지 않았던 모양이다.

녀석은 꿈을 잃은 아이처럼 방황하기 시작했다.

시간이 흘러 녀석은 중학교를 졸업하고 고등학교에 진학하였다.

훗날 들은 소문에 의하면, 녀석은 고등학교 진학해서도 학교생활에 적응을 못하고 계속해서 방황하였고, 결국에는 검정고시를 볼 것이라며 스스로 학교를 그만두었다고 한다.

그리고 얼마 후 가수가 되겠다고 서울로 올라가 학원에 등록하여 댄스 가수 교육을 받고 있다는 소식을 전해 들었다.

어느 날 중3 때, 내가 담임을 맡았던 한 녀석이 고등학교 2학년이 되어 나를 찾아왔다.

　녀석이 비트박스를 잘하는 것은 나도 이미 알고 있었는데, 느닷없이 학교를 그만두고 서울로 가서 가수가 되기 위한 학원에 다니고 싶다는 것이다.

　아마도 학생회장 낙선 후 가수가 되기 위해 준비하고 있다는 녀석이 이 녀석에게 유혹의 손길을 보낸 것 같았다.

　나는 놀라고 걱정이 되었지만, 고등학생이 된 녀석이 자신의 담임이 아닌 중학교 때 담임인 나를 찾아온 것이 고맙기도 하고, 책임감이 더해져는 나는 더없이 진지한 태도로 눈을 마주하고 왜 이런 생각을 하게 되었는지 한참 동안 녀석의 이야기를 들었다.

　이야기를 다 듣고 난 후, 나는 이런 조언을 해 주었다.

　친구의 말만 듣고 무턱대고 학교를 그만두지 말고, 이번 여름방학에 서울에 가서 친구 사는 모습도 보고, 학원도 직접 알아보고 그러고 나서 결정해라. 친구의 말만 듣고 자퇴서를 내는 것은 아니다. 이번 여름방학에 친구가 머무는 곳에 가서 어떻게 지내는지 보고, 학원도 찾아가 직접 얘기를 들어보고, 부모님과 신중하게 상의해서 결정하라고 조언했다.

　그리고 가수가 되기 위해서 얼마나 많은 훈련이 필요한지, 내가 알고 있는 상식의 수준에서 이야기해 주었다.

　녀석은 나의 조언대로 자퇴서 내는 것을 미루고, 방학 때 서울에 가서 자신이 직접 알아보기로 마음을 정하고 돌아갔다.

　공부도 잘하는 녀석이라 대학 진학도 무난히 할 수 있는 녀석이라 자퇴서를 내고 무작정 상경한다는 말에 나는 놀라고, 적잖게 걱정이 되었다.

학교 행사 때 비트박스를 하면 다들 잘한다고 박수를 치긴 했지만, 내심 그 실력이 당장 가수가 해도 될 만큼이라는 생각은 하지 않았다.

여름방학이 지난 후 녀석이 다시 찾아올 줄 알았는데, 오지 않았다.

들리는 얘기로 녀석은 고등학교를 무사히 졸업하고 지방 국립대학에 진학하여 학교생활을 잘하고 있다는 것이다.

아마도 서울에 다녀온 후로 친구의 말이 과장되고, 자신의 실력으로 그 길을 가기에는 엄청나게 어렵고 힘든 일이라는 것을 깨달았던 것 같다.

나는 믿고 있다.

녀석이 지금은 국방의 의무도 마치고, 사회의 한 구성원으로 자신의 삶을 개척하며, 자신의 꿈을 향해 성실하게 뚜벅뚜벅 걸어가고 있다는 것을.

학생회장의 자질

어떤 학생이 회장이 되어야 하는지, 학생회장의 자질을 묻는다면, 대부분 이렇게 말하지 않을까 생각한다.

'리더십, 의사소통 능력, 문제 해결 능력, 책임감, 협동심' 등을 갖추어야 한다고.

학생들을 이끌어야 하니 당연히 건전한 리더십이 있어야 하고, 학생과 교사를 포함한 학교 구성원들과 의견을 잘 조율하려면 원만한 의사소통 능력도 필요하다.

학생들의 불만 사항을 해결하기 위해서는 논리적 사고와 문제 해결 능력이 있어야 하고, 구성원들과의 협력을 통해 공동의 목표를 설정하고, 목표를 달성할 줄 아는 능력도 매우 중요하다.

그리고 학생회를 주도적으로 이끌어 감에 있어 자신이 맡은 일에 대한 강한 책임감은 물론이고, 창의성, 기획 능력, 조정 능력 등 다양한 자질이 요구된다.

그러나 학생회장으로 선출되는 학생이 이러한 자질을 갖추고 있는지를 묻는다면, 쉽게 대답이 나오지 않는 것이 현실이다.

오늘날에는 학생 자치활동이 강조되고, 학생회장에게 권한이 많이 부여되는 상황이라, 이러한 자질이 더욱더 중요하다.

그러나 이런 자질을 모두 갖춘 학생은 물론이고, 절반이라도 자질 있는 학생을 찾기는 쉽지 않다.

최소한 책임감만이라도 있으면 좋으련만, 감투만 쓰고 아무것도 하지 않는, 스스로 알아서 어떤 일을 추진할 줄 모르는 학생회장으로 인해, 학생회 담당 교사가 난감해하는 경우를 종종 볼 수 있다.

학생회장에게 요구되는 자질에 부합하는 학생이 회장이 되면 정말 좋으련만, 현실은 그렇지가 않다.

우선 학생회장 출마에 제한 조건이 없다.

그러다 보니 자질이 부족한 학생이 학생회장이나 부회장이 되는 사례가 점점 많아진다.

참으로 걱정스럽고 기가 찰 노릇이다.

자질을 말하기 전에, 수업 시간 45분 동안 자리에 앉아 있는 것 자체가 안 되는 녀석들이 학생회장이나 부회장이 되겠다고 나서도 제지할 방법이 없다. 그렇다고 모든 학생이 성숙한 자세로 투표를 행사하는 것도 아니다.

중학교로 이동한 후 많은 학생회장 선거를 지켜보았지만, 교사가 생각하는 학생회장과 학생들이 뽑는 학생회장과는 많은 차이가 있음을 느낀다.

교사는 회장 자질에 부합된 학생이 선출되기를 바라지만, 중학생들은 투표할 때 자질을 중요하게 생각하지 않는 것 같다. 그저 자신과 친하거나, 자기에게 친절하게 대해준다거나, 아는 형이 찍으라고 하니까 찍는다고 한다. 그리고 당선되면 맛있는 것 사준다는 얘기에도 쉽게 표를 주기도 한다.

무엇보다 운동을 잘하는 학생들이 여러모로 유리한 조건을 가지고 학생회장으로 선출되는 경우를 종종 본다.

축구 등 선배들과 함께하는 운동 동아리에서 실력을 발휘하면 선배들의 지지를 받아 회장으로 선출되는 사례를 여러 번 보았다. 운동을 매개로 하나의 그룹이 형성된 것이라고 볼 수 있다.

그도 그럴 것이 졸업을 한 달 앞둔 3학년 학생에게도 투표권이 주어지다 보니, 누가 3학년 선배들에게 잘 보이느냐가 결과를 좌우한다는 생각마저 든다.

그렇게 뽑힌 회장은 예상외로 역할을 잘 수행해 내는 예도 있고, 때로는 역량이 부족하여 학생회가 제대로 운영이 되지 않는 일도 있다.

나는 담임을 맡게 되면 사전 교육에 신경을 많이 쓰는 편이다.

교외 체험학습을 나갈 때는 반드시 안전교육이나 예절교육을 한다. 물론 학급 반장을 뽑을 때도 반장의 역할에 대해 학생들과 의견을 교환하거나 지도자의 자질에 대해서도 짚어본다.

그리고 학생회장을 선출할 때도 회장의 자질에 대해 상기할 수 있는 시간을 가지고, 자신에게 주어진 권리이니 수준 높고 소중하게 한 표를 행사할 것을 당부한다.

나의 당부가 모두 다 반영은 되지 않는다고 해도, 적어도 아이들이 행동하기 전에 한 번 생각하고, 실수를 줄이는 데는 영향을 미친다는 것이 나의 생각이다.

매년 12월이면, 다음 해 학생회를 이끌어갈 학생회 회장과 부회장을 뽑는 선거가 있다. 2학년에서 차기 학생회장 부회장을 뽑고, 1학년에서 학생회 부회장을 선출하는데, 점차 학급수가 줄어들면서, 어느 순간부터 학생회 부회장을 1학년에서 한 명만 뽑게 되었다.

어떤 해는 많은 학생들이 출마하여 경쟁이 치열하기도 하고, 어떤 해는 나서는 학생이 없어 난감할 때도 있다.

그럴 때면 담임교사를 통해, 어느 정도 자질이 있는 학생들을 상대로 출마를 권유하기도 한다.

어느 해 학생회장, 부회장 선출에 관한 이야기를 하고자 한다.

학생회장 선거에 출마한 학생은 작년에 부회장을 했던 학생이 단독으로 출마하여 찬반 투표를 하게 되고, 부회장 출마자는 2명이 등록했는데, 걱정하는 교사들의 말이 흘러나왔다.

나 역시 안타깝고 걱정이 되었다.

단독으로 회장 선거에 출마한 학생의 경우는, 다른 학생들이 이 학생과 경쟁하여 이길 자신이 없어서 아무도 출마를 하지 않는다고 한다.

도전해 보지도 않고 포기하는 학생들이 못마땅하지만, 그럴 수 있겠다 싶어 이해하려고 한다.

그런데 부회장 선거에 출마한 학생들의 이름을 듣고는 많은 교사가 혀를 챘다.

그도 그럴 것이 두 학생의 평소 생활 태도를 보면 걱정이 앞서는 건 당연한지도 모른다. 왜냐하면 이 두 학생은 수업 시간 학습권 침해로 여러 선생님의 심기를 불편하게 한다.

수업 시간 마음대로 자리를 이동하거나, 큰 소리로 떠들어서 수업에 방해되어 좌석을 분리하면, 그때도 자리를 지키지 않고, 틈만 나면 장난스러운 행동으로 급우들의 시선을 빼앗는 등 수업의 질을 떨어뜨리고 교사들을 힘들게 한다.

그렇지만 달리 방법이 있는 것도 아니다.

선거는 끝났고, 열심히 잘하겠다고 학생들 앞에서 약속했으니, 자리가 사람을 만든다는 말을 떠올리며 기대를 모아본다.

이런 경우도 있다.

같은 학교 3학년에 형이 다니고 있는 경우, 동생이 부회장 선거에 출마하면, 3학년들이 밀어주어 인물이나 소견 발표와는 상관없이 그 학생이 부회장에 당선된다.

자질이 충분한 녀석이면 정말 다행인데, 그렇지 못해도 어찌할 도리가 없다.

교사들은 걱정스럽게 바라보지만, 아이들은 전혀 개의치 않는다. 미성숙한 녀석들이니 이 또한 담담하게 받아들여야 하지 않을까 싶다.

2

너 때문에 울고 웃었다

"우리 엄마가 동네북이가?"

고등학교에 근무하던, 어느 해 8월의 일로 기억한다.

이 여학생만 생각하면 가슴에 통증이 느껴진다.

남들보다 조금 늦게 교직에 들어선 탓에 30대 초반, 교사 2년 차가 되던 해이다.

교칙을 잘 지키지 않아 지도하는 과정에서 유난히, 나를 힘들게 했던 녀석이다. 조·종례 시간에 전달 사항을 듣지 않는 것은 물론이고, 수업 시간에도 잠을 자거나 잡담하는 등 학습 분위기를 방해하여 야단을 치면, 한마디도 그냥 듣고 있는 법이 없었다.

담임으로서 잘못된 태도를 보고 야단을 안 칠 수 없고, 야단을 치면, "죄송합니다." 한 마디면 족할 텐데, 이 녀석은 잘못했다는 말을 절대 하지 않았다. 잘못을 인정하기는커녕, 오히려 큰 소리로 대드는 녀석 때문에, 나는 참 많은 날을 괴로워했다.

조금도 지지 않고 말대꾸하는 녀석을 참지 못한 나는 화가 머리끝까지 치밀어 올라 목소리를 높여 야단을 쳤고, 녀석과 고성을 주고받다가 도저히 안 되겠다 싶어 부모님 학교에 오시라고 하면,

"우리 엄마가 동네북이가? 오라 가라 하게."

하면서 대들던 녀석이다.

녀석 때문에 학생들 앞에서 교사인 내 자존심은 무참히 짓밟혔고, 자괴감에 마음속으로 수없이 울었다.

그럼에도 끝내 녀석의 행동을 개선하지 못했기에, 내 교직 생활을 통틀어 가장 부끄럽고 가슴 아픈 일로 기억된다.

나의 바람과 달리 녀석과의 갈등이 계속되어서 하는 수 없이 녀석의 어머니께 상담을 요청했고, 어머니께서 학교에 오셨다.

어머니께서는 녀석이 한쪽 팔에 작은 장애를 가지고 있고, 그것 때문에 성격이 약간 모가 난 것 같다고 말씀하셨다. 가정에서도 나름대로 지도하고 있는데, 어렵다는 것이다.

어릴 때는 장애인 시설에 데려가서, 네가 가진 장애는 아무것도 아니라고 딸의 마음을 어루만져주려 나름대로 애썼다고 한다. 그런데도 아이 마음의 상처가 완전히 치유되지는 못했던 것 같다고 말씀하시면서 죄송하다고 말씀하셨다.

그때까지 나는 녀석을 잘 몰랐던 것 같다. 겉으로 보기에는 전혀 장애라고 느낄 수가 없었기 때문이다.

어머니의 말씀을 듣고 자세히 살펴보니, 한쪽 팔꿈치가 완전히 펴지지 않는 걸 알 수 있었다.

남들이 보기에는 전혀 장애로 느껴지지 않는데. 본인에게는 아주 큰 상처였던 모양이다. 마음이 아팠다.

그 후 나는 학생과의 화해를 시도해 보았지만, 나는 끝내 학생의 마음을 사지는 못했다.

그 뒤로도 소소한 일로 교칙을 위반하거나 문제 학생이라 불리는 선배 남학생과 이성 교제를 하여, 학생부 선생님들 사이에서는 늘 녀석의 이름이 입에 오르내리고 있었다.

그래서 나는 더욱 녀석에게 신경이 쓰였고, 녀석을 바르게 지도하고 싶은 욕심에 엄하게 지도했던 것 같다.

그런 나의 지도 방법이 잘못되었던 것인지 녀석은 내 마음을 이해하려 하지 않았다.

녀석과 사귀던 남학생도 학교에서 관심을 가지고 지도하던 인물이라 덩달아 녀석도 같이 관심의 대상이 되었다.

그러던 어느 여름날 새벽, 녀석이 학교 근처 하천 공원에서 교제하던 남학생과 같은 텐트 안에서 잠을 자고 있다가 학생부장 선생님 눈에 띄고 말았다.

내가 전해 들은 이야기는 이렇다.

학교 근처 아파트에 사시는 학생부장 선생님께서 아침 이른 시간에 강변 공원에 산책하러 나갔는데, 텐트 하나가 눈에 들어왔고, 호기심에 지나가나 열려 있는 텐트 안을 슬쩍 들여다보았다고 한다.

그런데 뜻밖에도 텐트 안에는 낯익은 학생 둘이 곤히 잠을 자고 있었다고 한다. 여학생이 남학생의 팔베개를 하고 자는 모습을 목격한 선생님은 너무나도 놀라셨다고 한다.

다음 날, 선생님께서는 학교에 출근하시어 그 사실을 관리자분께 알렸고, 학생부에서 두 학생의 문제를 논의하게 되었다.

그 남학생은 학생부 선생님의 지도를 받던 중, 아주 불손한 태도를 보여 화가 난 선생님이 회초리를 들자, 국기 게양대가 있는 난간을 타고 학교 밖으로 뛰쳐나가 며칠째 결석하고 있던 녀석이었다.

이런 일이 있을까 봐 그렇게도 조바심 내며 걱정했던 것인데, 결국 일이 벌어지고 말았다.

그 일로 학교에서는 학생 선도위원회를 개최하여 징계 방안을 논의하였다.

그러자 느닷없이 우리 반 그 녀석이 학교를 그만두겠다고 선언하여, 모두를 당황하게 했다.

나는 녀석을 설득하려 해 보았으나 끝내 고집을 꺾지는 못했다.

녀석이 학교를 그만둔다고 말했을 때 제일 먼저 녀석의 어머니 얼굴이 떠올랐고, 죄송한 마음과 함께 어머니가 걱정되었다.

학생의 어머니는 정말 좋으신 분이셨다. 딸아이의 마음을 바로잡기 위해 장애인 시설도 방문하고, 참 무던히도 애쓰셨던 분인데, 그런 어머니를 생각하자, 내 마음이 너무나 불편하여 견디기가 힘들었다.

그러나 걱정만 할 뿐 나는 아무런 도움도 되어 드리지 못했다.

그렇게 어머니의 관심과 사랑을 뒤로 하고 녀석은 고등학교를 중퇴하고 말았다.

그때부터 녀석은 목에 걸린 가시처럼, 두고두고 내 마음속에서 나를 괴롭혔다.

세월이 한참 흐른 어느 날, 녀석으로부터 전화가 왔다.

어쩐 일이냐고 당황하여 물었더니,

"그냥요"

하고 말한다.

별 다른 얘기를 나누지 못한 채 전화를 끊었다. 전화를 끊고 왜 전화를 했을까 곰곰 생각해 보았다.

'아마 녀석이 이제야 철이 든 것일까, 자기의 잘못을 인정하고 나하

고 화해하고 싶었던 것은 아닐까.'

생각이 여기에 미치자, 나는 밀려드는 후회로 견디기 힘들었다. 왜 그렇게밖에 전화를 받지 못했을까 생각하니, 정말 나 자신이 너무 바보 같고 싫었다. 좀 더 따뜻하게 전화를 받았어야 했는데, 내가 먼저 화해의 말을 건넸어야 했는데, 너무나 후회되었다.

갑작스럽게 온 전화라 나도 모르게 당황했던 것 같다.

그 후로도 늘 녀석의 소식이 궁금했고, 검정고시라도 봐서 대학에 진학했을까 상상하며, 정말 녀석이 행복하게 잘 살았으면 하고 매일 기도했다.

그 후 한참 세월이 흐른 어느 날, 녀석의 동기 중 한 명이, 어느 아파트 단지 안에 있는 작은 상가에서 메밀국숫집을 운영한다는 소식을 들었다.

당시 그 학생의 담임이셨던 선생님께서 메밀국수 먹으러 같이 가자고 하시어, 나는 녀석의 소식도 들을 겸 따라나섰다.

우리는 메밀국수를 시켜 먹으면서 식당 주인인 녀석의 친구와 이런저런 안부를 주고받았다. 그리고 잠시 틈을 타서, 나는 녀석의 소식을 알고 있느냐고 물었다.

같이 계 모임을 할 정도로 친하게 지낸다고 말했다.

나는 녀석이 잘 지내고 있는지를 물었다.

그랬더니 다행스럽게도, 결혼해서 아이 낳고 알콩달콩 너무도 잘살고 있다는 것이다.

경제적으로도 여유가 있어 남부러울 것 없이 잘 산다는 소식을 전해 듣고 비로소 나는 안도의 숨을 내쉬었다. 너무도 예쁘고 행복하게 잘 산다는 소식에 마치 목에 걸린 가시가 내려가는 듯했다.

녀석이 학교를 그만두고 나간 후, 나는 나의 부족함을 탓하며, 녀석이 행복하기를 진심으로 바라며 살았다.

그래서 녀석의 소식을 들은 그날, 나는 녀석으로 인해 스스로 어깨에 짊어졌던, 나의 걱정보따리를 내려놓았다. 녀석에게 가졌던 내 마음의 짐이 비로소 가벼워해졌다.

"결혼해서 이런 딸 하나만 낳아봐라."

1990년대 중반, 고등학교에 근무할 때의 일이다.

오늘은 정말 마음이 아프고 힘이 들었다. 내 의지와 다르게 하는 수 없이 학생 한 명을 잘라야 하는 난감한 상황이, 내가 감당하기에는 정신적 스트레스가 너무 크다.

학년말이 다가오니 관리자분들과 여러 선생님께서 미루고 있는 학적 정리를 재촉하셨다. 장기 결석하고 있던 우리 반 한 여학생을 퇴학 처리하라고 말씀하셨다.

마침내 학년 부장 선생님께서는 녀석의 부모님께서 농사지으시는 비닐하우스 주소를 알아내어 내 손에 건네주며, 오늘 꼭 녀석의 부모님을 만나 자퇴서를 받아오라고 명하셨다.

떨어지지 않는 발걸음을 옮겨 교문을 나서 보지만, 차에 앉아서 한참을 생각에 잠겼다가 마지못해 시동을 걸어서 출발했다.

학교에 오지 않는 한 여학생 때문에 자퇴서에 도장을 받으러 학생의 부모님이 농사지으시는 비닐하우스까지 찾아가야 하는 상황이 참 어이없고 힘이 든다.

시내를 지나 시골길로 들어섰지만, 머릿속은 복잡하기만 했다. 어떻게 말씀드려야 할지, 도장을 찍어 주지 않으면 어떻게 해야 할지, 이런저런 생각을 하며, 똑같이 생긴 비닐하우스들이 즐비한 곳에서 차를 멈췄다.

차를 세우고 또 한참을 차 안에서 망설이다가 더는 지체할 수 없는 시간이라 하는 수 없이 차에서 내렸다.

하얀 비닐하우스 숲을 헤집고 다니며, 내가 찾는 비닐하우스가 어느 것인지 한참을 찾아 헤맸지만 찾기 쉽지 않았다. 몇 군데 비닐하우스 주인을 만나 물어물어 손에 들린 주소의 비닐하우스를 찾았다.

나는 심호흡을 하고, 잠시 후 학생의 어머니와 마주했다.

나는 이대로 가면 퇴학인데, 퇴학보다는 자퇴하는 것이, 혹시 모를 이 아이의 미래를 위해 나은 방향이라고 상황을 설명하고 자퇴서를 내밀었다.

그리고 내일이라도 학교에 나오면 관리자분들을 설득해서 학교에 다니도록 애써보겠다는 말도 빼놓지 않았다.

한편으로 검정고시라도 봐서 꼭 대학 진학할 수 있도록 해 주십사 부모님께 부탁을 드렸다.

나는 참담한 마음으로 자퇴서에 도장을 받고 죄송한 마음으로 인사를 하고 나왔다.

그때 억장이 무너지는 듯 잔뜩 화가 난 그 어머니의 표정을 아직도 잊을 수가 없다.

돌아서 걸어 나오는 나의 뒤통수에다 대고,

"더도 말고 덜도 말고 결혼해서 딱 이런 딸자식 하나만 낳아봐라."

하시며 저주를 퍼붓던 어머니의 말씀이 내 가슴에 비수가 되어 꽂혔다.

학교로 돌아와 허탈한 마음으로 자리에 앉아 있으니, 학년 부장 선생님께서 자퇴서 받아왔냐고 물으셨다.

나는 말없이 자퇴서만 내밀었다.

오늘의 이런 상황이 너무도 기가 막히고 속이 상해 마음속으로 소리 없이 울었다.

녀석은 계속되는 일탈로 학교에서 요주의 학생으로 관심을 받고 있던 학생이다. 이성 교제로 선생님의 눈살을 찌푸리게 하는 것은 물론이고, 교칙을 어기는 일이 많아 학생부 선도위원회를 거쳐 교내봉사 처벌을 받는 중이고, 한 번만 더 교칙을 어길 시 퇴학 처분한다는 경고를 받고, 각서까지 써 놓은 상태다. 처벌 기간이라 학교에 나와 봉사활동을 해야 하는데, 녀석은 계속해서 무단결석 중이다.

그런데 참 운이 나쁘게도 학교 뒤편 마을 주택가 골목길을 지나던 학생부 선생님 한 분이, 우연히 열려 있는 창문으로 시선이 가서 방 안을 엿보게 되었는데, 그 녀석이 담배를 피우고 앉아있다가 선생님과 눈이 딱 마주쳤다는 것이다.

말하자면 남자 친구의 자취방이었는데, 남자 친구는 옆에 자고 있고, 녀석은 앉아서 담배를 피우다 하필이면 재수 없게도 학생부 선생님께 딱 걸린 것이다.

그 일이 있고 난 후 학교에서는 하루빨리 퇴학 처리하라며 담임인 나를 재촉했다. 차일피일 학생이 돌아오길 기다리다 궁지에 몰린 나는, 학년 부장 선생님으로부터 학생 부모님의 비닐하우스 위치가 적힌 메모지를 전달받아 자퇴서를 들고 찾아갔던 것이다.

비닐하우스를 찾아가는 차 안에서 학생이 한 행동 중에서, 선생님들의 눈에 거슬렸던 많은 일들을 머릿속에 떠올려보았다.

크고 작은 일들이 겹겹이 있었지만, 한 장면이 생각난다.

1학년 가을소풍 때 있었던 일이다.

청바지에 무릎 밑에까지 길게 내려오는 긴 원피스형 흰색 셔츠를 입고, 누가 봐도 표시가 날 만큼 화장을 진하게 하고, 손가락 열 개에 모두 반지를 착용하고 소풍 장소에 나타났다.

나는 학생을 보고 야단을 쳐야 하나, 소풍날이니 그냥 봐줘야 하나, 머릿속으로 고민하고 있었다.

바로 그때 나보다 경력이 오래되신 옆 반 선생님께서 학생을 부르더니, 반지를 빼고 화장실에 가서 세수하고 오라고 야단을 치셨다.

학생은 반지를 압수당하고, 화장실에 가서 곱게 단장한 얼굴을 씻고 나왔다. 그리고 흰색 원피스형 셔츠 때문에, 잔디밭에는 앉지도 못하고 서서 하루를 보냈다.

당연히 담임인 나는 기분이 좋을 수 없다. 나는 야단을 쳐도 다른 선생님이 내 반 아이를 야단치면 기분이 좋지 않다.

내가 지도할 텐데 왜 저러시나 서운하면서도 한참 선배 교사가 야단을 치는데 끼어들 수도 없다.

새 학년 반 편성을 해야 하는 시기가 되면, 장기 결석자가 있는 학급의 담임교사는 고민거리를 안고 한 해를 시작해야 한다. 그리고 학년 말이 되면 미뤄두었던, 학교생활에 적응이 어렵다고 판단되는 학생들의 학적을 어떻게든 정리해야 했다.

그래야만 새로 담임을 맡는 교사의 부담이 줄어들기 때문이다.

그렇다고 개선의 가능성이 있는 학생을 자르지는 않는다. 가능성이 있는 학생의 경우는 전 담임이든 현 담임이든, 책임지고 적극적으로 지도하겠다고 나서는 교사가 있으면, 협의를 통해 진급시키기도 하고, 때로는 적극적으로 지도하겠다고 해도 학년말 사정회서 가능성이 없다고 판단되면, 자퇴를 권고하기도 한다.

수업일수를 채우지 못해 퇴학 처리해야 하는 때에도 학생의 앞날을 생각해서 자퇴를 권고한다.

혹시라도 학생이 뒤늦게 잘못을 깨닫고 학교로 돌아오고 싶을 때, 그때를 대비해 복학할 수 있도록 길을 열어 놓는다.

담임으로서 어쩔 수 없는 일이었다고 생각하면서도, 돌아서는 내 등 뒤에 저주를 퍼붓던 어머니의 애절한 절규가 떠올라 가슴을 후벼 판다.

검정고시라도 봐서 꼭 대학 진학을 할 수 있도록 가정에서 신경 써서 지도하시라고 부탁은 드렸지만, 뒷일은 알 수가 없다. 아니, 나의 그 말이 어머니의 귀에 들리기나 했을까.

그동안 그렇게 염려하던 일을 감당하고 나니 허탈했다.

왜 신은 니에게 이런 시련을 주시나 원망도 해 보지만, 돌이킬 수 없는 일이라는 것을 잘 알고 있다.

나는 녀석의 장래가 걱정되어 마음이 편치가 않다. 그래서 마음속으로 기도한다. 검정고시라도 봐서 꼭 대학 진학을 했으면 하고.

그 후 녀석의 소식은 한 번도 듣지 못했다. 그저 잘살고 있으리라 믿을 뿐이다.

부모도 자격이 필요하다

다 그런 것은 아니지만, 흔히들 문제 학생이라고 불리는 학생들을 자세히 들여다보면, 가정에 문제가 있는 경우가 많다.

그런 경우 아무리 지도를 열심히 해도 쉽게 변하지 않는 것이 참 안타깝다.

1990년 중반, 어느 해 11월 무렵의 일이다.

우수한 성적으로 입학한 여학생이었는데, 점점 불량스럽게 변해가던 한 녀석이 있었다.

녀석을 위해 상담도 여러 번 하고, 나 나름대로 할 수 있는 최선을 다한다고 하였건만, 좀처럼 변화의 조짐이 보이지 않아 발을 구르며 안타까워하고 있었다.

친구들을 한 명씩 불러 이런저런 얘기를 듣던 중 뜻밖의 얘기를 들으니, 참으로 마음이 아프다.

녀석의 가정은 아버지의 외도로 위태로운 상황인데, 아버지의 태도가 일반적인 상식으로는 이해가 되지 않는 처사였다.

아버지는 외도 상대를 집에까지 데리고 들어와서 자식들까지 알게 하는 등, 그야말로 부모로서는 낙제점을 받을만한 사람이다.

그 녀석이 왜 그렇게 방황하는지 이해되었다.

그런 환경에서 저렇게나마 버티고 있는 녀석이 너무 대견하고 고마웠다. 녀석에게 떨어진 성적은 중요하지 않다.

나는 어떻게든 마음을 다스려서 학교를 무사히 졸업할 수 있기를 바라는 마음을 담아 녀석을 다독이며 격려했다.

학교에서 학생과 관련해서, 여러 가지 이유로 학부모와 상담하다 보면, 자식 앞에서 뻔한 거짓말을 하는 부모님을 볼 때가 있다.

그럴 때면 마음속으로 그 부모님이 원망스럽고 학생이 걱정된다.

일탈로 문제를 일으키는 학생들을 상담하다 보면, 부모님의 불화와 가족 갈등으로 상처받고 방황하는 경우가 많다.

부모님이 이혼하고 어느 한쪽과 생활하는 학생의 경우, 자녀 앞에서 헤어진 배우자를 욕하고 비난하여 자식이 힘들어하는 예도 있다.

자녀를 생각한다면, 그렇게 해서는 안 된다.

부부는 돌아누우면 남이라지만, 자식은 핏줄이기 때문에 아무리 큰 죄가 있더라도 자기의 부모를 욕하는 것은 듣기 싫기에 참기가 쉽지 않다. 그 상대가 또 다른 한쪽 부모라면 더욱 그렇다.

자식에게 한쪽 부모에 대한 원망을 심어주고 싶지 않다면 자식 앞에서 헤어진 배우자를 비난하는 행동은 정말 하지 말아야 한다. 자식이 상처받지 않고 바르게 성장하기를 진심으로 바라는 부모라면 그렇게 해서는 안 된다.

어릴 적 나는, 우리 부모님은 세상 누구보다 사이가 좋은 줄로만 알았다.

왜냐하면 성인이 될 때까지 한 번도 자식들 앞에서 싸우는 모습을 보여주지 않았기 때문이다. 물론 전혀 싸우지 않는다고는 생각하지 않았다.

인근 도시에서 고등학교에 다니다가 주말에 부모님이 계신 시골집으로 내려가면, 두 분 사이가 왠지 서먹해 보일 때가 있다.

그러면,

"아버지! 엄마하고 싸우셨어요?"

하고 넌지시 여쭤보면 아니라고 말씀하신다.

그러면 나는,

"에이 아닌 것 같은데, 아버지 삐지신 것 같은데!"

하면서 애교를 부리면 금방 아버지의 표정이 풀어지고는 하셨다.

그런 부모님 덕분에 우리 네 남매는 크게 말썽 안 부리고 바르게 자란 것 같아 부모님께 감사하다.

언젠가 내가 부모님께 감사하다고 말씀을 드렸더니, 그때 아버지께서 말씀하셨다.

부모님을 모시고 살다 보니 어른 앞에서 함부로 싸울 수 없는 것이 하나의 이유였고, 자식들 상처 받을까 봐 자식들 보는 앞에서는 싸우지 말자고 서로 약속도 하셨다는 것이다.

참으로 감사한 일이다.

훗날 어머니께서 말씀하셨다.

할머니께서 살아계실 때는, 아버지께서 술을 드시면, 쥐도 새도 모르게 조용히 방에 들어가 주무셨는데, 할머니께서 돌아가시고 나니 술주정이 생겼다는 것이다.

아버지의 술주정은 술에 취하면 이야기를 해서 술을 깨는 버릇이었는데, 우리 남매들은 그 시간이 참으로 견디기 힘들었다.

평소에 말씀이 없으신 아버지께서는 우리 남매가 잘못한 것이 있으면 모아두셨다가 술을 드시면 불러다 앉혀놓고 이야기를 하셨다.

맨정신으로 말씀을 하시면 좋으련만, 꼭 술을 드시고 하시는 말씀이라 귀에 들어오지도 않거니와 했던 말을 반복해서 하시는 바람에 우리 남매는 견디기 힘들었지만, 한 달에 한두 번 있는, 그나마 자주 있는 일이 아니기 때문에 우리들은 아버지의 주사를 참을 수 있었다.

내가 나이가 들면서는 그것마저도 듣기 싫어, 한날 아버지께 간곡하게 말씀드렸다.

'하실 말씀 있으시면 맨정신에 하시라고, 술 드시고 한 시간이고 두 시간이고 길게 말씀 하시는 것 듣고 있기가 힘들다고….'

그 후부터 아버지께서는 술을 드시고 오시면 하고 싶은 말씀을 참느라 애쓰셨다.

그런 모습을 보는 나는 마음이 아파 더 견디기가 힘들었다.

10년 전에 아버지께서 돌아가시자, 나는 후회했다.

술 드시고 하시는 말씀이라도 그때 그냥 좀 들어드릴걸.

얼마나 외로우셨을까 생각하면, 너무나 죄송하고 마음이 아프다.

나는 틀림없는 불효자식이다. 돌아가신 지 십 년이 지났지만, 죄송한 마음은 점점 짙어질 뿐 사라지지 않는다.

나와 같은 상황을 겪고 있는 사람이 있다면 나 같이 후회하는 행동은 하지 말라고 조언하고 싶다.

한편 나에게는 돌아가신 아버지께 감사한 일이 몇 가지 있다.

앞서 이야기했듯이, 첫 번째는, 자식들 보는 앞에서 어머니와 소리 내어 싸우는 모습을 보이지 않으신 것에 감사드린다.

두 번째는, 나는 아버지께 한 번도 욕을 들어본 적이 없다. 옆집 사는 내 친구 아버지께서는, 자식들이 말을 안 들으면 욕을 하시면서 밖으로 내쫓으셨는데, 우리 부모님은 그러지 않으셨다.

세 번째는, 아들딸 차별 없이 키워주신 것에 감사드린다. 그 시절 딸아이를 대학 교육까지 시키는 집은 흔치 않았다. 그래서 감사하다.

내 친구 아버지는 항상 내 친구에게 어서 돈 벌어서 동생 공부시키라고 하셔서 꿈도 키워보지 못했다는데, 우리 아버지께서는 늘 공부는 하고 싶은 만큼 뒷바라지해 주시겠다며, 꿈을 가지게 해 주신 것에 감사드린다.

그래서 이렇게 삼십 년이 넘는 교직 생활을 잘 마무리할 수 있게 해 주신 것에 감사드린다.

내가 이런 부모님을 만난 건 행운이다.

아버지, 어머니, 사랑합니다.

우리 남매들은 부모님 밑에서 큰 불만 없이 자랐다.

그러던 우리 남매들이 어머니께 크게 서운한 감정을 느꼈던 적이 있었다.

그건 바로 아버지의 죽음 앞에서 보인 어머니의 태도였다.

자식인 우리들은 가슴이 미어지도록 아팠다.

그런데 누구보다 슬퍼하리라 생각했던, 나의 어머니는 배우자의 죽음 앞에서 너무나 이성적이었다. 아니 냉정하셨다.

우리 자식들 눈에 어머니는 슬퍼 보이지 않았다. 그런 어머니 모습을 보고 우리 남매들은 너무나 서운했고, 어머니가 미웠다.

그러나 그 누구도 밖으로 서운한 감정을 드러내지는 않았다. 그저 우리가 모르게 어머니께서는 아버지와 함께한 결혼생활이 그리 만족스럽지 못했나보다 짐작할 뿐이었다.

아버지께서 돌아가신 후 어머니께서는 자식들 앞에서 돌아가신 아버지에 대한 불만을 얘기하셨다.

우리는 마음이 불편했지만, 그냥 듣고 있었다.

그러던 어느 날 언니와 내가 있는 자리에서 또 아버지 흉을 보셨다.

나는 참기가 힘들어 어머니께 말씀드렸다.

엄마한테는 돌아누우면 남이라는 남편이지만, 우리한테는 피가 섞인 아버지다. 우리 앞에서 아버지 흉보는 얘기 듣기가 거북하니 하지 말아 달라고 부탁드렸다.

그 후 어머니께서는 더 이상 아버지에 대한 말씀이 없으셨다.

이번에도 나는 불효를 저질렀다.

어떤 게 옳은지는 모르겠다. 그저 돌아가신 아버지에 대한 어머니의 불만에 찬 소리를 들어드리는 것이 효도인지.

아버지께서 돌아가신 뒤 어머니는 한 번도 아버지를 그리워하지 않으셨다. 마음속은 어떨지 모르지만, 겉으로는 그랬다.

그래서 우리 남매는 어머니께 섭섭하다는 감정을 가지고 살아간다.

나는 미성년 자녀를 둔 부모님께 부탁드리고 싶다.

어떤 경우에도 자식 앞에서 배우자를 욕하는 일은 삼가시라고

부부는 그저 돌아누우면 남이 될지 모르지만, 자식은 평생 인연을 끊을 수 없는 천륜이다. 배우자가 내뱉는 자기 배우자의 좋지 못한 이미지는, 자식의 가슴에 상처가 되고 자존감을 잃게 하니, 조심하시라 말씀드리고 싶다.

자기가 나쁜 어머니, 혹은 아버지의 피를 물려받았다고 생각하는 자녀가 어떻게 자기 자신을 귀하게 여기고 사랑할 수 있겠는가?

나는 우스갯소리로 이런 말을 자주 한다.

혼인신고 전에 반드시 일정 시간 부모 교육을 받도록 하는 법을 만들어야 한다고.

교육을 통해 부모의 양육 태도와 육아에 대한 지식 등을 알게 한다면, 우리 사회 아동 학대나 청소년 문제는 훨씬 줄어들 것이라는 것이 내 생각이다.

아이들은 부모를 보고 자란다. 그래서 바르게 생활하는 부모님 밑에서 자란 아이는 큰 문제를 일으키지 않는다. 문제를 일으키더라도 교육을 통해 금방 제자리로 돌아온다.

그러나 가정에 문제가 있는 아이들은 교육의 효과를 보기가 어렵다고 느낄 때가 종종 있다.

참 안타까운 일이다.

부모의 학벌이나 지식의 수준이 곧 좋은 부모라고는 말할 수 없다. 부부가 서로 아끼고 사랑하는 가정의 자녀들이 행복하다.

공든 탑이 무너졌다

담임을 맡다 보면 걱정을 안 했는데, 학생들과 소통이 잘 안되어 힘들 때도 있고, 모든 교사가 문제 학급이라며, 서로 맡지 않으려고 걱정을 앞세우던 학생들도 의외로 합이 잘 맞아 재미있게 일 년을 마무리하는 예도 있다.

1990년대 후반, 그해 나는 선생님들이 문제 학급이라고 생각하는 학생들을 맡게 되었다.

고등학교 2학년 학생들이었는데, 1학년 때 말썽을 부리던 학생들 대부분이 내 반에 속해 있었기 때문이다.

동료 교사들은,

"임 선생님! 올해 고생 많으시겠습니다."

라는 인사를 건네며 걱정과 위로를 해 주셨다.

나는 이 녀석들을 어떻게 지도해야 할까, 걱정이 많았고, 매를 들기 시작하면 끝이 없을 것 같아 반 아이들 수만큼 노트를 사서 크고 작은 일이 있거나, 특별히 개별적으로 지도할 일이 있을 때면, 이 노트에 글을 써서 주고 답장을 써달라고 했다.

글쓰기를 좋아하는 학생은 답장을 적어서 주기도 하고, 싫어하는 학생은 말로 얘기를 하거나, 아니면 말없이 행동으로 마음을 전달하기도 했다.

그때 우리 반에는 재수생이 한 명 있었다. 그 녀석은 세 살 무렵 어머니가 가출하고, 할머니와 아버지의 보살핌으로 생활하고 있었다.

녀석은 욱- 하는 급한 성정으로 자기감정을 잘 컨트롤하지 못하고, 규칙적인 생활을 힘들어했다.

그래서 담임교사와 급우들과도 종종 트러블이 생겼다. 무엇보다 잦은 지각과 결석, 무단 결과 등으로 담임교사를 힘들게 했던 녀석이다.

어느 정도 이해가 가는 부분도 있기는 하다.

시 외곽에 있는 시골에 살다 보니 등교 시간에 버스 한 대를 놓치면, 다음 버스를 타야 하는데, 그러다 보면 지각할 수밖에 없는 상황이기도 하다.

그러나 또 한편으로 생각하면 자전거를 타고 와도 되고, 좀 일찍 일어나서 걸어와도 20분이면 될 것 같은데 하는 생각에 아쉬운 마음도 있다.

역시나 2학년이 되어서도 녀석의 게으른 생활 습관은 전혀 변함이 없었다.

나는 몇 차례 상담하고, 조금만 일찍 일어나서 지각하는 일이 없도록 해 보자고 하였으나, 녀석의 습관은 쉽게 고쳐지지 않았다.

가끔은 아침에 집에서 출발하기 전에 녀석의 집으로 전화를 걸어 미리 깨우기도 하였으나, 전화를 받지 않거나, 전화를 끊고 도로 잠이 들었는지 늦게 등교하기도 했다.

나는 고심 끝에 아침에 녀석을 내 차에 태워 오기로 했다.

그때 나는 한 시간 정도 걸리는 부모님이 계신 시골집에서 밀양까지 장거리 출퇴근을 하고 있었고, 조금만 방향을 바꾸어서 돌아오면 녀석을 내 차에 태워 함께 올 수 있었다.

나는 녀석과 시간 약속을 하고, 아침 출근길에 녀석을 태워 왔다.

그런데 처음 며칠은 시간 약속을 잘 지키더니 시간이 지나자, 가끔 약속 시간을 지키지 않아, 나는 발을 동동 구르며 녀석을 기다렸다.

그때는 휴대폰도 없던 시절이라 녀석에게 연락할 방법도 없고, 녀석의 집도 골목 안쪽에 있어 큰길에서 녀석을 태우고 내려주기만 했을 뿐, 집까지 가보지 않았던 터라, 나는 녀석의 집을 알지 못했다.

교실에 학생들이 기다리고 있는데, 담임이 지각을 한다는 것은 내 상식으로는 용납이 되지 않는 일이라 스트레스가 이만저만 아니었다.

그러나 녀석은 그런 내 마음도 몰라주고, 아주 가끔은 무단 결과를 시도하거나 종례를 하지 않고 집으로 가려고 했다.

그때마다 우리 반 아이들이 말렸다며, 종례 시간에 그 사실을 일러주기까지 했다.

지금 생각해도, 그때의 우리 반 학생들이 참 고맙고 그립다.

하루는 종례하러 교실에 들어갔는데, 녀석이 가고 없었다. 나는 한 명이라도 자리에 앉아 있지 않으면 종례를 하지 않겠다고 엄포를 놓고 교실을 나왔다. 한참 후에 녀석이 교실에 와 있다는 소식을 듣고 교실로 가서 잔소리를 잔뜩 늘어놓고 종례를 마쳤다.

나중에 전해 들은 이야기지만, 한 학생이 녀석에게 연락해서, 형님 때문에 우리 모두 집에 못 가고 있으니 빨리 학교에 오라고 했고, 그 소식을 들은 녀석이 헐레벌떡 뛰어왔다는 것이다.

고개를 숙이고 미안해하는 녀석을, 나는 그냥 눈감아 주었다.

그렇게 나는 최고로 별나다는 녀석들과의 1년을 아주 즐겁게 보내고, 녀석들은 3학년이 되고, 나는 또 2학년 담임을 맡았다.

그렇게 우리는 서로의 현실을 충실하게 살고 있었는데, 녀석의 결석이 길어진다는 소문이 들렸고, 급기야 담임교사께서 조언을 구하러 오셨다.

그때 나는 학교 근처에 원룸을 얻어 자취하게 되면서 더 이상 녀석의 등교를 책임지지 않았다. 그래서일까, 녀석은 지각이 잦아지더니 결석으로 이어졌고, 하루 이틀 이어지던 결석이 한 달이 되어간다는 것이다.

그때 녀석의 담임 선생님은 연세가 높으신 남자 선생님이셨는데, 걱정은 하시면서도 별다른 방법을 찾지 못하시는 것 같았다.

그래도 2학년 때는 결석 없이 한 해를 잘 보냈는데, 3학년 되어서 왜 적응을 못하고 방황하는지 알 수가 없다.

내 반이 아닌 학생을 담임 선생님을 젖혀두고 관여하기가 뭐해 망설이다가, 녀석의 집으로 전화를 몇 차례 걸었으나 통화는 하지 못했다.

아무도 몰래 소식을 알만한 한 학생을 불러 살짝 물어보았다. 녀석이 왜 학교에 안 나오는지.

그랬더니 담임 선생님하고 관계도 안 좋고, 학교생활을 재미없다고 한다는 것이다.

그래도 이제 졸업이 얼마 안 남았는데, 조금만 참고 다니면 될 텐데 하는 마음에 안타까웠다.

한 학생에게, 녀석한테 전화해, '선생님이 한번 보잔다.'고 전하라고 했다.

며칠 뒤 학생이 찾아왔다.

녀석에게 전화를 해서 학교에 나오라고 했는데, 학교에 오지 않아 다시 전화를 하니, 그때부터는 아예 전화를 받지 않는다는 것이다.

그렇게 시간이 흘러 장기 결석이 길어지던 녀석은 끝내 자퇴서를 내고 학교를 그만두었다.

나는 너무나 안타깝고 허탈했다. 작년에 내가 녀석에게 쏟은 정성이 송두리째 거부당하는 느낌이 들었다. 마음 한편으로는 녀석의 담임 선생님이 원망스러웠다.

집으로도 찾아가 보시고, 좀 더 적극적으로 신경을 써주셨으면 하는 바람이 있었지만, 나의 기대와는 다르게 너무 쉽게 녀석을 포기 하시는 것이 아닌가 하는 생각에 서운함이 올라왔다.

그러나 그 선생님의 숨은 노력을 일일이 알지 못하는 나는, 그런 내 속마음을 내색할 수는 없었다. 그 선생님도 나름대로 최선을 다해 퇴학을 막아보려 애쓰셨을 것이다. 담임교사의 심정을 누구보다 잘 아는 나로서는 뭐라고 말을 할 수 없었다.

그렇게 녀석은 고등학교 3학년 봄에 학교를 그만두었다.

그 뒤로 녀석의 소식은 들리지 않았다.

그렇게 학교를 떠났던 녀석이 몇 년 뒤 학교에 나타났다.

무슨 일로 학교에 왔는지를 물으니, 군 면제 신청을 하려는데, 고등학교 중퇴했다는 확인이 필요해서 서류를 떼러 왔다는 것이다.

그렇게 녀석을 잠시 보고는 지금까지 들려오는 소식은 없다.

나는 녀석이 어디에서든 잘살고 있으리라 믿으며, 녀석의 행복을 빌어본다.

녀석이 문신을 새긴 이유

신학기 담임 배정을 받고, 학급 아이들의 명단을 한 명 한 명 살펴 내려가다 보면, 유독 걱정이 앞서는 녀석들이 있기 마련이다.

이 녀석 또한 나의 걱정거리 중 하나였다.

그런데 아니나 다를까, 학교에 나오지 않는 날이 하루 이틀 늘어나고, 부모님께 전화를 드려 도움을 청하며 가정에서의 지도를 당부드리는 날이 잦아지면서, 나의 걱정 또한 깊어 갔다.

녀석의 아버지는 작은 목공소를 운영하셨는데, 부모로서 온갖 애를 써 봤지만, 도대체가 말을 듣지 않는다며, 이제는 두 손 두 발 다 들었으니, 그냥 퇴학 처리해 달라고 말씀하신다.

오죽하면 저렇게 말씀하실까, 측은한 마음이 든다.

그런데 마음 한편으로는 부모가 자식을 포기하는데, 내가 애쓴다고 되겠냐는 생각이 들면서도, 스스로 후회하지 않으려 최선을 다해 애쓰는 중이었다.

어쩌다 녀석이 학교에 나오는 날이면, 나는 녀석을 붙잡고 공부는 안 해도 좋으니 학교는 나와라. 그래도 고등학교 졸업은 해야 하지 않겠냐고 수없이 달래고, 때로는 겁도 주었다.

한번은 조용한 컴퓨터실 공간을 찾아 엎드리게 해놓고, 회초리로 엉덩이를 때린 적도 있다.

그러나 녀석의 다짐이나 약속은 3일을 넘기지 못했다.

그렇게 결석하는 일수는 쌓여만 갔고, 더 이상 결석하면 유급이 될 수밖에 없다는 절박감에, 나는 녀석의 친구들에게 녀석이 있을 만한 곳을 수소문했으나 알 수 없었다.

녀석이 있을 만한 PC방을 여기저기 기웃거려도 보았으나 담배 연기 자욱한 PC방에서 불쾌한 냄새와 기운을 느꼈을 뿐 녀석은 찾을 수 없었다.

그해, 7월쯤의 일로 기억된다.

어느 더운 여름날, 녀석을 잘 아는 우리 반 학생으로부터 녀석이 친구들과 얼음골 계곡에 텐트를 치고 논다는 정보를 입수했다.

나는 그 학생을 내 차에 태워 녀석이 머물고 있다는 얼음골 계곡으로 찾아갔다.

그런데 녀석이 미리 소식을 들었는지, 텐트를 그냥 두고 다른 곳으로 이동하고 없었다.

같이 간 학생이,

"아마, ○○학교에 다니는 ○○이 할머니 집에 있지 않나 싶습니다." 하고 말한다.

그곳이 어딘지 아느냐고 물었더니, 안다고 했다.

○○학생의 할머니 집으로 전화를 걸어 녀석을 바꿔 달라고 했다.

나는 녀석에게 말했다.

"네가 나를 조금이라도 선생님으로 생각한다면 다른 곳에 가지 말고, 그곳에서 기다려라."

하고 엄포를 놓았다.

엄포를 놓기는 했지만, 녀석이 기다리고 있을지는 모르는 상황이라 불안한 마음으로 녀석이 있는 곳으로 차를 몰았다.

집 앞에 도착해 차에서 내리면서 고개를 들어 담장 너머로 집안을 살펴보니, 다행히 녀석이 두 명의 친구와 함께 마루 끝에 걸터앉아 나를 기다리고 있었다.

대문을 들어서니 녀석이 나를 쳐다보며 멋쩍게 웃는다.

나는 축담으로 올라가 세 녀석을 찬찬히 살펴보았다. 녀석들은 모두 학교가 다르다. 나는 모르는 두 녀석에게 부모님이 학교에 안 나가고 있는 사실을 아시는지, 학교에서는 찾지 않는지를 물었다.

두 녀석은 이미 집에서는 포기했고, 학교에서도 찾지 않는다며, 한 명은 자퇴하였고, 또 한 명은 곧 자퇴할 것이라고 답했다.

그 순간 나는 직감했다.

'함께 어울려 노는 친구가 있어 우리 반 녀석의 마음을 학교로 돌리기는 쉽지 않겠다는 것을.'

나는 세 녀석의 차림새를 찬찬히 살펴보았다.

여름이라 노출이 많은 옷차림을 한 녀석들의 신체 곳곳에 고등학생 신분에 맞지 않는 문신이 새겨져 있었다.

잘생긴 외모가 영화배우를 해도 되겠다 싶은 한 녀석은 허벅지에 거미줄 모양의 문신을 하고 있고, 또 한 녀석은 민소매 옷으로 드러난 어깨에서 팔로 이어지는 부분에 문신이 새겨져 있는데, 어떤 문양인지는 기억이 나지 않는다.

우리 반 그 녀석의 한쪽 가운뎃손가락에 임금 왕王 자가 새겨져 있다는 것은, 이미 알고 있는 사실이다.

어느 날 녀석을 불러 상담하던 중, 한쪽 손 중지에 큰 반지를 끼고 있는 걸 보았고, 반지를 벗으라고 하니, 끝내 안 벗고 나와 실랑이를 벌이다 마지못해 반지를 뺐는데, 그곳에 왕王자가 두껍고 큰 글씨로 새겨져 있었다.

놀라고 웃음이 났지만, 자세하게 묻지는 않았다. 차차 알아보리라 생각했기 때문이다.

그날 마루 한쪽 끝에서, 나는 긴 시간 녀석을 설득하여, 녀석에게서 학교에 나오겠다는 약속을 받고 집으로 돌아갔다.

약속대로 다음 날 녀석은 등교하였고, 학교에는 교칙이 있으니 아무 일 없는 듯 교실로 들여보낼 수는 없었다.

나는 녀석에게 등교 첫날에는 반성문을 쓰게 했고, 다음 날부터는 한 가지 주제를 주고 그에 맞는 글을 쓰게 하였다.

글의 주제는 이런 것들이었다.

'내가 부모님이라면, 내가 문신을 새긴 이유, 나의 장래 희망, 10년 후의 내 모습, 30년 후의 내 모습, 내가 결혼해서 나와 같은 아들이 있다면, 내가 꼭 해 보고 싶은 일' 등 매일 매일 다른 주제의 글을 쓰게 했다.

'내가 문신을 새긴 이유'에 대해 녀석은 이렇게 썼다.

영화 '보스'를 보았는데, 영화에서 보스가 새기고 나온 문신이 너무 멋있어 보여 새겼다는 것이다.

나는 한숨이 절로 났다.

사회를 탓할 수도 없고, 영화나 드라마를 통해 범죄를 배우지는 않을까 걱정하는 우리 어른들의 마음이 괜한 것이 아니라는 것을 증명해 주는 것 같아 마음이 착잡하고 무거웠다.

그 후로도 녀석의 행동은 크게 바뀌지 않았다.

무단 조퇴도 잦았고, 결석도 했다.

더는 버티기가 힘이 든다고 느낄 때, 나는 녀석에게 말했다.

"정 그렇게 학교 다니기 싫으면 정식으로 자퇴원을 내고, 한 해 쉬면서 생각해 보고 학교에 돌아오고 싶으면 내년에 복학하라."

그랬더니, 녀석은 기다렸다는 듯이 자퇴를 결정하였고, 부모님도,

"아유 선생님! 저희도 해 볼 만큼 해 봤는데, 이제 포기했습니다. 선생님 그동안 애쓰셨습니다."

하시면서 자퇴원에 도장을 찍어 주셨다.

그간의 노력이 물거품이 되는 순간이라 아깝고 허탈했지만, 나머지 학생들에게 쏟을 에너지까지 다 소진할 수 없어 나는 녀석을 포기하고 말았다.

다음 해 녀석이 종종 학교 앞에서 친구를 기다리는 모습을 발견하였고, 그때마다 나는 아버지 목공소 일이나 좀 도와드리라고 말했다.

그 말을 들은 녀석은,

"선생님 자꾸 그러시면 복학해서 선생님 애먹일 겁니다."

하며 나를 협박했다.

세월이 흘러 녀석이 남천 강가에서 여자 친구와 데이트하는 모습을 볼 수 있었고, 한번은 공설운동장에서 체육대회를 하고 있는데, 누군가 창문을 열고 나의 뒤통수에다 대고,

"선생님"

하고 불러 고개를 돌리니 녀석이 웃고 있었다.

나는 여기서 뭐 하고 있느냐고 물었고, 녀석은 여기가 자기의 직장이라고 말했다.

참 대견하고 다행스러운 일이다.

녀석을 생각하면, 약간은 무서운 인상을 하고 있어 누가 봐도 거친 녀석이라고 생각하는데, 그래도 나한테만큼은 고분고분하게 따라주었던 것이 고맙기도 하다.

지금은 녀석이 가정을 이루고 가장으로 열심히 살아가고 있으리라 믿어 의심치 않는다. 나는 녀석이 행복하기를 진심으로 바란다.

안타까운 소식

　고등학교 2학년 담임을 맡았다.

　첫날 조례 때 임시 반장 해 볼 사람 손들라고 했더니, 덩치 큰 ○○이가 손을 번쩍 들어, 녀석이 일주일 동안 임시 반장을 하고, 일주일 뒤 치른 반장 선거에서 당당하게 학급 반장으로 선출되었다.

　나와 우리 반 아이들은 덩치가 큰 반장 녀석의 애칭을 '산적'으로 짓고, 이름보다는 산적이라는 별명을 더 많이 불렀다.

　녀석과의 일 년을 돌아보면, 녀석이 나의 학급 관리에 큰 도움이 되었다. 녀석이 반장으로서 학급 일에 솔선수범하며 그 역할을 잘해 주니, 아이들도 반장을 믿고 잘 따라 별 탈 없이 한 해를 보낼 수 있었다. 그런 것에 나는 감사한다.

　이렇게 한 해를 무사히 잘 보낼 수 있었던 것은 녀석의 도움이 컸다.

　솔선하여 빗자루를 들고 교실을 청소하던 반장 녀석의 모습이, 지금도 생생하게 기억난다.

　녀석은 초등학교 때, 제법 부모님 속을 썩였다고 한다.

　덩치가 크고 주먹이 세다 보니 아이들이 겁을 먹기에 충분했다.

　그러던 녀석이 이렇게 의젓한 모습으로 바뀔 수 있었던 것은 부모님의 가정교육 덕분이라는 생각이다.

나는 녀석의 외사촌 누나의 담임을 맡은 적이 있는데, 그때도 녀석의 외사촌 누나가 반장을 맡았다.

녀석의 외사촌 누나도 심성이 착하고 의리가 있어 친구들이 좋아하고 참 잘 따랐다. 사촌 누나 녀석도 너무도 학급을 잘 이끌어 주어 두고두고 고마운 마음을 가지게 하는 녀석이다.

서로 사촌지간이라 그런지, 선한 부모님의 영향으로 착하고 모범적인 학생이었다.

우리 반 반장 '산적'에 대한 자세한 이야기는 녀석의 어머니께서 들려주셨다.

녀석이 초등학교 6학년 때 사고를 쳐 반성의 차원에서 사회봉사 활동을 시켰다고 한다. 그 봉사활동이란 것이 무엇인지 듣고 난 후, 나는 녀석의 부모님이 참 대단하시다고 생각했다. 새벽 4시에 녀석을 깨워 시청에서 운영하는 쓰레기를 치우는 청소차에 태워 보내면서 사회봉사 활동을 시켰다는 것이다.

아침 일찍 일어나는 것이 무척이나 힘들 텐데도, 한 번도 마다하지 않고 제시간에 일어나 청소차를 따라다녔다고 한다. 어른도 하기 힘든 일을 초등학교 6학년이 한 달이라는 긴 시간 동안 자기 임무를 완수했다는 것이다.

나는 그때 그런 결정을 한 부모님이 존경스럽기까지 했다.

초등학교 6학년 아들을 새벽 4시에 깨워서 청소차에 따라다니며 일을 하게 할 부모님이 대한민국에 몇 분이나 계실까?

나는 녀석도 기특하지만, 부모님이 더 대단하시다고 생각했다.

부모님의 교육 덕분에 녀석이 멋지게 변하지 않았나 생각하게 된다.

썩은 내 진동하는 청소차를 따라다니며 녀석은 얼마나 많은 자기성찰을 했을까? 무엇보다 그 한 달 동안의 경험이 녀석에게는 돈 주고도 살 수 없는 인생 수업이 되지 않았을까 생각한다.

자기 잘못에 대한 합당한 벌을 받도록 하는 건 너무도 당연하지만, 부모님 대부분은 인정하기가 쉽지 않은 것 같다.

그래서 어떡하면 내 아이가 처벌을 피할 수 있을지에 골몰한다.

그렇게 처벌을 면한 아이는 자기 잘못에 대한 성찰의 기회를 제공받지 않았기 때문에, 또 다른 잘못을 저지를 가능성이 있다.

그러나 자기 잘못에 대한 합당한 벌을 받은 아이는 자기성찰을 통해 잘못을 반복하지 않는다는 것을 나는 믿는다.

생각해 보니, 녀석은 덩치만큼이나 먹성이 좋았다.

한 번은 학급에서 햄버거를 먹을 일이 생겼는데, 햄버거를 먹으며 우리들은 이런저런 얘기를 나누었다.

햄버거를 먹던 녀석이 느닷없이, "선생님 햄버거 몇 개까지 드실 수 있어요?" 하고 말한다.

나는, "너는 몇 개나 먹는데?" 하고 물었다.

그러자 녀석이 하는 말, 친구와 햄버거 먹기 내기를 했는데 자기가 이겼다는 것이다. 녀석은 햄버거 먹기 내기에서 햄버거를 무려 아홉 개나 먹었다고 자랑삼아 말한다.

모두 놀라는 눈치다.

고등학교 2학년인 남자아이들 대부분은 5개 정도 먹을 수 있다고 한다. 그런데 녀석은 무려 9개를 먹어봤다고 하니, 녀석은 대식가가 분명했다.

녀석의 말에 의하면, 햄버거 9개를 먹었다고 했더니, 녀석의 어머니께서, "소를 키웠으면 키웠지, 너는 못 키우겠다."라고 말씀하셨다는 소리에, 우리는 모두 큰소리로 웃었다.

나는 녀석이 부모님과 화목하게 지내는 그림을 머릿속에 상상하며 소리 없이 웃었다.

녀석은 고등학교 2학년을 마치고 3학년은 위탁교육기관에서 기술을 배워 취업하기로 하여, 3학년이 된 녀석을 학교에서는 더 이상 볼 수가 없었다.

위탁교육기관에서 일 년을 보내고 졸업식 날이 되었다.

녀석은 졸업식을 마치고, 교무실로 찾아와서 선생님 한 분 한 분 찾아다니며 일일이 감사의 인사를 하고, 그렇게 교무실 문을 나갔다.

3학년 첫 조례 때, 단 한 번 얼굴을 본 녀석이 담임이라고 찾아와 깍듯이 인사를 하는 모습에 모두 칭찬을 하지 않을 수 없었다.

3년을 배웠지만 졸업식 날 인사 한마디 없이 학교를 나서는 녀석들이 대부분인데, 보기 드문 광경에 교무실에 있던 우리 교사들 모두의 가슴이 흐뭇했던 기억이 난다.

녀석의 모습은 참으로 의젓하고 멋있었다.

그 후로 오랫동안 나는 녀석의 소식을 듣지 못했다.

몇 년 뒤 나는 중학교로 이동했다.

고등학생과 달리 중학생은 말귀가 통하지 않아 첫해는 무척 힘들었다. 중학생들을 다루는 기술이 턱없이 부족했던 탓인지, 나는 엄청난 스트레스를 받았고, 한참 후에야 알았다. 학교 역사상 역대급으로 별난 녀석들을 상대하느라 사투를 벌였다는 사실을…

지금 녀석들과 다시 만난다면 좀 잘할 수 있을까?

스스로 생각해 보면, 조금 다를 수는 있겠지만, 휴- 또 만나고 싶지는 않다는 것이 내 솔직한 심정이다.

녀석들은 고등학교에 가서도 선생님들 입에 오르내리며 많은 선생님을 괴롭혀 인근 학교의 교사들 사이에 소문이 자자했다.

일 년을 힘들게 보내고 중학교 생활에 적응이 되어가던 어느 해, 나는 우연히 녀석의 동생이 우리 학교에 다니고 있는 것을 알게 되었다.

나는 반가운 마음에 녀석의 안부를 물었고, 녀석의 동생은 망설이며 말을 하지 못했다. 나는 재차 물었고, 동생 녀석은 아주 작은 소리로 말했다.

형이 교통사고로 병원에 입원해있다는 것을.

더욱더 놀란 것은 형이 하반신 불구 판정을 받았다는 것이다.

나는 둔기로 머리를 맞은 듯 멍하면서 숨이 멎는 것 같았다.

애써 참으며 어떻게 된 일인지 자초지종을 물었다.

녀석은, "형이 친구와 차를 타고 가다 교통사고가 났는데, 옆에 탄 형 친구는 멀쩡하게 다친 곳이 하나도 없는데, 우리 형만 심하게 다쳐 하반신 불구 판정을 받고 병원에 누워 있습니다." 하고 말한다.

그 순간, 나는 너무 마음이 아파서 할 말을 잃었다. 어떻게 위로해야 할지 엄두가 나지 않았다.

어머니는 불구가 된 아들을 위해 요양보호사 자격증까지 취득하여 아들 뒷바라지를 하고 계신다고 한다.

병원이 멀기도 했지만, 누굴 만나는 것이 부담스럽고 싫을 수도 있겠다 싶어 병원에 가보지는 못하고, 녀석이 입원해 있는 병원으로 귤을 한 상자 사서 보내고 마음속으로 기도했다.

기적이 일어나서 녀석이 건강하게 걸어서 병원을 걸어 나올 수 있기를 정말 간절한 마음으로 기도했다.

녀석의 동생이 3학년이 되던 해 시월 무렵 그의 어머니로부터 전화가 왔다.

둘째 아들의 진학 문제로 담임교사에게 전화했는데 받지도 않고, 전화가 없다면서.

나는 어머니와 '산적' 녀석의 근황을 비롯한 여러 이야기를 나누었고, 동생 녀석의 진학에 대한 상담도 대신 해드렸다.

녀석의 동생은 공부를 열심히 해 보겠다는 각오로 친구들과 떨어져 집에서 먼 지역의 고등학교에 진학하였다.

훗날 동생 녀석은 세종시에 소재한 기업에 취업했다는 소식을 전해 왔다.

어머니와 형에게 힘이 되어주고 싶어 했던 녀석이 얼마나 기특한지.

SNS를 통해 동생 녀석의 소식은 간간이 엿볼 수 있는데, '산적' 녀석의 소식은 궁금하지만, 상처가 될까 봐 물어보지도 못한다.

나는 항상 기도한다.

녀석이 장애를 극복하고 자기가 하고 싶은 일을 하면서, 따뜻한 눈으로 세상을 바로 보고, 행복하게 살아가기를….

어떤 수학여행

고등학교 2학년 수학여행을 앞두고 학급이 소란스럽다.

어떤 녀석은 수학여행 때 자신이 입고 싶은 비싼 옷을 사주지 않는다고 이불을 뒤집어쓴 채, 학교에 가지 않겠다고 부모님께 시위하여 어머니로부터 전화가 왔다.

또 어떤 녀석은 인근의 큰 도시인 부산까지 쇼핑하러 가서 수학여행 때 입을 옷을 사고, 기특하게도 어머니 옷도 사다 드렸다며 자랑삼아 너스레를 떨기도 한다.

나는 한 명도 빠짐없이 모두 함께 가서 좋은 추억을 만들고 싶었다.

그런데 끝까지 가지 않겠다고 버티는 한 녀석이 있었다.

어머니의 말에 따르면, 녀석은 초등학교 때부터 지금까지 수학여행을 한 번도 간 적이 없다고 한다. 그러면서 녀석을 설득하여 데리고 가주면 여행비는 다음에 보내주겠다고 약속하셨다.

녀석이 수학여행을 안 가는 이유가 돈이 없어서가 아니라, 성격상 여러 사람과 같이 어울려 잠을 잘 수가 없다는 것이다.

녀석은 평소에도 결벽증이 있는 것처럼 옷은 아주 깔끔하고, 칼같이 다려서 입고 다녀, 어느 정도는 이해가 갔지만, 그래도 나는 꼭 데려가고 싶었다.

학창 시절 수학여행 한 번 경험하지 못한다면, 녀석이 살면서 학창 시절을 추억할 것이 없겠다 싶어 안타까운 마음이었다.

설득 끝에 녀석도 함께 수학여행을 가게 되었다.

그런데 참으로 재밌는 일이 벌어졌다.

수학여행 첫날 그렇게 안 가겠다고 버티던 녀석이 버스 맨 뒷자리에 앉더니 마이크를 잡고 노래를 부른다.

'여행을 떠나요'를 시작으로 녀석은 지칠 줄 모르고 계속해서 노래를 부른다. 다른 사람에게는 마이크 잡을 기회도 주지 않고 계속해서 노래를 불렀다.

나는 웃음이 절로 났다.

저렇게 신나게 노는 모습을 부모님께서 보셔야 하는데.

둘째 날 아침, 나는 우리 반 아이들이 자는 숙소를 돌며 아이들을 깨우고, 소지품 빠뜨리지 말고 잘 챙기고, 조장에게 마지막에 나오면서 숙소 전체를 살펴보고 빠뜨린 물건이 없는지 확인하라고 당부했다.

나는 소지품을 챙겨서 버스에 싣고, 버스 앞에서 인원을 점검했다.

버스 출발 시간이 다 되어 가는데, 버스에 탑승하지 않은 녀석이 몇 명 있어 객실로 달려가서 방문을 두드리니, 녀석을 포함한 일행이 깊은 잠에 빠져있었다.

내가 녀석들을 깨울 때 분명히 일어나는 걸 확인했는데, 기가 찰 노릇이다.

밤새워 놀다 지친 녀석들은 쏟아지는 잠을 이기지 못하고, 다시 깊은 잠에 빠져 정신없이 자고 있었다.

겨우 녀석들을 두들겨 깨우고, 일행들이 기다리고 있어 세수할 시간이 없으니 그냥 옷만 입고 나가자고 재촉했다.

버스에 오르기 전 학년 부장 선생님의 얼차려로 약간의 벌을 받고 버스는 출발했다.

걱정과는 달리 녀석은 너무나도 여행을 즐기고 있었다.

마지막 날 집으로 돌아오는 차 안에서 녀석은 첫날처럼 마이크를 독차지하고 노래를 부르기 시작한다.

녀석이 불렀던 많은 노래 중 '오늘부터 은주를 사랑해도 될까요?'라며 개사해서 부른 노래가 버스 안을 아수라장으로 만들었다.

아이들과 나는 배꼽을 잡고 웃었다.

저렇게 잘 노는 녀석이 그동안 왜 수학여행을 한 번도 안 갔는지 참 알 수 없는 일이라 생각했다.

억지로 간 여행이지만, 나는 녀석에게 학창 시절 아름다운 추억을 한 장면 선물한 것 같아서 나 스스로 뿌듯해 소리 없이 웃었다.

무사히 수학여행을 다녀왔지만, 녀석의 어머니로부터 수학 여행비를 받지는 못했다.

아마도 녀석의 어머니께서 깜박 잊으신 것 같은데, 나는 내 의사에 따라 억지로 데려간 여행이라, 굳이 녀석의 어머니께 수학 여행비를 달라고 연락하지 않았다.

그저 녀석에게 생애 최초의 수학여행을 선물한 것으로 만족했다. 아니, 마음 한구석으로 빚을 갚았다고 생각했다.

스승의 날에 있었던 일이다.

1학년 때 학교에 가기 싫어하던 녀석을 깨우는 것이 너무나 힘들었는데, 2학년이 되어서는 깨우기 전에 학교에 가야 한다며 스스로 일어

나는 녀석을 보고, 어머니께서 담임교사인 나한테 고마운 마음을 가지셨던 모양이다.

스승의 날, 녀석의 어머니께서 학교에 오셔서 담임 선생님이 누구시냐며 나를 찾으셨다.

그렇게 어머니와 마주 앉았는데, 어머니께서는 고맙다는 인사말과 함께 종이 가방을 내미셨는데, 거기에는 블라우스가 하나 들어 있었다.

나는 안 받겠다고 사양하였지만, 어머니께서는 유별나다며 화를 내시는 바람에 당황하여 얼떨결에 바닥에 놓인 블라우스가 든 가방을 가실 때 다시 돌려보내지 못했다.

나는 그 블라우스를 열어보지 못한 채, 한동안 방에 두었다가 시간이 한참 흐른 뒤에 열어보았고, 그대로 자취방에 보관하다가 마음에 들어 하는 친구가 있어 입으라고 주었던 일이 어렴풋이 기억난다.

마음이 불편해선지 그 블라우스가 나에게는 편하지 않았다.

나는 마음속으로 생각했다.

이 블라우스 가격이 수학 여행비에 미치지는 못하겠지만, 나는 그 둘을 퉁 치기로 마음먹었다.

생각해 보면 녀석이 참 고맙다.

1학년 때 지각과 결석을 밥 먹듯 하던 녀석이 나와 함께한 2학년은 결석 한번 않고, 아주 성실하게 학교생활을 해 주어 나는 큰 걱정 없이 녀석들과 즐겁게 한 해를 보낼 수 있었다.

내가 녀석들과 함께했던 일 년을 행복한 추억으로 간직하고 있듯이, 녀석도 나와 함께한 일 년을 아름다운 기억으로 간직하고 있으리라 믿어본다.

하트에 질린 할미꽃

무더운 여름 오후 수업 시간에는 아무리 깨워도 조는 녀석들이 있기 마련이다.

엎드려 있는 녀석을 깨우고 돌아서면, 곧바로 엎어지는 녀석들을 보면 기분도 상한다. 하다못해 5분이라도 바로 앉아 있다가 쓰러지면 모르겠는데, 나를 무시하나 싶어 서운하다.

그러나 쏟아지는 잠을 이겨보려 버티다가 머리로 방아를 수없이 찧다가 자기도 모르게 뚝 떨어지는 머리에 깜짝 놀라는 녀석의 모습을 보면 안쓰럽기도 하고 귀엽다.

그날도 잠과 씨름하는 녀석들을 깨워 가며, 나른한 시간 6교시 수업을 하고 있었다.

그런데 갑자기 학생들이 손으로 책상을 두드리며 쓰러질 듯 깔깔깔 웃는다.

깜짝 놀란 나는 학생들의 시선을 좇아서 교실 출입문을 반사적으로 쳐다보았다.

순간 나도 웃음을 터뜨리고야 말았다.

2학년 교실 앞, 그것도 여학생들이 보는 앞에서, 3학년 남학생 하나가 웃으면서 머리 위로 양팔을 들어 올려 하트 모양을 만든 채 바보처럼 웃음을 흘리며 서 있었다.

이런 광경을 보고 웃지 않을 사람이 몇 명이나 있을까?

녀석은 2학년 때, 내가 담임을 맡았던 녀석이다.

알려드리자면, 우리 학교는 남녀공학에 남녀 합반 형식이다.

녀석은 1학년 때 무단결석과 지각도 많이 하고 소소한 일탈로 진급을 못 할 위기 상황에서 겨우 진급한 녀석이다.

모든 선생님이 '올해 임 선생 고생 많겠는데' 하시면서 걱정할 만큼 나는 문제 학급을 맡은 것이다.

그런데 녀석들과 나는 합이 잘 맞았던지, 아니면 내 진심이 통했던 것인지, 일 년 동안 결석생 없이 모두 무사히 3학년으로 진급했다.

생각해 보면 일 년 동안 손 편지를 얼마나 많이 썼는지 모른다. 노트 한 권은 넘을 것 같다.

다행히 녀석들이 내 진심을 알아주어 내 나름대로 행복하고 보람 있는 한 해를 보냈다.

무엇보다 녀석의 어머니께서 학교에 행사가 있어 오셔서는 담임 선생님이 누군지 궁금했다며, 그전에는 아침에 깨우는 것이 너무 힘들었는데, 어떻게 된 일인지 지각하면 안 된다고 아침에 스스로 일어난다며, 정말 고맙다고 말씀하신다.

그 말씀을 들으니, 나 또한 녀석이 너무나 고맙고 기특했다.

그랬던 녀석인데 3학년으로 진급하자마자 무단결석과 지각을 반복하여 담임 선생님 속을 썩여 담임 선생님께서 어떻게 지도했는지 물으시곤 하셨다.

보다 못해 이전 담임으로서 녀석을 아끼는 마음에 불러서 상담 지도

하였는데, 녀석이 나한테 기분 나쁜 말을 하였다.

정확히 기억은 나지 않는데, 이런저런 얘기 끝에 나를 보고 나이 들었다고 할미꽃 운운하며, 다소 기분이 상할 수 있는 말을 한 것이다.

농담이라 그때는 별생각 없이 넘어갔는데, 생각할수록 기분이 좋지 않았다.

나는 얼굴도 못생겼지만, 그때 우리 학교 여교사 중에 두 번째로 나이가 많았다.

다음날부터 나는 녀석을 좀 냉랭하게 대했다.

녀석도 자신의 실수를 알아채고는 복도에서 만나면 내 눈치를 보며 알짱거렸다.

나는 순간 장난기가 발동하여 녀석의 사과를 받아주지 않고, 더욱더 화가 난 사람처럼 행동했다.

"너 나 아니? 난 너 모르는데."

하면서 계속 사과를 받아주지 않았다.

어떻게든 나의 용서를 받고 싶어 안달하는 녀석의 반응이 점점 재밌기까지 했다.

나는 녀석을 만날 때마다 화난 척 외면했고, 그렇게 며칠이 지났다.

그랬더니 수업 시간 선생님께 화장실 간다고 거짓말을 하고 나와서는 2학년 교실에서 수업하고 있는 나를 찾아와 머리 위로 하트 모양을 그리면서 멋쩍은 듯 웃으며 서 있던 것이었다.

나는 녀석의 그 용기 어린 행동에 감동하여 웃음으로 사과를 받아주고 말았다.

그렇게 녀석과 나는 서로 좋은 사제 관계로 기억에 남았다.

시간이 흘러 녀석은 고등학교를 졸업하였다.

간간이 녀석의 소식이 들려오기는 했다.

그중 하나는 녀석이 친구와 동반 입대하여 군대 생활을 하고 있는데, 아침에 기상을 제시간에 하지 않고, 아프다며 꾀병을 부리며 훈련에 참여하지 않는다는 것이다.

녀석을 지도하기가 어려워지자 군 지도부는, 동반 입대한 녀석의 친구에게 군대 생활을 성실하게 하도록 잘 설득하라고 지시해서, 그 친구가 무척 힘들어한다는 소식이었다.

그 소식을 들은 나는 왠지 웃음이 났다.

'참 녀석답구나' 하는 생각과 함께, 한편으로는 군대 생활에 적응하지 못하는 녀석이 걱정되었다.

친구의 설득에도 효과가 없자, 군 지도부에서는 부모님을 부대로 불러 상담했다는 참 웃지 못할 안타까운 소식까지 들려왔다.

그렇지만 녀석도 언젠가는 철이 들 것이라 믿는다. 결혼하고 한 가정의 가장이 되면 철이 들고 싶지 않아도 들 수밖에 없지 않을까 싶다.

부모가 되어야 비로소 그 심정을 안다고 하듯이, 언젠가는 녀석도 부모가 될 것이라 믿는다.

이 녀석과 같은 아이들에게 자주 들려주는 잘 알려진 교훈이 될 만한 글귀가 있어 빌려 써 본다.

'마음이 바뀌면 행동이 바뀌고, 행동이 바뀌면 습관이 바뀌고, 습관이 바뀌면 인생이 바뀐다.'

"선생님! 저 눈병 같아요"

2000년대 중반 9월 무렵, 아폴로 눈병이라고 불리는 유행성 결막염이 유행하고 있었다.

아폴로 눈병은 감염이 우려되는 질환으로 등교를 하지 않아도 출석이 인정되는 법정 전염병이다.

학교에서는 거의 매일 손 자주 씻고, 눈 비비지 말라고 교육하고 있지만, 환자는 계속 늘어나는 추세다.

종례 시간에 한 여학생이 하는 말,

"선생님! ○○이 눈병 옮으면 학교에 안 나와도 된다고 조퇴하고 가는 ○○이 손잡고, 그 손으로 일부러 눈 비비고 난리인데요"
하고 큰 소리로 고자질하며 장난을 친다.

공부에 흥미가 없는 녀석이라 하루가 얼마나 지루하면 저럴까, 안쓰럽기도 하다.

공부를 하면 하루가 잘 지나겠지만, 수업 시간마다 멍하게 앉아 있기는 쉽지 않다. 그렇다고 그냥 둘 수도 없는 일.

"그러면 ○○이, 너는 눈병 걸려도 집에 안 보내고 격리실에서 혼자 있게 한다."
하고 나는 은근슬쩍 거짓말로 협박한다.

녀석도 그냥 해 보는 별 볼 일 없는 협박이란 것을 알지만, 우리는 서로를 봐주면서 그냥 넘어간다.

3교시 수업을 마치고 쉬는 시간에 교무실에서 있었던 일이다.

내 옆에 앉아 계신 선생님 반 학생이 교무실로 찾아와서는 아무래도 눈병 같다고 조퇴를 시켜달라고 한다.

녀석의 담임 선생님이,

"어디 보자."

하면서 녀석의 눈을 가만히 들여다보더니,

"눈병이 아닌 것 같은데."

하면서 곽에 든 티슈 한 장을 뽑아서 녀석의 눈을 닦더니,

"이놈의 자식, 어디서 선생님을 속이려고!"

하면서 등짝을 한 대 때린다.

그러더니,

"이게 뭐고?"

하시면서 휴지를 녀석에게 보여주니, 녀석은 능청스럽게 웃으면서,

"죄송합니다."

하더니 빠른 걸음으로 교무실을 빠져나간다.

우리는 말하지 않아도 무슨 상황인지 알아채고는 큰 소리로 웃었다.

공부가 얼마나 하기 싫었던지, 녀석은 빨간 수성사인펜을 눈에 바르고 와서는 담임 선생님이 자신의 속임수에 넘어가기를 바랐던 것인데, 깐깐한 담임 선생님이 그것을 놓칠 리가 없다.

평소 녀석의 생활 태도로 미루어 보아 교사라면 누구나 짐작이 가능한 일인데, 녀석은 선생님이 속을 줄 안 것이다. 아니, 속아주기를 간

절히 바랐던 것인지 모른다.

녀석이 나가고 교무실은 웃음바다가 되었다.

녀석에 대한 일화를 하나 더 소개하자면, 1학년 때 내 수업 시간에 있었던 일이다.

나는 수업 시간에 화장실 간다고 하면, 일단 안 된다고 말한 다음 학생의 표정을 살핀다.

그러면 진짜 화장실이 가고 싶은 녀석은 수업에 집중하지 못하고 안절부절 당황한 태도를 보이지만, 가짜인 녀석은 잠을 자거나 태연하게 있다.

그러면 진짜인 녀석에게 살짝 다가가 화장실 갔다 오라고 허락한다.

그날도 수업이 시작되고 10분도 지나지 않아 녀석이 화장실을 가겠다고 해서 나는,

"안 된다."

고 했고, 녀석은,

"오줌 쌀 것 같은데요."

하고 말했다.

나는,

"싸라."

라고 했다.

그랬더니 녀석이 교실 한쪽 구석으로 가서 교복 바지 내리는 시늉을 한다.

그 순간 교실에 있던 여학생들이 경악하며 소리를 질렀다.

"선생님! ○○이 교실에서 오줌 눠요."

하고 소리를 지른다.

그 순간 교실에 있던 우리 모두의 시선이 녀석을 향했고, 녀석은 바지를 여미며 자리로 와 앉았다.

녀석의 그와 같은 행동은 우리 모두에게 충격이었다.

나는 수업을 멈추고 훈육하기 시작했다. 왜 수업 시간에 화장실을 가면 안 되는지를 설명했다.

급한 상황이 아니면 기본적으로 화장실은 쉬는 시간에 가야 한다. 수업 시간 화장실을 가기 위해 복도를 지나면, 다른 반 학생들의 시선을 끌어 수업에 방해가 된다.

그리고 한 명 보내주면 줄줄이 보내 달라고 하는 너희들의 옳지 못한 태도 때문에, 화장실을 보내주기가 쉽지 않다. 쉬는 시간에 미리 화장실에 다녀와야지 왜 매번 수업 시간에 화장실을 가야 하느냐고 따져 묻기도 했다.

그리고 알다시피 항상 수업 시간에 화장실 가는 녀석은 정해져 있다. 그래서 진심으로 믿음이 가지 않는다. 화장실에 가면 볼일만 보고 오면 되는데, 혹시 담배를 피우고, 딴짓하는 일도 있어 믿고 보내기 쉽지 않다.

교사로서 생각하면 이렇다.

지각하는 녀석도 정해져 있고, 수업 시간 화장실 가는 녀석도 정해져 있다.

어느 해 우리 반 한 녀석은 학교에서 집까지 도보거리로 5분 이내에 있는데 지각이 잦았다. 학교에 올 시간이 되었는데, 오지 않아 전화를 하면 항상 배가 아파 화장실에 앉아 있다고 했다.

확인할 수 없어 대놓고 의심만 할 수도 없는데, 나는 녀석의 말에 믿음이 가지 않았다.

그리고 수업 시간 화장실 가겠다는 녀석도 늘 정해져 있다.

다음부터 안 보내준다고 협박을 하지만, 항상 같은 녀석이 또 화장실을 가겠다고 한다.

결론은 수업을 듣기가 지루해서 잠시 나가서 바람이라도 쐬고 오고 싶다는 것이 진심이 아닐까 싶다.

한 명을 보내주면 제2 제3의 인물이 나타나고, 안 된다고 하면 누구는 보내주면서 자기는 안 보내준다고 따지니, 곤란한 지경이다.

오늘도 그렇다.

수업을 마치고, 녀석이 바로 화장실로 뛰어가지 않는 것으로 보아 녀석도 화장실 가고 싶다는 말이 거짓임이 분명하다.

제법 진지한 장난

2003년 무렵으로 기억된다.

요즈음과 달리, 그때 당시는 고등학교에 우열반 편성이 가능했고, 우리 학교에서는 특별반과 준 특별반으로 2개 학급을 석차 순으로 우열반을 편성하고, 나머지 반은 석차를 고루 섞어 보통의 반 편성을 하였다.

나는 준 특별반 담임을 맡았는데, 내 눈에는 아이들이 참 예쁘고, 학부모들도 자녀에게 관심이 높아서 학교 행사에 적극적으로 협조해 주셨다.

학교에서는 분기별로 소식지를 만들고 있었다. 가을호에, 졸업생에 관한 이야기를 쓴 나의 글이 모자를 쓰고 찍은 사진과 함께 실렸다.

마침 그날, 우리 반 수업이 있어 수업하러 교실에 들어갔는데, 녀석들이 공부하기 싫었던 건지 슬슬 농담을 던지기 시작한다.

사진이 훨씬 예쁘다는 둥, 십 년은 젊어 보인다는 둥, 녀석들의 얘기를 듣다 보니 나도 슬슬 장난이 발동하여, 녀석들의 그릇을 테스트 해 볼까, 하는 생각으로 이런저런 이야기를 나누었다.

나는 나의 버킷리스트 중 하나를 얘기하면서 녀석들을 테스트 해 보았다. 내가 말한 나의 버킷리스트 중 하나는 정년퇴임을 하게 되면, 학교에서 있었던 얘기들을 모아 수필집 책을 내고 싶다는 것이었다.

그러면서,

"내가 책을 내면, ○○이도 도와 줄 것이고, ○○이도 도와 줄 것이고 ○○이도….."

하면서, 평소 장난을 좋아하는 몇몇 녀석들의 이름을 거명하면서 그들의 표정을 살폈다.

그랬더니 한 녀석의 표정이 시큰둥한 표정을 지어 보여,

"왜, ○○이는 선생님 도와주기 싫나?"

하고 물었더니,

"성공하면요."

하고 대답한다.

그러자 옆에 있던 ○○이가,

"선생님, 저는 선생님 책 들고 다니면서 팔아드릴게요."

하고 말한다.

순간 아이들과 나는 큰소리로 웃었다.

나는 녀석들의 마음을 이렇게 해석했다.

성공하면 도와주겠다고 한 녀석은 나를 돕고 싶은 마음이 별로 없거나, 자기의 삶에 대한 자신감이 부족하지 않았을까 하는 생각이고, 책을 들고 다니면서 팔아주겠다고 한 녀석은 자기가 성공하든 못하든 나를 돕겠다는 마음을 표현한 것이니, 듣는 나로서는 기분이 참 좋은 것이다.

나는 가끔 아이들에게 말한다.

유태인들과 우리나라 사람들의 공통점은 높은 교육열인데, 교육에

서 추구하는 목적은 다르다.

그 다른 점이 무엇일까?

아는 사람 있으면 말해보라고 하면, 아이들은 어리둥절한 표정으로 내 얼굴을 쳐다본다.

나는 말한다.

우리나라 사람들은 공부 열심히 해서 훌륭한 사람이 되라고 말을 하지만, 유태인들은 공부를 열심히 해서 부자가 되라고 교육한단다.

부자가 되지 못하는 사람은 게으르거나 무식한 사람이라고 교육하는 유태인들의 교육법을 일장 연설하고 난 뒤, 부지런한 사람의 예를 구멍가게 주인을 예로 들어서 말해준다.

구멍가게를 하는 두 사장이 있었는데, 한 사람은 가게 안에서만 열심히 장사를 하고, 다른 한 사람은 이른 아침이면 가게 문 밖에 과일을 내다 놓고, 저녁이면 과일을 가게 안으로 들여놓는 사람이다.

누가 더 빨리 부자가 될지를 물어본다.

아이들은 말한다.

당연히 가게 밖에까지 과일을 내놓고 파는 사람이라고.

그렇다. 밖에까지 과일을 내다 놓고 팔면 손님들의 접근성이 좋아 과일이 잘 팔릴 테지만, 주인은 아침저녁으로 과일을 내다 놓고 들여 놓는 수고를 감수해야 한다.

이 두 사람의 차이점이 뭐냐고 물으면, 아이들은 당연히 부지런함이라고 말한다.

그러면 나는 또 말한다.

공부를 많이 해서 유식한 사람이 되어야 하는 이유로 한 사례를 들어서 이야기해 준다.

내가 회사를 운영하는 사장인데 글을 모른다면, 직원들이 내가 사장이니 시키는 일에 따르기는 하겠지만, 마음속으로 존경하거나 두려워하지는 않을 것이다. 그리고 직원들이 나쁜 마음으로 나를 속여도 나는 무식해서 알아차리지 못할 것이다. 그러니 공부를 열심히 해야 한다고 말한다.

그러면 녀석들은 눈을 반짝이며 각오를 다지는 것 같기도 하다.

그러나 그것이 얼마나 오래갈지는 알 수가 없다.

공부는 누군가가 시켜서 하는 것보다, 내가 하고 싶은 일, 되고 싶은 무언가가 있을 때 자극이 되는 것이기 때문이다.

그러나 아주 드문 일이기는 하지만, 목표가 정해지지 않아도 열심히 공부하는 녀석을 본 적이 있다.

중학교 3학년이 되었는데도 딱히 뭐가 되고 싶은지 아직 꿈을 찾지 못했다고 말하는 한 녀석은, 그런데도 아주 열심히 공부하여 성적이 좋았다.

"○○이는 꿈도 없는데, 공부를 참 열심히 하네. 공부할 마음이 어디서 생길까?"

하고 물었더니, 녀석은 장차 꿈이 생길 때를 대비해서 공부는 해 두는 것이라고 말한다.

참으로 기특하고 대단한 녀석이다.

훗날 녀석은 인근 도시에 있는 외국어고등학교에 진학했고, 대학은 가정형편을 생각하여 해군사관학교로 진학했다.

유방암 병력이 있는데도, 늘 이곳저곳 바쁘게 직장 생활을 하시는 어머니를 애처로워하고, 자신의 능력치보다 늘 부족한 삶을 사는 아버지를 지켜보면서, 가정에 불만이 있을 법도 한데, 방황하지 않고, 또래보다 일찍 철이 든 녀석을 보면 참으로 대견하다는 생각이 든다.

올해 녀석은 사관학교를 졸업하고 소위 계급장을 달고 멋진 장교가 되었다.

어릴 때부터 알고 지내던 친한 친구와 함께 학교를 찾은 녀석을 교무실 앞 복도에서 만났는데, 어찌나 늠름하고 멋져 보이던지.

보기만 해도 행복한 웃음이 나오게 하는 녀석을 보면서 틀림없는 장군감이라는 생각을 했다.

녀석의 이마에서 반짝이는 별의 개수가 몇 개나 될지, 나는 혼자서 상상해 본다.

술은 배추밭에 숨겨라.

1990년대 후반쯤으로 기억된다.

고등학교 1학년 담임을 맡아 즐겁게 하루하루를 보내고 있을 때다.

학급 아이들은 별나다고 평이 나 있는 녀석들이지만, 나와는 합이 잘 맞아서 별 탈 없이 지내고 있어, 얼마나 다행인지 모른다.

나는 녀석들의 눈높이에 맞춰 이해하려 애쓰고 있다.

어느 날 한 녀석의 교복 바지 곳곳에 흙이 묻어있는 것을 수상하게 여긴 나는, 녀석을 상담실로 불러 바지에 흙이 묻어있는 연유를 물었고, 녀석은 자초지종을 말했다.

하교 후 교복 차림으로 슈퍼에서 소주 두 병과 ○○깡 과자 한 봉지를 사 들고 공원으로 가서 친구와 술을 마시며 놀았다고 한다. 친구와 주거니 받거니 하다 술에 취해 공원에서 잠이 들었고, 눈을 뜨니 아침이라 집에 갔다 학교 가기는 늦을 것 같아 공원에서 자고 바로 학교에 왔다는 것이다.

나는 우선 학교에 와줘서 고맙다는 말부터 했다.

그리고 밤새 잠 못 이루고 걱정하셨을 부모님을 생각하라고 말하면서, 풀밭에 자면 진드기 등으로 인해 질병이 옮을 수 있으니, 앞으로 잠은 집에서 자라고 타일렀다.

그리고 부모님께 전화를 걸어 학생이 학교에 왔으니 걱정하지 마시고, 저녁에 집에 가면 조용히 타이르시도록 부탁드렸다.

자잘한 말썽은 부리지만 큰 문제 없이 녀석들과 평온한 일상을 보내고 있었다.

2학기가 시작되고, 어느덧 가을이 되어 수련회를 가게 되었다. 수학여행이 관광의 성격이 강하다면, 수련회는 일종의 극기 훈련처럼 진행이 되던 시절이지만, 학교를 벗어나 어딜 간다는 것은 늘 설렘이고 모험이기도 하다.

전세 버스를 타고 경남 고성의 상족암 부근의 수련원에 도착하자마자 가방을 숙소에 두게 하고, 운동장에 집합시켜 입소식을 진행했다.

수련원 교관들이 입소식을 진행하는 동안, 우리 교사들이 학생들의 소지품을 검사하고, 술과 담배를 수거하는 일을 했다.

그런데 아무리 뒤져도 우리 반 아이들의 소지품에서는 술과 담배가 나오지 않았다. 이럴 리가 없는데 생각은 하면서도 아무런 소득 없이 소지품 검사를 마쳤다.

교관들은 학생들이 지쳐서 일찍 잠이 들게 하려고 애썼다. 수련회 첫날부터 운동장에서 앞구르기 뒤구르기를 시키면서 녀석들의 에너지를 빼고 군기를 잡느라 여념이 없었다.

그런데도 녀석들은 밤늦도록 장난치면 노느라 쉽게 잠들지 않았다.

녀석들을 감시하느라 교관들과 우리 교사들은 불침번을 서야 한다. 순번을 정해 교대로 잠을 자지만, 남녀공학이라 더욱 신경이 쓰여 예민하게 생활지도를 할 수밖에 없다. 떠드는 소리를 찾아 그만 자라고 호통을 치고 돌아오면 또 다른 곳에서 소리가 새어 나온다.

녀석들의 심정을 잘 알기에 숙소 밖으로 나오지 않고, 자기들끼리 방에서 노는 것은 어느 정도 묵인해 준다.

다음날 아침밥을 먹기 위해 급식소 앞에 줄을 서서 순서를 기다리면서 우리 반 한 별난 녀석에게 넘겨짚어 물었다.

"오! 몸에서 술 냄새가 나는데, 어젯밤에 술 마셨지?"

"선샘이 야단 안치고 비밀로 할 테니, 말해봐."

그랬더니 순진하게도 마셨다고 실토한다.

"술을 어디다 어떻게 숨겼는데? "

슬쩍 물으니, 수련회 도착하자마자 화장실 간다고 하고선 옷 속에 소주를 숨겨 버스에서 내리자마자 화장실 뒤쪽 배추밭에 술을 숨겼다가, 저녁 활동을 마치고 숙소에 자리 들어가기 전에, 교관 몰래 찾아서 가지고 들어갔다는 것이다.

참 기발한 생각이다.

어떻게 그런 생각을 했느냐고 물으니, 선배들이 가르쳐 줬단다.

나는 넌지시,

"오늘 밤에는 선샘도 좀 끼워줘. 선샘도 한잔하게."

하고 말했더니, 어제 다 마시고 없다고 딱 잡아뗀다.

나는 웃으면서 속아주는 척 연기를 했다.

그리고 부장 선생님을 비롯한 다른 반 선생님께는 일절 말하지 않았다. 녀석들과 비밀을 지켜주기로 약속했기 때문에, 그 약속을 지키고 싶었다. 녀석들의 행복을 방해하고 싶지 않은 생각에서다.

그렇게 그 녀석과 나 사이에 비밀 하나가 생겼다.

다음 날 수련원 앞 바다에서 바나나 보트를 타는 프로그램이 있었는데, 보통은 아이들만 참여하는데, 담임교사 6명도 참여하기로 했다.

우리는 모두 노 젓는 방법을 익히고, 교관의 지시에 따라 조금씩 바다를 향해 이동했다.

그때 우리가 탄 보트 가까이서 얼쩡거리는 녀석들이 있었다.

눈치를 보아하니 선생님께 장난을 치고 싶은데, 어떻게 받아줄지 몰라 망설이고 있는 눈치다.

그때 우리가 먼저 선수를 치자며 눈빛을 교환하고는, 바로 젓고 있던 노를 이용하여 보트 위로 물을 마구 튕기고는 달아나기 시작했다.

녀석들은 우리의 기습 공격에 억울해하며 우리를 쫓아오려 안간힘을 썼지만 역부족이었다.

그도 그럴 것이, 우리는 박자를 맞추어 노를 저으니 배가 빨리 움직이지만, 녀석들은 박자를 맞추지 못해 배가 속도를 내지 못하고 엉뚱한 방향으로 가기 일쑤였다.

그렇게 한참을 장난치며 놀았고, 결국 우리는 모두 바다에 빠져 흠뻑 젖은 채로 숙소로 들어가야 했다.

물에 젖은 지갑에서 지폐를 꺼내 햇볕에 말리면서, 우리 교사들은 아이들의 실수를 떠올리며 마음껏 웃었다.

아이들도 망설이다 역습을 당한 억울함과 단합이 되지 않아 선생님들과의 경쟁에서 진 것을 두고두고 웃음거리로 삼지 않을까 생각하니, 아이들에게 좋은 추억거리를 선사했다는 생각에 뿌듯하기까지 했다.

돌아보면 한 장면 장면이 아름다운 추억이 되어 피어오른다.

그때 그 아이들은 지금쯤 어른이 되고 부모가 되어 저마다의 삶을 열심히 살고 있겠지.

"선생님! ○○이 수갑 찼어요."

방학을 며칠 앞둔 날이다.

오늘도 무더위는 기성을 부리고, 학기 말이라 지필평가를 모두 마친 아이들은 긴장이 풀려 수업 시간인데도 떠들기 일쑤다. 가끔은 아이들의 떠드는 소리가 마치 매미 소리처럼 들릴 때도 있다.

어떻게든 자습만은 시키지 않으리라 작정하고 다양한 실습 위주의 수업으로 학기 말 어수선한 수업 분위기를 극복해 보려고 나름 애쓴다.

아이들은 조금이라도 빈틈을 보이면, 영상을 보자고 소리 지르며 떼를 쓴다. 목소리 큰 한 녀석이 소리치면, 그 소리를 신호로 우르르 단체로 달려들어 생고집을 부린다.

절대로 틈을 보이면 안 된다. 그래서 마음을 단단히 먹는다.

오늘도 지친 하루를 보내고, 마지막 일과로 종례하러 교실에 들어갔는데, 한 녀석이,

"선생님! ○○이 수갑 찼는데요."

하고 말한다.

나는 농담이려니 생각하고 대수롭지 않게,

"진짜!"

하고 놀라는 척했더니, ○○이 짝꿍이 ○○이의 손목을 잡고 머리 위로

번쩍 들어 올리며 수갑 찬 손을 보여준다.

놀랍게도 ○○이의 손목은 수갑에 묶여 있었다.

그 순간 화들짝 놀라는 내 모습을 보고 교실 안은 웃음바다가 되고, 하루 종일 수갑을 찬 채 생활한 ○○이의 손목은 수갑에 조여 빨갛게 상처가 생겼다고 누군가가 말했다.

나는 녀석에게 자초지종을 물었다.

이 상황의 경위는 이렇다.

○○이의 아버지는 경찰이신데, 야간 근무를 마치고 집에 돌아오신 아버지께서 수갑을 머리맡에 두고 지쳐 쓰러져 주무셨던 모양이다. 등교 준비를 하던 ○○이 녀석이 친구들에게 보여줄 요량으로 몰래 수갑을 가방 안에 넣고 학교에 온 것이다.

참으로 어이없는 일이 아닐 수 없다.

처음에는 신기한 듯 친구들이 돌려가며 요리조리 모양을 살피다가, 한 녀석이,

"어떻게 차는데?"

하고 묻자, 차는 방법을 설명했다고 한다.

그때 듣고 있던 한 녀석이 직접 한번 차보라고 주문하였다.

그러자 ○○이가 아무 생각 없이 덜컥 자기 손목에 수갑을 찼다는 것이다.

한번 채워진 수갑은 열쇠 없이는 풀 수가 없었고, 어떻게든 빼보려고 애쓰는 과정에 수갑이 점점 더 조여진 것인지 녀석의 손목은 빨갛게 달아올라 있었다.

손목이 아프다며 울상이 된 녀석을 보고, 왜 지금까지 말 안 하고

있었냐고 하니 아무런 대답이 없다.

1교시 마칠 때쯤 찬 수갑을 하교할 때까지 차고 있었으니, 얼마나 불편하고 힘들었을까 생각하니 안쓰럽기도 하지만, 나오는 웃음을 참을 수는 없었다.

나는,

"진작, 아버지께 전화했어야지."

라고 했더니, 아버지께 혼날까 봐 전화를 못 했다는 것이다.

나는 아버지께 전화하지 않고는 해결 방법이 없다고 말하고, 대신 아버지께 전화해 주겠다고 했다.

○○이는 그제야 집에 가서 아버지께 말씀드리겠다고 전화만은 하지 말라고 한다.

그날 멀쩡하게 해맑은 모습으로 학교에 왔던 ○○이는 수갑을 찬 채 수업을 받고, 또 수갑을 찬 채 집으로 돌아갔다.

○○이의 하루를 상상하니, 웃음이 나면서도 화장실은 어떻게 다녔을지 궁금한 생각이 들었다. 수갑 찬 손을 숨기느라 얌전하게 하루를 보낸 ○○이다.

15살 중학교 남자아이인 우리 반 녀석들은 생전 처음으로 수갑을 보게 되었고, 실제로 수갑이 손목에 채워지는 광경, 한번 채워지면 열쇠 없이 풀 수 없다는 사실을 오늘 눈으로 직접 확인한 것이다.

○○이가 수갑을 가지고 학교에 왔던 마음은 무엇이었을까? 아빠가 경찰관이라는 사실을 친구들에게 자랑하고 싶었던 것일까?

다음 날 아침, ○○이에게 수갑을 어떻게 풀었느냐고 물으니, 아버지께서 경찰서에 전화했고, 함께 근무하는 후배 경찰 아저씨가 열쇠를 들고 집으로 와서 풀어주고 갔다고 한다.

○○이 덕분에 수갑은 함부로 차면 안 된다는 것을 우리 반 아이들은 단체로 산 경험하게 된 셈이다.

생각할수록 웃음이 절로 나온다.

"○○○ 사인 받아 드릴게요."

교직 생활을 수십 년 하다 보면 스스로 관상쟁이가 된 것 같은 기분이 들 때가 많다.

신학기 신입생 첫 수업 1시간이면, 대충 모범생과 말썽꾸러기를 알아보는 재주가 생긴 것이다.

흔히들 공부 잘하는 학생은 방문만 열어도 공부 냄새가 난다고들 말한다.

참 묘하다.

책 냄새와 땀 냄새가 섞인, 분명 향기롭지 않은 묘한 냄새가 싫지 않다. 그 냄새를 공부 냄새라고들 하는 것 같다.

표현할 수는 없지만, 그 묘한 향기를 나도 공부 냄새라고 믿고 있다.

신입생 첫 수업에서 나는 ○○이가 결코 모범생이 아닌 것을 알아차렸는데, 수업 들어가시는 선생님마다 녀석 때문에 수업 분위기가 흐려진다며 힘들어하신다.

수업은 듣지 않고 엉뚱한 농담으로 친구들을 웃겼고, 도무지 수업에 집중하지를 못했다. 어떤 날은 방금 했던 말을 질문하여 보다 못한 친구들이 핀잔을 줄 때도 있었다.

그러던 ○○이가 달라졌다.

2학년이 되더니 학급 반장을 하고, 수업 태도도 달라졌다.

칭찬은 고래도 춤추게 한다고 선생님들이 ○○이에게 과하게 칭찬해 주셨다. 나 역시 호의를 가지고 ○○이를 격려해 주었다.

○○이의 달라진 모습이 기특하고 예뻤다.

○○이는 공부는 잘하지 못하지만, 운동을 좋아하고 모든 종목의 운동을 고루 잘해 친구들에게 인기가 많았다. 그리고 늘씬한 몸매에 다리가 길어 옷을 입는 센스도 남달랐다. 항상 옷을 단정하고 멋스럽게 잘 매치해서 입고 다녀 보기가 좋았다.

○○이는 중3이 되어서도 학급 반장이 되었다.

하루는 ○○이 반 수업을 들어갔는데, 수업이 끝나는 종이 울리자마자 ○○이가 교탁 앞으로 쪼르르 달려와서는 생뚱맞게도,

"선생님! ○ ○ ○ 좋아하세요?"

하고 묻는다.

눈치 없이 나는,

"선생님은 트로트보다는 클래식 좋아해서 크로스오버그룹 '리ㅍㅇ' 좋아하는데."

하고 말했다.

녀석이 내 주변을 맴돌며 재차, "선생님! ○ ○ ○ 좋아하세요? ○ ○ ○ 사인 받아 드릴까요?"

하고 말한다. 나는 또 눈치 없이,

"네가 ○ ○ ○ 을 어떻게 알아서?"

라고 했더니,

"우리 아버지가 ○ ○ ○ 인데요."

하고 말한다.

그때까지도 나는 녀석의 이 장난질의 이유를 알아채지 못한 채 아무런 생각 없이 교무실로 내려왔다.

사실 나는 ㅇㅇㅇ이란 가수를 좋아한다. 미스터 트롯 경연 당시, 친구들 사이에 매회 화제가 된 프로그램이라 모를 수가 없다.

탑 세븐 한 사람 한 사람이 각자의 매력으로 시청자의 마음을 사로잡지 않았나 하는 생각이다.

나 역시 두 사람에게 투표했는데, 그 중 한 사람이 ㅇㅇㅇ이라는 가수다. 우월한 노래 실력으로 우승을 차지하는 모습을 지켜본 사람은 그를 좋아하지 않을 수 없다. 탑 세븐 가수 모두 좋아하지만, 그중에 한 사람을 고르라면 나는 단연코 ㅇㅇㅇ님을 꼽을 것이다.

그러나 나는 트로트 경연보다 '팬텀싱어'라는 크로스오브 그룹 4중창 팀 결승 경연 대회를 더 즐겁게 보았다.

1, 2, 3, 4 모두 빼놓지 않고 보았지만, '팬텀싱어3'에서 ㅇㅊㅎ이라는 테너 가수의 노래에 반해 그의 팬이 되고, 그가 속해 있는 팀, ㄹㅍㅇ이 우승을 차지하면서 자연스럽게 ㄹㅍㅇ의 팬이 되었다.

나는 공연 보는 것을 너무나 좋아한다. 장르를 가리지 않고 좋아한다.

다만 예전에는 뮤지컬이나 연극을 즐겨 보았는데, 요즈음은 가수들 콘서트가 더 재미있다. 주로 부산 경남에서 하는 공연을 찾아서 보는데, 특히 ㄹㅍㅇ 공연은 빼놓지 않고 달려가서 본다.

4년이 넘는 시간이 흘렀지만, 나는 변함없이 ㄹㅍㅇ을 응원하고 있다.

주말 저녁, 밥을 먹고 TV를 보는데, 가수 ㅇㅇㅇ이 TV 화면에 나타났다. LA 콘서트 실황이라는 자막이 보인다.

방송을 보는 순간, 나는 탁하고 무릎을 쳤다.

○○이가 왜 내게 그런 말을 하였는지, ○○이가 나한테, 어떤 말을 듣고 싶었는지, 그제야 생각이 났다.

어제 나는 참말로 눈치가 없었다. 내가 생각해도 어이가 없다.

평소에 한 눈치 하는 나였는데, 뒤늦게 깨달은 자신에게 실망했지만, 이미 때는 늦었다.

그렇다. ○○이가 나한테서 듣고 싶었던 말은 바로 가수 ㅇㅇㅇ과 닮았다는 말이었다.

TV 화면에 비친 가수 ㅇㅇㅇ님의 모습을 보니, 묘하게도 ○○이의 얼굴과 닮아 보였다. 특히 볼 부분은 참 많이 닮아 있었다.

나는 실성한 사람처럼 혼자 큰 소리로 웃었다.

가끔 나는 학생들 사이의 갈등을 해결하기 위한 생활지도를 할 때면, 내가 하고 싶은 말을 하지 말고, 상대방이 듣고 싶은 말을 하라고 가르칠 때가 있는데, 오늘 나는 눈치 없이 ○○이가 듣고 싶은 말을 해주지 못한 걸 후회했다.

그리고 녀석에게 미안했다.

월요일 학교에 가면 꼭 ㅇㅇㅇ 닮았다는 말을 해 주어야겠다.

내가 ㅇㅇㅇ 닮았다는 말을 하면 ○○이는 어떤 반응을 보일까? ○○이의 반응을 상상하며, 혼자서 미소를 지어본다.

자는 척하는 녀석은 깨울 수 없다

사계절 중 졸음이 심하게 찾아오는 때는 더운 여름이 아니라, 늦은 봄과 이른 가을이라는 생각이다.

춥거나 더울 때는 난방이나 냉방을 하지만, 적당히 따뜻한 시기에는 냉난방을 하지 않기 때문에 그렇다.

오후 수업 시간이 되면 식곤증이 밀려와 조는 녀석들이 유난히 눈에 많이 띈다. 거기다 체육수업이 끝난 다음 시간은 발산한 에너지도 가라앉지 않고, 흘린 땀을 식히느라 수업 분위기를 잡는 데 꽤 긴 시간이 소요된다. 그러다 겨우 분위기가 잡혔나 싶으면 여기저기 조는 녀석들이 한 명 두 명 늘어난다.

그래서 우리 교사들은 체육수업이 끝난 바로 다음 시간에 이어지는 수업을 좋아하지 않는다.

조는 녀석을 깨워 가며 수업해야 하는 오늘 같은 나른한 날이면 절로 기운이 빠진다.

조는 녀석 중에 거의 매일 엎드려 자는 중학교 3학년 ○○이라는 한 녀석이 있는데, 어느 순간부터 녀석을 깨우는 것이 하나의 일이 되어 버렸다.

내 수업 시간에만 자는 것인지 염려되어 다른 선생님께 물어보면,

다른 수업 시간에도 잔다고 한다.

담임교사에게 알아보니 밤늦게까지 게임을 하고, 부족한 잠 때문인지 학교에서는 하루 종일 잠자는 것이 일상이라고 한다. 부모님께 전화도 하고, 틈만 나면 지도를 해도 별 효과가 없다고 한다.

이미 ○○이의 생체리듬은 밤에는 게임하고, 낮에는 자는 것으로 입력되어 있어 바꾸기가 쉽지 않은 것 같다.

그래도 나는 자는 ○○이를 깨우지 않을 수 없어 수업 시간마다 ○○이를 깨우는 것이 일이 되었다.

그랬더니, 어떤 날에는 아예 꼿꼿하게 앉아서 팔짱을 끼고 잔다.

참 대단한 능력인 것 같다.

군에서 불침번을 선다는 이야기는 들어봤지만, 이런 경우는 흔히 보기 어렵다.

녀석을 바라보는 마음 한구석에 차라리 엎드려 자게 그냥 내버려둘까, 하는 갈등이 올라온다.

수차 깨워도 일어나지 않아 녀석을 깨우기 힘든 날에는, 아주 가끔 모른 채 넘어가기도 하지만, 그때마다 죄책감이 생긴다.

모른 채 넘어가는 것이 가르치는 사람의 도리가 아니거니와, 부모님 입장이 되어 생각해도 마찬가지다. 무엇보다 다른 학생들에게 영향을 미칠까, 그냥 내버려둘 수가 없다.

오늘도 나는 ○○이의 교실에 수업을 들어갔는데, 역시나 ○○이가 엎드려서 자고 있었다.

앞 시간부터 잤는데 깊은 잠에 빠졌다고 반 아이들이 말한다.

일어나라고 말했지만 들릴 리가 없다.

가서 흔들어 깨우고서 앞으로 와 수업을 시작하려는데, 또 엎드려 자고 있다. 몇 차례 말로 깨우고, 짝꿍을 시켜 깨워도 보았지만, 일어나지 않는다.

하는 수 없이 다가가 엎드려 자는 ○○의 책상을 옆으로 살짝 뺐더니, 어라! 책상을 따라 자세를 바꿔 또 엎드린다.

요것 봐라, 하는 생각에 다시, 이번에는 책상을 아주 멀찍이 빼냈다.

그랬더니 그대로 석고상이 된 듯 엎드린 자세 그대로를 유지하고 있다. 마치 투명 책상을 받치고 있는 것처럼. 양팔을 포개고 팔에 얼굴을 묻은 자세 그대로 얼어있는 석고상이 된 것 같다.

순간 교실 안에서는 폭소가 쏟아졌고, ○○이는 꿋꿋하게 같은 자세로 버티고 있다.

민망해서인지, 나를 이겨보겠다는 굳은 의지인지는 모르겠다.

나는 마음속으로 생각했다.

이 싸움은 내가 녀석에게 진 것이다. 잠자는 사람은 깨울 수는 있지만, 잠자는 척하는 사람을 내가 어떻게 깨울 수 있겠는가.

나와 ○○이와의 한판승은 나의 KO패로 끝났다.

그다음 시간부터 나는 ○○이를 선뜻 깨우기가 겁이 났다. 깨웠다가 또 지난번과 같은 상황이 벌어지면 어떡하지, 마땅한 대책이 떠오를 때까지 나는 ○○이를 깨울 용기가 생기지 않았다.

녀석의 눈이 번쩍 뜨이게 할 만큼 매일 매일 재미있는 수업을 할 수 있으면 참 좋으련만, 나에게 그런 수업은 쉽지 않다.

나는 가정교육을 전공했으나 교과가 기술·가정으로 통합되면서 기술 단원도 함께 가르치고 있다.

처음에는 기술 단원은 기술 전공자가 가르치고, 나는 가정 단원만 가르쳤으나 점점 학급 수가 줄면서 기술 전공자가 퇴직하고 나서는, 모든 단원을 전적으로 내가 맡아서 가르치고 있다.

기술 단원은 아무래도 비전공이다 보니 깊이 있는 수업을 하기는 부담이 되는 것도 사실이다. 그리고 단원마다 아이들의 흥미와 관심이 다르기에 재미있는 수업이 생각처럼 쉽지 않다.

한 예로 바느질 실습하는 수업은 몇 년째 엄두도 못 내고 있다. 중학교 남학생들의 생각은 바느질 따위 배울 필요가 없다. 세탁소에 맡기면 되기 때문이다.

그런데도 어떻게 하면 재밌는 수업이 될지 늘 고민하고 끊임없이 연구할 뿐이다.

오래전 중학교 3학년 조카에게 물었다.

어떻게 하면 아이들이 기술·가정 수업에 흥미를 갖겠느냐고?

조카 녀석은 단칼에,

"이모! 기술·가정은 아무리 재밌게 수업해도 아이들은 관심 없어요." 하고 말한다.

예상은 했지만, 충격을 좀 받은 것도 사실이다.

아이들이나 학부모님은 국·영·수·사과 과목 외에는 관심이 적다. 아이들도 부모님이 국·영·수·사과 과목만 잘하면 된다고 말했다며, 그 외의 과목은 기타 과목이라고 외면한다.

우리들 기타 과목 교사들은 스스로 종합 예술이라고 부르며 같이 웃기도 한다.

2학년 수업 시간에 있었던 일이다.

학습 활동지를 풀던 한 녀석이 스스로 학습하지 않고, 친구 활동지를 열심히 베끼는 모습을 보고 스스로 해 보라고 타일렀더니, 옆에 있던 녀석이,

"그래봤자 예체능이다."

하고 말한다.

나는 그 말에 상처받았지만, 참고 그냥 지나쳤다.

소비자 문제 해결 방안에 관한 수행평가를 하고, 점수를 확인하는 과정에서 예체능이라고 했던 녀석이 자기 수행평가 점수가 낮다고, 나와서 항의하는 바람에, 나는 이때다 싶어,

"그래봤자, 예체능인데 신경은 왜 쓰니?"

하고 반문했다.

나는 녀석에게 소심한 복수를 한 셈이다.

그러자 녀석은 입을 다물었는데, 옆에 있던 다른 녀석이,

"와 뒤끝 있네."

하고 말한다.

나는 말했다.

선생님도 사람인지라 너희들이 하는 말에 상처받는다. 그러니 앞으로는 말할 때 꼭 이 세 가지를 생각하고 말하는 습관을 기르자며, 어느 작가의 말을 인용하여 들려주었다.

내가 하고자 하는 말이 옳은 말인가? 옳은 말이라 하더라도 지금 꼭 해야 하는 말인가? 내가 하는 말이 친절한 말인가?

나 역시 이 세 가지를 생각하고 말하고자 애쓰지만, 마음처럼 되지 않을 때가 많다. 가는 말이 고와야 오는 말이 곱다는 속담을 실감한다.

교생실습 온 ○○이

앞에서도 언급했는데, 1990년대 후반 나는 고등학교 2학년 담임을 맡았는데, 우리 학교에서 가장 별나다는 학생들이 다 모인 학급의 담임을 맡게 된 것이었다.

1학년 때 퇴학 직전에 겨우 진급을 한 녀석부터 악명 높던 녀석들이 어쩌다 보니 우리 반에 다 몰려 있다고 해도 과언이 아닐 정도였다.

어렴풋이 생각나던 그때의 일들은, 그로부터 7년이 지난 어느 해 5월에, 녀석의 동기인 ○○이가 모교로 교생실습을 오면서, 그때의 일들을 상기시켜 주어 소상히 알게 되었다.

○○이가 교생실습을 나왔을 때, 나는 고등학교 1학년 담임이었는데, 학교 건물 2층 끝에 학년 교무실이 따로 있어 7명의 담임교사만이 한 공간에서 근무하고 있었다.

○○이는, 학창 시절 2학년 담임이었던 내가 있는 교무실에, 시간이 날 때마다 무단히 올라와서는, 학창 시절 나와 있었던 이야기보따리를 쉼 없이 풀어놓았다.

한 교무실에 있던 우리 1학년 담임교사들은 ○○이 덕분에 매일 배꼽 잡는 웃음으로 하루하루를 보냈다.

나는 전혀 기억에 없는데, ○○이는 내가 7시에 종례를 한 적이 있다고 말했다. 보충수업이 끝나면 6시인데, 우리 반만 한 시간이나 늦게 종례했다는 것이다.

　나는 기억나지 않았고, 설마 1시간이나 늦게 마쳤겠나 싶은데, 그때 나 모르게 교실에서 벌어졌던 여러 일들을 소상히 듣고 나니, 녀석의 말을 믿을 수밖에 없었다.

　나는,

　"내가 참 악랄했네."

하고 말했고, ○○이는

　"선생님이 엄청 엄격하셨는데 재미있었어요."

하고 말해주었다.

　그날 교실에서는 많은 일이 있었던 것 같다.

　한 여학생이 수업 시간에 다른 여선생님과 교칙에 안 맞는 불량한 깻잎 머리로 갈등이 있었다고 한다.

　선생님의 호통에 화가 난 녀석이 참지 못하고 수업 도중에,

　"아이 씨, 내 학교 그만둔다."

하는 말을 내뱉고 교실을 뛰쳐나갔는데, 이후 수업에 들어오지 않아, 반장인 ○○이가 걱정을 하고 있었다고 한다.

　그런데 집에 간 줄 알았던 녀석이 종례 전에,

　"우리 샘 아직 모르지?"

하며 교실 안으로 머리를 들이밀며 은근슬쩍 들어왔다는 것이다.

　그리고 또 재수생이 한 명 있었는데, 수시로 무단 조퇴를 하려고 했고, 그때마다 우리 반 아이들이,

　"형님! 그러면 안 된다."

라고 하면서 말려, 하루하루 학교생활을 무사히 마칠 수 있었다는 것이다.

그때 교실에서 그런 일이 있었는지 까맣게 모르고 있던 나는 세월이 한참 지난 후 교생실습 온 ○○이에게서 그 얘기를 듣고, 그 녀석들이 담임을 위해 얼마나 애썼는지를 알았고, 새삼 가슴이 뭉클해지는 것을 느꼈다.

그때 내가 썼던 수많은 손 편지의 효과일까, 혼자 생각해 본다.

우리 반 반장인 ○○이는 한국무용을 아주 잘하는 아이였는데, 여러 대회에 나가 수상한 경력이 있다.

그중 대회 참가 접수 마지막 날 뒤늦게 추천서를 써달라며 들고 와서, 나를 바쁘게 만들었던 ○○이는 운 좋게도 그 대회에서 대상을 받았다.

권위 있는 전국대회였던 그날의 수상 경력이 훗날 ○○이의 수도권 대학 진학에 큰 도움이 되었다.

접수 마지막 날인데도 불평 없이 열 일 제치고 자기의 추천서를 우선으로 써준 내가 고마웠던지, ○○이는 나를 잘 따랐다.

○○이가 교생실습을 나와 있는 한 달 동안, 우리 1학년 교무실에는 늘 웃음소리로 가득했다.

○○이의 고등학교 학창 시절 3년의 이야기보따리는 끝이 없었고, 그중 나와 함께했던 2학년 때가 가장 재미있었다고 말해주어 고마웠다.

우리 1학년 담임교사들은 그때, 유난히도 별나고 말썽 많던 ○○이의 동기들과 있었던 지난 일들을 추억하며 마음껏 웃었다.

지금 생각해도 그때의 행복한 순간들이 느껴진다. 모든 선생님이 나를 걱정했던 그 별나다던 녀석들과 나는 한 해를 별 탈 없이 무사히 마쳤고, 지금도 그 녀석들이 보고 싶고 안부가 궁금하다.

　졸업하고도 길을 지나가다 내 차를 보면 항상 전화를 걸어,

　"선생님 지금 어디 지나가고 계시네요."

하던 옥떨메(옥상에서 떨어진 메주)란 별명을 가진 콧등이 유난히 납작하게 못생겼던 ○○이가 제일 많이 보고 싶다.

　22살 한참 어린 나이에 결혼했다는 소식을 전해 들었는데, 지금쯤은 학부모가 되어 있을 그 녀석, 형이 있었으나 교통사고로 잃고, 부모님의 하나밖에 없는 아들이 된 녀석은 항상 지갑에 용돈을 두둑하게 가지고 다녔다.

　소풍 가는 날이면 인근 큰 도시에 나가 새 옷을 사 입고, 어머니 옷까지 사 와서 입혀 드리던 녀석이다.

　분명히 녀석은 아들로서, 남편으로서, 또 아버지로서 역할을 훌륭하게 해 내리라 믿어 의심치 않는다.

　참말로 녀석이 많이 보고 싶다.

　그때 우리 반 녀석들은 어디서 뭘 하고 지낼까, 그들의 소식이 궁금하다.

3
가장 소중한 선물, 그것은 보람

엄마표 떡볶이

1990년대 중반 어느 해 3월, 나는 고등학교 1학년 담임을 맡았다.

우리 학교는 남녀공학 고등학교로, 남녀 합반을 하지 않고 분반하였는데, 나는 여학생 반을 맡았다.

고등학생이 되면 대학 입시를 준비하는 과정으로 당연히 야간자율학습에 참여해야 하는 것으로 인식하고 있지만, 관리자들은 모든 학생이 참여하기를 기대하신다.

그러나 이런저런 이유로 야간자율학습 불참을 선언하는 학생들이 종종 있다. 예체능 계열로 진학을 희망하여 학원에 간다는 이유로, 또 가끔은 학교에서는 공부가 되지 않는다는 이유를 들기도 한다.

학교에서는 공부하는 습관을 기르고, 학급의 학습 분위기 조성을 위해 3월 한 달 동안은 담임교사가 교실에서 늦은 시간(1학년은 9시, 2~3학년은 10시)까지 자율학습 지도를 해야 한다.

참으로 힘들고 고단한 일이다. 아침 8시에 출근하여 밤 9시에 퇴근하는 생활이 한 달간 이어진다.

그 당시 나는 1시간 남짓 부모님 집에서 차를 운전해서 출퇴근하고 있었기 때문에, 아침 7시에 집에서 나오면 밤 10시에 집에 들어가는 생활을 한 달간 해야 했다.

그다음부터는 학년별로 담임교사들이 요일별로 순번을 정해 야간자율학습 지도를 하게 된다.

젊음이 뒷받침되지 않고서는 결코 쉬운 일은 아니지만, 아이들을 관찰하고, 한 명 한 명 얼굴을 마주하고 이야기를 나눌 수 있는 소중한 시간이기도 하다.

짬짬이 상담을 통해 학생들의 상황을 파악하여 관심과 도움이 필요한 아이들이 있는지 파악하는 시간이 되기도 한다.

그래서 크게 싫다거나 힘들다는 생각은 하지 않지만, 시간이 지나면서 피로가 쌓이면 마음과 달리 몸이 힘들다는 반응을 할 때가 있고, 또 한편으로는 힘이 되는 일도 있기 마련이다.

하루의 고단함을 잠시나마 잊을 수 있도록 정을 나눠주시는, 우리 반 학생의 어머니를 한 분 소개하고 싶다.

학교 가까운 마을에서 비닐하우스 농사를 지으시는 분인데, 어찌나 부지런하시던지 힘든 농사일을 하시면서도, 학교 학부모 참여 행사가 있는 날이면 빼 먹지 않고 꼭 참석하신다.

곱게 화장하신 어머니의 모습을 보면 농사를 지으시는 분이라는 생각이 들지 않는다. 그저 여유 있는 중산층 사모님으로 상상된다.

어머니는 비닐하우스에서는 주로 딸기와 깻잎, 수박 등을 재배하시는데, 바쁜 농사일에도 아이들의 교육에 관심이 높아 학교 행사에도 빠지지 않고 참석을 해 주시는 참 고마운 분이시다.

가끔 어머니께서는 야간자율학습을 하는 딸아이를 위해 떡 방앗간에서 갓 뽑은 가래떡으로 떡볶이를 만들어 학교에 갖다주고는 하셨는데, 딸아이 친구들의 몫은 물론이고, 담임인 내 몫까지 넉넉히 챙겨주셨다.

그런 날이면 쉬는 시간 아이들은 교실에서 떡볶이 파티를 하고, 나는 교무실에서 여러 선생님과 떡볶이를 야식으로 나눠 먹는다.

어머니의 떡볶이는 큼직한 감자를 숭숭 썰어 넣어서 만든 정말 맛있는 떡볶이다.

우리는 그 떡볶이를 '엄마표 떡볶이'라 불렀다.

감자가 부서지지 않으면서 적당히 잘 익은 '엄마표 떡볶이'는 내가 먹어본 떡볶이 중 단연 최고이다.

어머니의 집은 시내에서 조금 벗어난 시골이라 가로등이 부족해 어두운 곳이 많았다. 밤늦은 시간 여자아이 혼자 가기에는 무섭다고 느낄만한 곳이기도 하지만, 걸어가기에도 조금 멀게 느껴지는 곳이다.

어쩌다 집에 가는 길에 학생을 내 차에 태워 집까지 데려다 줄 때가 있다.

그럴 때면 농사지은 딸기나 수박을 가끔 내게 안겨 주셨는데, 그 인정스러움이 내게 이웃의 따뜻함을 느끼게 해 주신다.

그런 부모님 밑에서 자라서인지 아이들도 예의 바르고 인정스러워 많은 선생님의 신망과 사랑을 받는다.

어머니의 지혜로움과 성실함이 사랑받는 자녀들로 자라게 한 것이 아닌가 하는 생각을 하게 된다.

언젠가는 어머니께 꼭 맛있는 식사를 대접하리라 생각해 본다.

진정한 배려가 맞는 걸까

흔히들 끼리끼리 논다고 말한다.

학생들을 보고 있노라면, 종종 그런 생각이 들곤 한다.

고만고만한 녀석들끼리 어울려서 공통 관심사인 뭔가를 통해 하나로 뭉쳐지는 모습을 보노라면, 마음이 푸근하기도 하지만, 한편으로는 위태위태하게 느껴질 때도 있다.

심성이 착하고 축구를 좋아하는 이 녀석은 여러모로 나를 웃게 하는 심성이 밝은 녀석이다.

2002년 무렵, 녀석은 고등학교 2학년 겨울방학을 맞아 그동안 두려움에 내지 못했던 용기를 내어, 혼자서 캐나다 친척 집을 방문하게 되었다고 한다.

캐나다에서 녀석은 혼자서 밴쿠버 구경을 하다 배가 고파서 햄버거 가게에 들어가 콜라 하나와 햄버거 하나를 주문하였단다.

그러자 점원이 뭐라고 하는데, 자기는 계속 콜라 하나와 햄버거 한 개를 외쳤다고 한다.

콜라와 햄버거를 들고 가게를 나와 곰곰 생각하니, 그 점원이 한 말은 세트로 주문하면 더 싸다는 말이었는데, 당황하여 알아듣지 못했다고 한다.

그 후 영어 공부만은 열심히 하고 있다는 얘기를 내게 들려주었다.

한번은 노란색 예쁜 우산을 하나 들고 와 나한테 선물로 주었다.

어디서 이런 예쁜 우산을 가져왔냐고 물었더니, 부모님께서 운영하시는 옷 가게 사은품인데, 우산을 학교에 쓰고 왔더니 여학생들이 예쁘다며, 너도나도 팔라고 했다는 것이다.

부모님께서는 한두 명이면 그냥 줄 텐데, 너무 많아 그냥 주기는 그렇다고 말씀하시면서 장난삼아 녀석에게 저렴한 가격으로 팔라고 숙제를 내신 것 같았다. 아마도 자식을 테스트하려 하셨던 모양이다.

그래서 녀석은 우산을 학교에까지 들고 와서 팔았고, 하나 남은 건 나한테 선물로 준다는 것이다.

녀석은 일찍부터 부모님의 영향을 받아 영업 실력을 검증받은 거나 다름없었다.

녀석과 친하게 지내는 친구 중에 ○○이라는 학생이 있다.

○○이는 부모님의 이혼으로 형과 아버지, 이렇게 남자 셋만 같이 생활하고 있었다.

그래서인지 ○○이는 또래보다 일찍 철이 들어 항상 의젓하고 믿음직했다.

그래서 일찍 철이 든 ○○이를 바라보는 내 마음이 늘 짠했다.

한번은 녀석이 친구들을 데리고 집에 가서 놀았다는 얘기를 전해 들었는데, ○○이는 데려가지 않았다는 것이다.

나는 녀석을 불러 혹시 사이가 틀어진 것은 아닌지 걱정하며 물었다.

그랬더니 그런 것이 아니고, ○○이가 자기 집에 가면, 혹시라도 상처받을까 봐 배려해서 데려가지 않았다는 것이다.

왜냐고 물었더니, 자기 집에는 집안 곳곳에 부모님의 결혼식 사진이며 화목한 모습의 가족사진이 많이 걸려 있는데, 혹시라도 가족사진을 보고 ○○이가 엄마 생각날까 봐 데려가지 않았다는 것이다.

그 말을 듣는 순간 ○○이를 배려해서 한 행동이라고 하니, 그렇게까지 속 깊은 생각을 했느냐며 격려해 주었다.

그러나 마음 한편으로는 녀석의 마음을 모르는 ○○이가 서운했겠구나, 하는 생각에 마음이 쓰였다.

나도 모르게 며칠 동안 ○○이의 표정을 살폈지만, 크게 다른 점은 발견하지 못했다.

서운한 티를 내지 않는 ○○이가 기특했다.

한번은 녀석이 ○○이에게 자기 부모님 가게에서 파는, 교복 안에 받쳐 입는 흰색 라운드티셔츠를 두 장 주었다는 사실을 우연히 알게 되었다.

나는 녀석을 불러 그 사실을 물었고, ○○이가 부담을 가질까 봐 집에서 팔다 남은 것이라며 주었다는 녀석의 말에 감동했다.

이렇게나 배려심이 많은 학생은 본 적이 없기 때문이다.

여러모로 녀석은 참 아름다운 청소년이라, 나는 참 예뻐했다.

그 당시 등하교 시 교통 혼잡을 막기 위해, 학교 정문 앞 50m 이내에는 차를 세우지 못하게 하였지만, 많은 학생이 부모님 차를 타고 학교 정문 앞에서 내리곤 하였다.

그때 나를 포함한 우리 반 아이들은 녀석이 자가용에서 내리는 모습을 한 번도 본 적이 없다.

나중에야 알았다.

녀석의 아버지께서는 고급 승용차를 타신다는 사실을.

녀석은 항상 학교 근처 200m 남짓 떨어진 한전 건물 앞에서 내려 걸어서 등교하였기 때문에 아무도 모른 것이었다.

나는 녀석의 선한 마음씨가 너무 예쁘고 기특하여, 선행상 표창 대상자로 추천하였다.

겨울방학 식에서 학교장께서 표창장을 수여하기로 되어 있는데, 녀석이 자기는 도저히 상을 받을 수 없다며 고집을 부렸다.

난 하는 수 없이 우리 반 반장을 단상 위에 올려 대신 표창을 수여받게 한 다음, 학급 종례 시간에 녀석에게 표창장을 주었다.

녀석은 무척 쑥스러워하며 상을 받았다.

이런 학생을 예뻐하지 않을 교사는 한 사람도 없을 것이다.

녀석이 졸업하고도 가끔은 소식을 들을 수 있었다.

어느 날, 밤늦은 시간에 술이 반쯤 취한 녀석에게서 전화가 왔다.

동기생 친구와 둘이 술을 마시다 이런저런 이야기를 하게 되었고, 고등학교 학창 시절 얘기를 하다 내 생각이 나서 전화했다는 것이다.

그것이 녀석과의 마지막 소통이다.

지금은 녀석의 소식을 들을 수 없다. 녀석의 소식이 궁금할 때면 녀석의 SNS에 잠시 들어가 근황을 짐작할 뿐이다.

나는 믿는다. 녀석은 어디에서든 자기 인생을 아름답게 잘 디자인하며 멋지게 살아가고 있으리라는 것을.

술은 힘이 세구나

2016년 9월쯤으로 기억된다.

늦은 시간에 퇴근해서 짧게 공원을 한 바퀴를 돌고 집으로 돌아와 샤워하고 자리에 누웠다.

누워서 천장을 바라보며 오늘 하루 있었던 일을 떠올리고, 내일 할 일을 머릿속에 정리한 후, 막 잠이 들려고 하는데 전화벨이 울렸다.

아마 11시 가까운 시간이었던 것 같다.

전화를 받으니, 귀에 익은 졸업생의 목소리가 전화기 너머로 들리는데, 짐작하건대, 술을 한잔한 모양이다.

서로 안부를 묻고 일상적인 대화 몇 마디를 주고받다가 녀석이 동기 ○○이와 함께 술 한잔하고 있는데, 둘이 이런저런 얘기를 하다가 학창 시절 이야기가 나왔고, 고등학교 2학년 때 담임인 내가 생각났다는 것이다.

그러면서 둘은 꼭 성공해서 선생님 한번 찾아가자고 약속하던 중 생각이 나서 전화하였다는 것이다.

그러면서 ○○이와 통화 한번 해 보라며 대뜸 같이 있는 ○○이에게 전화기를 넘겨준다.

졸업 후 처음 듣는 ○○이의 목소리가 반갑고 따뜻했다.

○○이는 학창 시절 가정형편이 좀 어렵고, 할머니와 같이 살았다. 그리고 말이 없고, 좀처럼 자기표현을 하지 않던 녀석이었다.

그런 ○○이라, 혼자서는 또 맨정신으로는 전화할 녀석이 아니다.

술의 힘을 빌려 뵙고 싶다고 말하는 녀석이 귀여워서, 나는 수화기를 든 내내 미소를 짓고 있었다.

○○이는 무뚝뚝하고 자기표현을 하지 않던 아주 내성적인 녀석인데, 이럴 때 술은 참 고마운 것 같다. 술의 힘을 빌려 녀석과 나는 졸업 후 처음으로 제법 긴 대화를 나눈 것이다.

녀석들에게는 무엇이 성공일까?

성공과 상관없이 나에게는 하나 같이 소중한 제자들이고, 찾아주면 반갑고 고마운데, 녀석들은 성공하기 전에는 나를 볼 생각이 없는 것인가?

녀석들이 자기가 원하는 성공을 빨리 이루었으면 좋겠다.

내게는 공부를 잘하든 못하든, 가정형편이 좋든 나쁘든, 성공하든 못하든 다 같은 제자들인데, 왜 녀석들은 꼭 성공해서 찾아뵙는다고 말할까?

그런데 또 그 마음을 알 것도 같다.

나 역시 학창 시절 선생님을 떠올리면 같은 마음이기 때문이다.

그래서 나는 항상 나의 제자 모두의 행복과 안녕을 기원하고 있다.

수많은 학생이 입학하여 서로 인연을 맺고, 또 졸업이란 이름으로 떠나보내면서, 정말 많은 일들이 있었다.

내 사비를 들여가며 온 정성을 쏟아 부어도 그 진심을 알아채지 못하는 녀석이 있는가 하면, 작은 성의도 금방 알아차리는 녀석이 있다.

부모님도 그렇다.

자신의 아이가 상을 받거나 장학금을 받으면 당연한 듯 받아들이는 분이 계시는가 하면, 빈말이라도 선생님 덕분이라고, 지도를 잘해 주셔서 고맙다고 말씀해 주시는 분이 계신다.

그러면 나는 학생이 잘해서 받은 것이라고 말한다.

서로가 서로에게 행복을 주는 말이 아닌가 생각한다.

그럴 때면 참 기분이 흐뭇하다.

나는 교사 생활을 하면서 가정형편이 어려운 학생들에게 기업에서 주는 장학금을 받게 해 주려고, 작성하기 까다로운 추천서도 쓰고, 멘토 역할까지 하면서 학생을 관리 지도하는 일을 몇 번이나 자청해서 한 적이 있다. 일백만 원이 넘는 장학금을 타게 해 주고, 귀찮은 일도 마다하지 않고 정성을 쏟았다.

그런 나에게 학생이나 학부모는 고맙다는 제대로 된 인사 한마디 해 주지 않을 때가 있다.

물론 인사를 바라고 한 일은 아니지만, 인간인지라 약간의 서운함을 느끼는 것은 어쩔 수 없다.

감사하는 마음을 가지도록 교육하고 싶지만, 엎드려 절 받는 일인 것 같아 망설이다 그냥 넘어가곤 한다.

과연 내가 잘한 일일까, 아직도 의문은 남는다.

우리는 살면서 '덕분에'라는 말을 얼마나 하고 살까?

이 말은 정말 듣기가 좋고, 상대방의 마음을 살 수 있는 말이라고 생각한다.

이런 말을 자주 할 수 있으면 참 좋겠다.

학생은, "선생님 덕분에, 부모님 덕분에."라고 말해주면 좋겠다.

부모님은, "네(자녀) 덕분에, 선생님 덕분에."라고 말씀해 주시면 참말로 고맙겠다.

우리 교사도, "너희(학생) 덕분에, 부모님 덕분에."라는 말을 자주 할 수 있었으면, 정말 행복하겠다.

문제 아이도 변할 수 있을까?

교사 생활을 하면서 아이들을 차별 없이 대해야 한다는 생각으로 무던히도 애를 쓰면서 살았다고, 나 스스로는 생각한다.

그러나 아이들도 그렇게 생각할까?

아이들의 처지에서 생각하니, 확신이 들지 않는다.

돌아보면 나름의 원칙을 지켰다고 생각하면서도, 정말 특별히 예쁜 아이와 미운 아이가 없었냐고 묻는다면, 나는 대답을 망설일 것 같다.

교사로서 보면 그렇다.

나를 잘 따르고, 말도 예쁘게 하고, 예의 바른 아이는 예쁘고, 교사가 무슨 말을 하면 삐딱하게 말하여 수업이나 학급 분위기를 흐리면, 그 아이가 예쁘지 않다.

그러나 그건 그 순간뿐이고 돌아서면 잊어버린다는 것이다.

계속해서 그 아이가 밉고 꼴 보기 싫다면, 교사라는 직업은 몸에 맞지 않은 옷을 입은 듯 불편하고 힘들어서, 이렇게 오랫동안 교사 생활을 할 수 없었을 것이다.

한창 질풍노도의 시기에 접어든 중학생은 약간의 차이는 있겠지만, 여러 가지 이유로 크고 작은 심리적 변화를 경험하고, 나름의 이유로 반항적 행동을 보이는 경우가 있다.

그러면 우리 교사들은 녀석이 사춘기 병을 앓고 있다고 생각하고 인내심의 끈을 더 단단하게 매고 태연하게 웃어주려고 애쓴다.

유난히도 교사들을 힘들게 하던 아이들이 점점 정서적 안정을 찾아가는 모습을 보면 기쁘고 대견하지만, 정말 영원히 철이 들지 않을 것 같은 녀석도 있기 마련이다.

그런데도 교사는 끝없이 지도하고 인내하고 기다려야 한다.

그렇게도 교사들을 힘들게 하던 아이도 졸업하고 나름대로 사회생활을 하는 모습을 보면 기특하고 다행이라는 생각이 든다.

학교 다닐 때, 유난히 교사들을 괴롭혔던 한 녀석은 졸업 후 택배 아르바이트를 한다며, 학교에 배달을 올 때도 있다.

그러면 우리 교사들은 더 친절하게 성의를 다해서 말을 걸어 주고 반갑게 대한다.

한 번은 선생님들이 협의회를 마치고 저녁을 먹으러 간 어느 식당 앞에서 녀석을 만났는데, 머리에 쓴 헬멧을 벗으며 여러 선생님께 인사를 하는 모습이 고맙기까지 했다.

헬멧을 썼으니, 그냥 모른 척 지나가도 아무도 모를 텐데, 가던 길을 멈추고 헬멧을 벗고 인사를 하니, 이 얼마나 고마운 일인가.

선생님들의 격려의 말을 듣고 난 후 다시 가던 길을 달려가는 녀석의 뒷모습을 바라보면서 생각했다.

저렇게 열심히 사는 녀석이 목적한 바를 이루기 위해 하루빨리 경제적 여유를 찾았으면 하고 마음속으로 빌어본다.

그러나 가슴 아픈 얘기를 들을 때도 있다.

학교 다닐 때 문제를 하도 많이 일으켜서 선생님들을 힘들게 했던 한 녀석이 있다.

친구들을 협박하고 괴롭히는 일은 다반사고, 지각, 결석과 무단외출 등으로 담임교사를 숨 쉴 틈 없이 만들었던 녀석이 있다.

그 녀석이 학교에 다닐 때 학교에 분실 사고가 자주 일어났고, 학생들이 그 녀석을 범인으로 지목했지만, 심증은 있으나 물증이 없어 여러 차례 그냥 넘어가기도 하고, 몇 번은 처벌을 받기도 했다.

상담 지도와 처벌을 반복하였지만, 녀석의 도벽은 치유되지 않았고, 녀석이 졸업하고 나서 학교의 분실 사고는 없어졌다.

졸업을 하고 몇 년이 지난 어느 날, 녀석이 절도로 구속되었다는 소문을 녀석의 동기생으로부터 전해 들었다.

참 씁쓸하고 안타까운 일이다.

나는 녀석의 담임을 한 적은 없다.

그럼에도 녀석의 소식을 들으니, 자괴감이 몰려온다.

아이들은 부모의 거울이라고 말하는 사람이 있다. 나 역시 그런 생각을 할 때가 많다.

아이들 일로 상담 차 부모님께 전화를 드리면, 몇 마디 나누지 않아서 바로 느낌으로 알 수 있다.

아, 이 녀석은 지도가 어렵겠구나, 하는 것을.

아이는 학교에서 있었던 일을 집에 가서 말할 때, 자기의 잘못을 그대로 말하는 경우는 드물다. 대개는 자기의 잘못은 적당히 가리고, 상대방의 잘못에 대해서 자세히 말한다.

그러다 보니 아이 말만 듣고 학교에 찾아와 항의하다, 목격한 학생과 대면하여 자세한 얘기를 듣다가 꼬리를 내리는 경우가 종종 있다.

자기 아이는 절대로 잘못을 저지르지 않는다는 확신에 찬 부모님을 뵈면, 대하기가 참 조심스럽다.

자기 자식을 저렇게도 모를까 싶을 때도 있다.

그런데 한편으로는 이해도 간다.

부모님과 얘기를 나누다 보면, 학교에서 하는 행동과 집에서 하는 행동이 전혀 딴판인 경우도 있다.

부모를 겁내는 학생이 있는가 하면, 교사를 더 겁내는 학생이 있다.

병원에서 환자마다 처방을 달리하듯, 아이들 역시 각각 다르게 지도해야 하는 것은 당연하다.

그런데도 보편적 가치나 법을 준수하는 일은 달리 적용하기 어렵다.

학교에서 아무리 지도를 잘해도 부모님이 변하지 않으면 아이는 달라지지 않는다.

그래서 더 어렵다.

오래전 소년원을 다니며 청소년 상담을 하시던, 어느 전문가 선생님의 강의를 들은 적이 있다.

소년원에 있는 청소년 대부분은 가정에 문제가 있기에 형기를 마치고 가정에 돌아가도 가정환경이 바뀌지 않기 때문에 선도가 어렵다는 것이다.

인간관계에서 문제가 생기면 제일 먼저 자신을 돌아보고, "내 탓이오." 하면 참 좋으련만, 그런 사람이 과연 몇 명이나 될까?

나 역시 그렇게 생각하려 애쓰지만 쉽지 않은 것 같다.

우리 모두 "내 탓이오." 한다면, 갈등은 쉽게 해결될 것이다.

어느 스승의 날에는

요즈음 스승의 날은 그저 평범한 날 중 하루에 지나지 않는다.

특별한 이벤트나 선물이 없어진 지는 오래다.

청탁금지법 영향만은 아닌 것 같다.

남자 중학교에 근무하다 보니, 삭막하기가 그지없다.

스승의 날 아침이면, 학교 예산으로 학생회가 준비해서 달아주는 카네이션 한 송이가 전부다.

뭘 바라서 하는 말이 아니라, 이렇게 교육하는 게 바람직할까, 하는 생각을 하게 된다.

그래도 스승의 날 하루만이라도 감사하는 마음을 가지고, 그 마음을 표현하도록 하는 것이 참교육이 아닐까 싶은데, 엎드려 절 받는 격이라, 뭐라 말하기가 참 쑥스럽다.

물질이 아니라 감사의 편지라도 쓰게 하는 것이 교육일 텐데, 학부모가 시키거나 챙기지 않으면 중학교 남자아이가 스스로 알아서 감사의 인사말을 건네는 경우는 보기 드물다.

받는 데에만 익숙해진 아이들은 자기의 것을 나누고 베푸는 것에 인색한 경향이 있다. 오죽하면 '복지병'이라는 우스갯소리가 나왔을까 싶을 만큼.

공짜에 길든 아이들은 자기 것을 타인에게 내어주는 것을 좋아하지 않는다. 심부름을 시켜도, "간식 줘요?" 하고 말한다.

그러면 심부름을 거두고 싶어진다.

굳이 그렇게 말하지 않아도 가지고 있는 간식이 있으면 손에 나눠줄 텐데, 그런 말을 듣고 나면 주는 사람도 받는 사람도 좋은 기분이 줄어든다.

물론 줄 간식이 없으면 하는 수 없다. 꼭 무슨 대가가 있어야만 행동하겠다는 모습이 참 씁쓸하다.

30년 넘게 근무하면서 서른 번이 넘는 스승의 날을 맞이하고 또 보냈다.

오래전 내가 고등학교에 근무하고 있을 때, 어느 스승의 날의 기억을 더듬어본다.

스승의 날 아이들은 어떤 생각을 할까.

아마 부담스럽게 느끼는 학생들도 있으리라 생각된다.

교사도 마찬가지다.

차라리 스승의 날 하루 쉬게 해 주면 제일 좋으련만, 그렇지 못하다.

스승의 날 학생들로부터 선물을 많이 받는 것이 꼭 훌륭한 교사는 아니라고 생각하면서도, 유난히 요란스럽게 스승의 날을 축하해주는 학급은 있기 마련이고, 덩달아 그 장면을 바라보는 동료 교사들도 흥미롭고 부럽기는 하다.

나는 1994년 우리 학교가 남자고등학교에서 남녀공학으로 학제 개편되면서 고등학교 교사로 부임하게 되었고, 처음 2년은 여학생반 담임을 맡게 되었다. 남녀공학이 되면서 2년은 남녀 분반으로 반 편성을 하였고, 그다음부터는 남녀 합반으로 반 편성을 했기 때문이다.

그때 당시 우리 학교의 내 또래 젊으신 남자 선생님 몇 분은 여학생들에게 아주 인기가 많았고, 어떤 여학생은 자신이 좋아하는 선생님의 수업이 없는 날에는 교무실 출입문 위쪽 투명유리로 된 문을 통해 몰래 선생님의 모습을 훔쳐보고 가기도 했다.

그리고 스승의 날이나 발렌타인데이 같은 기념일이 되면, 아주 화려한 포장의 초콜릿을 선물하며, 자기 마음을 한껏 표현하기도 했다.

오월이 되면 학부모들이 스승의 날을 맞아 몹시 부담스러워한다는 뉴스도 빠지지 않고 흘러나온다.

불편하기는 교사들도 마찬가지다.

아무것도 필요 없이 그냥 하루 쉬게 해 주면 제일 좋겠다는 의미 없는 말을 서로 주고받는다.

나는 1994년 나의 첫 제자들과 만났다.

그때 우리 반 반장은 인정이 많고, 예의가 바르며, 친구들에게 신임이 두터운 학생이라, 담임으로서 참으로 많은 도움이 되었던 학생이라 늘 고마운 마음이 있다.

한번은 자기 집 마당에 있는 단감을 따, 보자기에 싸서 들고 와 선생님들 나눠 드시라고 내밀던 모습이 어찌나 순수하고 예쁘게 보이던지, 지금 생각해도 입가에 미소가 번진다.

스승의 날 교사에 대한 대접은 학급 반장에 따라 달라진다는 생각이 든다.

예의 바르고 센스 있는 녀석이 반장을 하는 학급은 아이들과 잘 소통하여 얼마의 돈을 거두어 담임교사와 부담임 교사에게 작은 선물과 함께 카네이션을 달아준다.

칠판에는 오색찬란하게 감사의 글과 그림으로 도배가 되고, 수업 들어오는 선생님마다 '스승의 은혜' 노래도 빼놓지 않고 불러주며, 작은 음료수도 한 병 교탁 위에 올려놓는다.

그러나 잔정이 없는 무덤덤한 녀석이 반장인 학급은 담임교사의 가슴에 카네이션도 하나 달아주지 않고, 스승의 날을 보내는 일도 있다.

그러면 아무리 감추려고 해도 섭섭한 마음이 밀려드는 것은 어쩔 수 없는 노릇이다.

내가 가장 창피했던 스승의 날을 떠올려본다.

아침 등굣길 교문에서부터 교무실 앞 현관까지 양쪽에 학생들이 길게 늘어서서 길을 만들고, 그 길을 교사들이 걸어가게 해놓고, 학생들은 손뼉을 치며 환호하는 것이다.

그때는 그 길이 어찌나 멀게 느껴지든지 지금 생각해도 온몸이 오글거린다.

어떤 해는 교사를 손수레에 태워 교문에서부터 교무실 앞까지 태워주는 행사였는데, 안타겠다고 해도 강제로 태우기 때문에 어쩔 도리가 없다.

학생들은 난처해하는 교사들을 보고 웃으며 즐거워하는데, 나는 부끄러움에 몸 둘 바를 몰라 쭈그리고 앉아 손수레 바닥에 시선을 꽂은 채, 짐짝처럼 실려 가야 했다. 창피함에 고개를 들지 못하던 나는 수레에서 내려서야 숨이 쉬어졌다.

하기야 지금 생각해 보면, 그것도 나에게 하나의 추억이 되었구나, 하는 생각에 미소가 절로 피어난다.

요즈음에는 그런 풍경은 찾아볼 수 없다.

청탁금지법 탓인지 시대 탓인지 알 수는 없지만, 오늘날의 스승의 날은 365일 중 그저 평범한 하루에 지나지 않는다.

우리 아이들이 부모님을 비롯한 자기를 위해 애쓰시는 분들에 대한 감사하는 마음만은 잃지 않기를 바랄 뿐이다.

나의 선생님

정년퇴직을 앞두고, 내가 살아온 날들을 돌아본다.

나는 어떤 선생님이었을까. 그리고 나는 어떤 선생님의 영향을 많이 받았을까.

내 학창 시절을 돌아보니, 몇 분의 선생님이 뇌리에 떠오른다.

나의 초등학교 2학년 담임 선생님은, 우리 집에서 그리 멀지 않은 이웃에 세를 들어 살고 계셨다.

선생님은 부부 교사셨는데, 그때 당시 사모님께서는 출산하시어 학교를 쉬고 계셨다.

나는 매일 심부름으로 선생님 댁에 들르고는 했다.

그 당시 학교에서는 옥수수빵을 학생들에게 급식으로 나눠주었는데, 마지막 하나 남은 급식 빵을 하교하는 길에 선생님 집으로 배달하는 일을 했다.

빵을 배달하러 가면, 선생님의 갓난아기가 너무 예뻐 한참을 놀아주고, 업어도 주고 하면서 시간을 보내다 집으로 갔다.

가끔 우리 반 여자 친구 몇 명이 함께 놀러 가는 날에는 사모님께서 율동을 가르쳐주셨다.

우리 선생님은 남자분이시라 학교에서는 한 번도 율동을 배운 적이 없다.

지금도 생각나는 율동은 '아가야, 나오너라 달맞이 가자'로 시작되는 '달맞이' 노래에 맞춰 추던 율동이다.

다음날 학교에 가면, 우리 선생님께서는 어김없이 나와 친구들을 앞으로 불러내셨다.

그러고는 어제 배운 율동을 친구들 앞에서 선보이게 하셨다.

아마 사모님께 얘기를 들으신 모양이었다.

친구들만 모여 같이 춤을 배울 때는 몰랐는데, 교실에서 68명이나 되는 친구들 앞에서 춤을 추자니 부끄러웠다.

그래서 나는 사모님께 율동을 배우는 그 시간이 좋으면서도 걱정이 되었다.

우리 선생님은 자기가 가르치지 못하는 율동을, 사모님 찬스를 사용하여 우리 반 아이들에게 율동을 감상케 하여, 아이들에게 미안한 마음을 조금이나마 내려놓지 않으셨을까, 하는 마음이다.

나의 초등학교 6학년 때 담임 선생님은 남자분이셨는데, 아동문학가셨다.

선생님은 여러 권의 동화책을 쓰셨고, 어떤 동화책에는 우리 친구들의 이름이 주인공으로 등장하곤 했다. 그 책 제목은 지금도 생각난다.

'들꽃 숲의 이야기'

가끔은 수상하러 가셨다며, 부재중일 때도 있었다.

그때 우리 친구 몇몇은 선생님을 무척 따랐는데, 심지어는 선생님이 예비군 훈련을 받는 곳까지 찾아갔던 기억이 난다. 창녕군 영산면에 있는 야트막한 동산으로 기억된다.

남지에서 영산까지 초등학생이 가기에는 아주 먼 거리다. 어떻게 찾아갔는지는 기억이 나지 않는다. 아마도 버스를 타고 가지 않았을까 싶다.

예비군 훈련장까지 찾아온 우리들을 보고 당황하신 선생님 표정이 지금도 웃음을 짓게 한다.

선생님은 글은 잘 쓰셨지만, 음악에는 영 재능이 없으셨던 것으로 기억한다.

선생님께서는 아침마다 우리 반 아이들에게 글을 쓰게 하고, '수·우·미·양·가' 도장을 쾅! 찍어 주셨는데, 나는 '수'를 받는 재미로 열심히 글을 썼던 것 같다.

그러나 글쓰기를 싫어하는 친구들은 글 쓰는 시간을 힘들어했고, 선생님이 교실에 안 계실 때는 욕을 하면서 불만을 드러내기도 했다.

반면 음악에 재능이 없으신 선생님을 담임으로 둔 우리는 음악 교육을 거의 받지 못했다. 우리 반 친구들이 받은 음악 교육은 기념일 노래를 배우는 정도가 다였다.

그때 당시는 스승의 날, 제헌절, 현충일, 개천절, 한글날 등 기념일만 되면 기념식을 하면서 기념일 노래를 불렀다. 그러니 기념일 노래는 꼭 가르쳐야만 하는 것이었다.

음악에 재능이 없으셨던 우리 선생님, 기념일 노래를 가르쳐야 할 때면, 옆 반 선생님과 수업을 바꾸어, 우리는 옆 반 선생님으로부터 기념일 노래를 배우고는 했다.

음악을 좋아했던 나는 불만이 없지는 않았지만, 그래도 선생님의 영향으로 글 쓰는 일을 두려워하지 않는 사람으로 성장했으니, 선생님께 감사하는 마음이다.

그때 배운 글솜씨가 학교에서 장학생 추천서를 쓴다든가 학생생활 기록부를 작성하는 것에 많은 도움이 되었다.

여자중학교 다닐 때, 음악 선생님 두 분이 생각난다.

1학년 때의 음악 선생님은 남자 선생님이셨는데, 음악 시간 새로운 노래를 배우기 전에 꼭 가사에 관한 내용을 설명하시며,

"이 노래 가사의 내용을 보면, 이런 사연이 있겠지?"

하고 말씀하셨다.

그래서 나는 가사에 담긴 사연을 마음껏 상상하며 감성을 듬뿍 담아서 노래를 불렀다.

그렇게 새로운 곡을 배우고 나면, 나를 포함한 노래를 제법 잘 부른다는 친구들을 차례로 일으켜 세워 노래를 부르게 하셨다.

그때는 내가 노래를 곧잘 불렀다고 생각한다.

그때 배운 '그 집 앞'이나 '비목'을 포함한 수많은 가곡은, 지금 나의 정서적 자산이기도 하다.

한 번은 나를 불러 바이올린을 가르쳐 줄 테니, 부모님께 바이올린을 사달라고 해 보라고 하셨다.

그러나 나는 부모님께 바이올린 사달라는 말을 하지 않았다.

시골에서 형편도 안 되었지만, 그때 내 마음은 바이올린보다는 피아노가 배우고 싶었다. 그러나 피아노는 워낙 고가의 악기라, 우리 집 형편을 고려하여 부모님께 피아노를 사달라는 말은 차마 하지 못했다.

그때 나는 얼마나 피아노가 치고 싶었는지, 골목길을 지나가다 피아노 소리가 들리면, 그 집 담벼락에 붙어 서서 연주가 끝날 때까지 한참

동안 피아노 소리를 듣다가 연주가 끝나면 가던 길을 가곤 했다.

어른이 되어 나 스스로 돈을 벌어 피아노를 배울 수 있을 때쯤, 나는 큰마음 먹고 피아노 학원에 등록했다.

그러나 나는 한 달을 채우지 못하고 그만두었다. 나 스스로 한계를 느낀 것이다.

양손 손가락은 내 의도와 달리 계속 같이 움직였다. 오른손 검지가 움직이면 왼손 검지가 움직이고, 오른손 중지를 움직이면 왼손 중지도 따라 움직였다. 도저히 화음을 칠 수가 없는 상황이다.

나는 정말 눈물을 머금고 포기를 선언했다.

나는 한번 마음먹으면 끝까지 해내고야 말겠다는, 제법 끈기가 있는 사람이다. 그런데도 피아노 학원은 어쩔 수 없이 그만두어야만 했다.

내가 계획한 후 포기한 몇 안 되는 일 중 하나다. 그리고 그때 선생님께 바이올린을 배우지 못한 것을 꽤 오랫동안 후회했다.

선생님께서 전근을 가시고, 성악을 전공하신 밝고 씩씩한 여자 선생님께서 오셨다.

선생님은 적당한 키에 아주 매끈한 피부를 가지셨고, 참 밝고 쾌활하셨다.

그 밝은 에너지가 우리에게도 전달되는 것 같았다.

그 선생님께는 클래식에 대해 많은 것을 배웠다. 가곡도 많이 배웠지만, 모차르트, 베토벤, 바흐, 리스트, 슈만, 쇼팽 등 세계적인 유명 음악가들의 명곡을 한 번씩은 다 들었던 것 같다.

그때는 억지로 뜻도 모르는 클래식 음악을 감상하는 시간이 그다지 즐거웠던 기억은 아니다.

그런데도 지금 와서 생각하니, 내가 클래식 공연을 찾아 관람하며 즐거움을 느낄 수 있는 것은, 바로 그 음악 선생님의 영향이라고 생각한다.

내가 제일 좋아하는 공연은 팬텀싱어 오디션 프로그램을 통해 결성된 크로스오브 그룹의 공연이다.

지금도 그들의 공연은 빼놓지 않고 찾아서 보고 있다.

그중에도 팬텀싱어3 우승팀인 ㄹㅍㅇ을 제일 좋아한다. 팀의 리더인 ㅇㅊㅎ님의 '일몬도' 노래에 반해 그의 팬이 되고, 그가 소속된 팀의 팬이 되었다.

그들의 공연을 관람하는 시간이 내게는 가장 행복한 순간이다.

나는 나의 제자들에게 어떤 선생님일까? 그들에게 선한 영향을 얼마나 끼쳤을까?

참으로 궁금하다.

내가 좀 참았어야 했는데

우리 학교의 위치가 밀양역 가까운 곳에 있어, 인근 도시인 부산이나 대구에서 연합고사에서 밀려난 학생들이 우리 학교로 진학해 오거나, 내신 성적을 잘 받기 위해 비평준화 지역인 우리 학교로 진학하는 학생들이 꽤 있다.

1990년대 중반에는 무용이나 미술, 음악 등 예능 계열로 진학을 희망하는 학생들이 제법 있었다.

자기의 적성을 살려 대학에 진학하고, 자신이 잘하는 일, 좋아하는 일을 하고 살 수 있다면 그보다 더한 행복이 어디 있으랴.

그러나 현실을 가만히 들여다보면, 예체능으로 진학을 희망하는 학생들이 수업 분위기를 저해하는 사례들이 있어 교사들은 썩 반기는 분위기가 아니다.

예고나 체고가 아닌 일반계 고등학교다 보니 아무래도 대학 진학을 위한 교육과정을 운영해야 하는데, 학원을 간다든지, 운동을 한다는 이유로 다른 학생들보다 일찍 귀가하는 것도 그렇지만, 드물게는 일찍 귀가하면서 일탈하는 일도 가끔 있기 마련이다.

문득 한 학생이 떠오른다.

녀석은 뽀얀 피부에 참으로 예쁜 얼굴을 하고 있었는데, 공부에는 영 취미가 없어, 미용 쪽으로 진로를 결정하고, 네일아트 학원에 다니고 있었다.

녀석은 학교를 마치고 학원에 바로 간다며, 늘 네일아트 도구 상자를 들고 다녔다. 그 녀석의 네일아트 도구 상자에는 고등학교 여학생들의 시선을 끄는 것들이 많이 들어있어, 항상 호기심이 많은 여학생들이 그 녀석의 주변에 몰려들어 많은 관심을 끌었다.

그러다 날이 갈수록 학원에서 배운 기술이 쌓이자, 주위 친구들을 대상으로 실습을 해 보기도 했는데, 그 행동이 수업을 방해하여 신경이 많이 쓰였다.

그날도 오후에 수업을 들어갔는데, 앞에 앉은 친구의 손톱을 다듬어 주고 있었다.

그만하라고 하였지만, 말을 듣지 않았다.

나는 재차,

"그만하고 집어넣어라."

말했는데도, 들은 척도 하지 않는다.

나는 목소리를 높여,

"빨리 집어넣고 교과서 펼쳐."

라고 했더니,

"이것만 하고요."

하면서 계속하고 있다.

화가 난 나는 큰 소리로 말했다.

"빨리 안 치우면 압수한다."

그랬더니, 들리지 않는 소리로 중얼거리며 말대꾸했다.

화가 머리끝까지 치민 나는 녀석의 곁으로 가서 책상 옆에 놓여 있던 네일아트 도구 상자를 발로 걷어차 버렸다. 순간 상자 안에 있던 갖가지 물건들이 밖으로 튀어나와 교실 바닥에 뒹굴었다.

　녀석은 울부짖으며 그것들을 상자에 주워 담았다.

　녀석은 울면서 이 사실을 부모님께 일러바치겠다고 말했고, 나는 일러바치라고 되받아치면서 물러서지 않았다.

　"그래, 더하거나 빼지 말고, 있는 사실 그대로 말씀드려라."

라고 말했다.

　그날 오후 퇴근 무렵 녀석의 어머니께서 잔뜩 흥분하여 학교에 달려오셨다.

　내가 녀석의 어머니 앞에 나서면서, 내가 그랬다고 얘기를 했다.

　갑자기 어머니 목소리가 작아지면서,

　"선생님이세요?"

하고 묻는다.

　나는 조용한 장소로 이동하여 그 녀석이 보는 앞에서 어머니께 자초지종을 설명하고, 녀석에게

　"내 말이 틀렸으면 틀렸다고 말해."

라고 했더니, 아무 말을 하지 않는다.

　나는 학생을 밖으로 내보내고 어머니와 단둘이 마주 앉아서 이런저런 얘기를 나누었다.

　어머니 말씀이,

　"선생님이신 줄 알았으면 오지 않았을 겁니다. 저는 ○○선생님인 줄 알았어요."

하고 말씀하신다.

아마 아이한테, 나는 원리 원칙대로 하는 선생으로 소문을 들은 모양이었다.

당시 우리 학교에 여교사는 나를 포함하여 단둘이었는데, 그 여선생님을 지칭하면서 하신 말씀이다.

어머니 말씀을 들어보니, 평소 그 선생님이 아이들이 꽂고 다니는 예쁜 머리핀을 뺏어서 자기가 꽂고 다닌다고 했다는 것이다.

그 시절에는 학교생활 규정이 엄격하여 머리 염색과 파마는 물론이고, 화려한 액세서리 등도 착용하지 못하게 되어 있었다. 그래서 교칙을 위반하면 그 물품들은 압수하여 집에 갈 때 찾으러 오라고 하고, 찾으러 오면 돌려주고 했는데, 찾으러 오지 않는 경우가 대부분이었다.

아마 그 선생님이 압수한 그 머리핀이 예쁘다며, 자기 머리에 한 번 꽂아 보고 계시다 빼는 것을 깜박하고 교실에 들어간 적이 있으신 것 같았다.

그 작은 실수가 아이들 사이에서는, 저 선생님은 학생들 것을 뺏어서 자기가 하고 다닌다고 소문이 난 것 같았다.

참으로 안타까운 일이 아닐 수 없다.

한 번의 실수가 아이들로부터 씻을 수 없는 오해를 산 것이니, 그 선생님이 아시면 참으로 억울해 하실 것 같다.

세상에는 아는 것이 힘일 때도 있고, 모르는 것이 약일 때도 있는데, 이 일은 분명 모르는 것이 약이라고 생각하여 말하지 않았다.

생각해 보면 교직 생활 몇 년 만에 내 성격이 참으로 과격해진 것 같다. 처음부터 이러지는 않았는데, 남녀공학 고등학교에서 별난 녀석들을 상대하자니, 나도 모르게 점점 거칠어지고 있었다.

주변에서 초반에 학생들을 제압하지 못하면 힘들어진다는 충고 덕분에 점점 지혜롭게 행동하지 못하고, 기술만 배운 건 아닌지, 스스로 반성해 본다.

그날도 네일아트 도구 상자를 발로 걷어찰 일이 아니라, 뺏어서 잠시 교무실에 보관하였다가, 하교할 때 돌려주었더라면 좋았을 걸 하고 반성해 본다.

'사랑의 매'라는 변명

체벌하는 교사, 지금은 상상이 가지 않는 일이다.

그러나 내가 처음 교직 생활을 시작하던 90년대 초에는, 가끔 일어나던 일이다.

내가 고등학교에 발령받아 간다고 하니, 함께 근무하던 오빠와 같은 직장 선배님께서는 고등학교 남학생은 너보다 힘도 세고 별나고 하니, 한쪽 눈 질끈 감고 적당히 넘어가라고 조언하셨다.

그러나 나는 성격이 그러질 못했다. 규칙을 위반하거나 약속을 지키지 않으면 용서가 되지 않았다.

남녀공학 고등학교에서 아이들을 지도하다 보니, 약해 보이지 않으려고 더 엄격하게 틈을 주지 않으려 노력했다.

그러다 보니 점점 성격이 거칠어지고 있는 나 자신을 발견하면서도 당연한 일처럼 생각했다.

내가 생각하는 나는 거짓말과 남에게 피해 주는 행위를 하지 않는다. 그리고 남에게 신세를 지면 반드시 갚아야 마음이 편하고, 약속은 반드시 지킨다는 일념이다.

그래서 내 성격에 반하는 행동을 하는 학생들을 이해하고 용서하는 것이 힘들었다.

돌아보면 교칙이나 학급 규칙, 약속을 지키지 않는 녀석들에게 가했던 체벌을 생각하면, 나 자신이 부끄러워진다.

한 명은 고등학교 1학년 여학생이고, 또 다른 한 명은 고등학교 1학년 남학생이었다.

여학생은 거의 매일 지각하던 녀석이다.

수차 상담을 통해 훈계 지도하였지만, 지각하는 습관은 고쳐지지 않았다.

하는 수 없이 무슨 문제가 있는 것이 아닌지 집으로 전화해 부모님과 통화를 해 보면, 특별한 일은 없고, 아침마다 거울 앞에서 많은 시간을 허비하느라 학교에 늦는다고 말씀하신다.

벌 청소를 시켜보았지만, 녀석의 버릇은 고쳐지지 않았다.

나는 수차 다음에 또 지각하면 때리겠다고 말했다. 나중에는 내가 뱉은 말 때문에 하는 수 없이 매를 들어야만 했다.

하루는 책상 위에 꿇어앉게 하고 발바닥을 한 대 때렸는데, 맞은 녀석은 발바닥이 아프겠지만, 나는 마음이 아팠다.

다행스럽게도 녀석은 인근 대도시로 전학 갔다.

더 이상 죄책감을 느끼며 매를 들지 않게 되어서 참 다행이라 생각했다.

다음 남학생도 마찬가지다.

지각을 밥 먹듯이 하고, 아침에 등교하면 휴대폰을 반납하였다가 하교 시 돌려받게 되어 있는 교칙을 지키지 않는 것이 늘 문제였다.

녀석도 처음에는 상담을 통해 훈계 지도를 여러 차례 해 보았지만, 소용이 없었다.

부모님께도 협조 요청을 하였지만, 행동은 달라지지 않았다.

다음에 또 그러면 때린다고 말해도 번번이 약속은 지키지 않았다.

더 이상 봐주기에는 학급 관리에 문제가 있을 것 같은 위기감과 다음에 또 그러면 때린다고 했던, 내가 뱉은 말에 대한 책임을 지기 위해 매를 들었다.

그러나 그 매로도 녀석의 생활 습관은 고쳐지지 않았다.

한 대가 두 대가 되고, 두 대가 세대가 되고, 체벌의 횟수는 점점 늘어났고 나는 겁이 났다. 멈출 수도, 계속할 수도 없는 상황이 되었다.

녀석을 계속 봐주다가는 다른 학생들의 지도에 문제가 생긴다.

"○○이는 봐주면서, 왜 저만 야단치는데요?"

하면 할 말이 없다.

그렇다고 괄호 밖으로 내놓고 모른 체 할 수도 없다.

통제 불능한 학생을 만나면, 괄호 밖으로 내놓고 철저하게 무시하는 선생님을 본 적이 있다.

그러나 나는 성격상 그렇게 되지 않는다.

교사는 사람을 길러내는 일이라, 그래서도 안 된다는 것이 나의 생각이다. 그래서 끝까지 포기할 줄 모르고 학생을 지도하느라, 심리적으로 지치고 힘들 때가 많았다.

그렇게 힘들게 싸우다 보면 학년이 바뀌고, 졸업하게 된다.

처음 체벌할 때는 스스로 사랑의 매라고 위로했는데, 시작하고 보니 체벌이 나 자신을 가두는 감옥이 되어 버린 현실 앞에서 이러지도 저러지도 못했던, 그때의 일을 생각하면 참으로 후회스럽다.

그 후, 나는 교실에 들고 다니던 작은 회초리 겸 지휘봉을 더 이상 교실에 들고 들어가지 않기로 했다. 화를 참지 못하고 회초릴 사용하게 될까 봐 두려워서다.

그때 사랑의 매라는 이름으로 수없이 회초리를 맞았던 녀석도 무사히 졸업했다.

어른이 된 지금은 자영업을 하면서 열심히 살아가고 있다.

소문에는 돈을 아주 많이 벌었다고 하고, 차도 비싼 차를 타고 다닌단다. 이제는 의젓한 가장이고, 한 아이의 아버지가 되어 열심히 살아가고 있다.

미안한 마음에 녀석의 가게에서 단체 회식도 몇 번 했다. 진심으로 녀석에게 미안했다고 말하고 싶었지만, 끝내 그 말은 하지 못했다.

그저 길에서 만나면,

"아유, 우리 ○○이 학교 다닐 때 나한테 참 많이 맞았는데, 이렇게 열심히 사는 모습을 보니 너무 좋다."

라고 말하면, 녀석은 그저 웃고 만다.

녀석이 이 책을 읽는다면, 내가 많이 미안해하고 있고, 용서를 바란다는 사실을 좀 알아주었으면 좋겠다.

부끄럽지만 고백합니다

30년이 넘게 아이들로부터 선생님이란 소리를 들으면서, 스스로 부끄러운 일이 없는지 생각해 본다.

수동 필름처럼 드르륵드르륵 스쳐 지나가는 기억들 속에서, 몇 군데 상처가 난 자국들이 보인다.

왜 그랬을까 생각해 보지만, 그때는 나도 초보라, 모든 것이 서툴렀다고 자위해 본다.

오래전에 들었던, 어느 선배 교사의 말이 생각난다.

교직 생활을 마감하면서 쓴 그 분의 회고록에는, 처음 교직 생활 10년은 패기로 하고, 그다음 10년은 기술로 하고, 마지막 10년만 사랑으로 했다는 그분 말씀이 너무나도 마음에 와 닿는다.

돌아보면, 나는 한순간도 진심이 아니었던 적이 없다.

그러나 아이들에게 내 진심이 온전히 전해지지는 못한 것 같아서 안타깝다.

나는 교직에 있으면서 부담스러운 선물을 받은 적이 딱 두 번 있다.

상담차 학교에 방문하신 학부모님으로부터 작은 선물을 받았는데, 포장을 뜯어보니 18K 팔찌가 들어 있었다.

나는 너무 비싼 선물이라 돌려드려야 되겠다고 마음먹고, 마음만 받겠다는 짧은 손 편지와 함께 학생이 눈치 못 채게 포장하여 학생 편으로 어머니께 전달했다.

불편했던 마음이 사라졌다.

다음날 그 학생의 어머니로부터 전화가 왔다.

담임 선생님에 대한 고마운 마음을 표현한 것인데, 거절하시니 섭섭하다고 말씀하셨다.

어머니의 말씀은, 대학에서 무용을 전공하고자 준비 중인 딸아이의 각종 대회 추천서도 자주 써주고, 학원 가느라 일찍 하교하는 등, 담임 교사의 배려에 대한 감사의 선물이라고 했다.

그러나 나는 내가 해야 할 일이지, 선물 받을 일이 아니라고 생각했기에 너무 과한 선물이라 생각되어 마음이 불편했다.

그 일이 있고 난 후, 어머니께서는 아무런 반응을 보이지 않으시다가, 졸업식 날 핑크 잠옷 한 벌을 내게 선물로 주고 가셨다.

그러나 선물로 받은 잠옷을 자주 입지는 않았다.

마음이 불편해서가 아니라, 그 잠옷보다 더 신축성이 좋은 민소매 티셔츠와 짧은 반바지가 내게는 더 편안함을 주었기 때문이다.

그 후로도 오랫동안, 나는 그 잠옷을 아주 가끔 입기도 하면서 장롱 속에 보관하고 있었다.

그런데 언제 어떻게 사라졌는지, 지금은 나의 옷장에서 그 잠옷은 찾을 수 없다.

또 한 번은 학생의 어머니께서 상담을 마치고 돌아가셨는데, 어머니께서 종이 쇼핑백을 교무실 내 책상 아래에 두고 가셨다.

그날은 시간이 없어 내용물을 확인하지 못했다.

다음 날 쇼핑백 안에 들어있는 선물 상자 포장을 뜯어보니, 국내 브랜드의 제법 비싸 보이는, 손에 들고 다니는 갈색 핸드백이 들어있었다.

나는 당황스러워 다시 포장하여 쇼핑백에 넣었다. 그러고는 교무실 캐비닛에 넣어 두었다.

학생 모르게 돌려줄 방법을 고민하다 며칠이 지났다. 캐비닛에 넣어둔 쇼핑백이 눈에 띄지 않으니 깜박 잊고 또 며칠이 지났다.

그렇게 나는 돌려드려야 하는 타이밍을 놓치고 말았다.

그때부터 그 핸드백은 내 마음의 짐이 되었다.

들고 다닐 수도 없고, 뒤늦게 돌려 드리자니 그것도 민망한 일로 생각되었다. 선물 받은 것이라 남을 주기에도 그분에 대한 예의가 아닌 것 같았다.

그렇게 세월이 흘러 그 핸드백을 선물 받은 지 20년이 넘었다.

그러나 나는 아직도 그 핸드백을 사용하지는 않는다.

딱 한 번 소개팅하러 나갈 때 들었던 적이 있는데, 마음이 편하지 않았다.

그 후 그 핸드백은 안방 드레스룸에 고이 모셔져 있다.

저 가방을 어떻게 해야 하나 고민도 많이 했다. 내가 들지도 못하고, 그렇다고 남을 주지도 못하겠다.

한 번은 내가 좋아하는 크로스오브 그룹 팬클럽에서 기부앨범 모금을 하는 마켓을 운영하는데, 거기에 기부할까도 생각해 보았지만, 그것도 마음이 편치 않았다.

그래서 나는 연말에 이웃돕기 모금할 기회가 생기면, 바자회 물품으로 내야지 생각하고 있다.

생각지도 않게 마음의 짐이 된 핸드백, 내 마음이 왜 그런지는 나도 모르겠다. 마음이 불편한 것을 참지 못하는 나는, 그 가방 때문에 많은 날을 괴로워하며 지냈다.

긴 세월 동안 아는 체 하지 않고, 웃 방에 가두어 둔 가방에 미안한 마음도 있다. 아니, 지금은 그 가방이 온전하게 잘 살아 있는지 걱정된다. 오랜 세월에 상하지나 않았는지, 가방의 안부를 확인해야겠다.

그 가방을 선물해 주신 어머니의 딸은 지금 시내에서 작은 커피숍을 운영 중인데, 나는 가끔 그 커피숍에 들러 얘기를 나누며 지낸다.

장거리 출퇴근을 하는 나는 직장이 있는 밀양에서 차를 마실 일이 드물다. 그러나 차를 마실 일이 생기면 이왕이면 제자한테 가서 마시고 싶다.

대부분 지인과 함께 가지만, 가끔은 혼자 가서 수다를 떨기도 한다. 갈 때마다 내가 시킨 커피 외에 작은 케이크 조각을 내어주는 제자가 참 예쁘다.

나뿐만 아니라, 손님이 차를 다 마시고, 빈 잔을 앞에 두고 앉아 있으면, 꼭 맜차를 리필해 드린다.

손님에게 인정을 베푸는 제자의 선한 마음이 참 보기가 좋다.

겉보기에는 자주 찾아갈 것 같은 커피숍이 아니다.

규모도 작지만, 시내 중심가 인근의 단독주택이 많은 주택가에 있어, 눈을 즐겁게 할 만한 좋은 경치가 보이는 곳도 아니다.

외형은 딱히 손님이 많이 올 것 같지 않은 작은 커피숍이지만, 코로나 상황에서도 꾸준히 장사가 되었다고 하니, 젊은 여사장의 매력에

끌려 단골손님이 꾸준히 찾아주시지 않았나 생각한다.

참 다행이다.

나는 녀석에게 좀 더 적극적으로 운영해서 규모를 좀 키워보라고 조언한다. 그래서 직원도 두고, 짬짬이 여가 생활도 하면서 지내라고 말한다.

그러나 지금 생활에 만족해하는 녀석은 큰 욕심도 없다. 애교도 없고, 조금은 무뚝뚝한 말투의 젊은 여사장, 커피숍 여사장의 이미지는 아니다. 그러나 겉으로 보이는 것보다 감춰진 매력이 더 많은 여사장이다.

나는 녀석이 멋진 남성과 아름다운 사랑도 나누고, 항상 행복하기를 기원한다.

다시 돌아간다면

　학부모회 업무 담당 교사와 학부모가 함께하는 연수를 받으러 지역 교육청에 갔다.

　우리 학부모님은 지각을 하실 모양이다.

　뜻밖에 오래전, 우리 학교에 기간제로 계시다가 다른 학교로 간 선생님이 반갑게 인사를 한다.

　둘이 서로 안부를 주고받고, 비어 있는 자리에 가서 앉았다.

　아직 코로나 상황이 끝나지 않아 마스크를 착용하고 있다.

　잠시 호흡을 고르고 나니, 옆에 앉아 있던 젊은 학부모 한 분이,

　"선생님! 저 아시겠어요?"

하며 인사를 한다.

　나는 바로 알아차렸다. 어떻게 모를 수 있겠는가.

　그녀는 고등학교 1학년 때, 내 반이었던 나의 첫 제자였다.

　졸업 후 한 번도 본 적은 없지만, 간간이 녀석의 동기로부터 소식은 듣고 있었다.

　밀양의 유명 관광지에 수영장이 있는 제법 큰 펜션을 운영하고 있고, 중학생 학부모라는 정도는 알고 있었다.

　녀석은 무남독녀로, 1학년 때 녀석의 동네로 소풍을 가게 되었는데,

어머니께서 집에서 담근 백도 병조림을 들고 소풍지까지 찾아오셨던 기억이 난다.

서로 안부를 묻고, 이런저런 얘기를 나누었다.

연수가 시작되고, 강사님께서 이런 질문을 하셨다.

타임머신을 타고 시간을 마음대로 돌릴 수 있다면, 어디로 가고 싶은지? 과거로 가고 싶은지? 미래로 가고 싶은지?

과거 또는 미래로 가고 싶다고 말하는 사람, 지금이 가장 행복해서 돌아가기 싫다고 말하는 사람 등 다양한 대답이 나왔다.

나는 미래로 가고 싶다고 말했다.

36년 동안 직장 생활을 하다 보니 쉬고 싶다는 생각도 있었지만, 퇴직 후 나의 버킷리스트를 하나씩 실행에 옮기고 싶었기 때문이다.

아침 시간 클래식 음악을 틀어 놓고, 여유 있게 보이차를 우려 마시면서 한가롭게 지내고 싶다.

몇 달이든 제주에서 생활하면서 오름을 모두 정복하고 싶다. 그리고 오랜 꿈이었던 글을 써서 책도 내고 싶다.

미래를 생각하다 문득, 과거로 가라고 하면 나는 어디로 가지?

스스로에게 질문을 던져본다.

우선 과거로 간다면, 중학교 시절로 돌아가 벼락치기가 아닌, 제대로 공부를 해 보고 싶다. 학창 시절 나는 있는 힘껏 공부하지 않고, 늘 적당히 했던 것 같다. 그래서 미련이 남는 것인지도 모른다.

그때 최선을 다해 공부했더라면 어땠을까. 지금쯤 나는 아마 대학 강단에 서 있을지도 모르겠다.

또 대학 시절로 돌아가 여러 동아리에 가입하여 다양한 활동에 적극적으로 참여하고 싶다.

이런저런 여러 생각 끝에 나의 직장 생활을 돌아본다.

교사로서 나의 생활은 어떤가? 나는 행복한가?

학교에 근무하면서 두 번의 권태기가 있기는 했지만 길지는 않았고, 나는 교직이 천직이라고 생각하면서, 교사가 된 것을 후회 한 적이 없다. 내 스스로는 매 순간 진심으로 아이들을 대했기에 후회는 없다.

그러나 아이들에게, 나는 어떤 교사로 비쳤을까를 생각해 보니, 아쉬운 점이 너무나 많다.

초보 교사 시절, 나의 지도에 반항하는 학생을 지혜롭게 다독이지 못한 것이 마음에 걸린다. 중도에 학교를 그만두려는 학생을 설득하여 막지 못한 일도 후회된다. 사랑이라는 이름으로 매로 생활지도를 했던 일도 후회한다.

나에게는 존경하고 싶은 선배 교사가 있었나?

몇 분 떠오르는 사람이 있기는 하지만, 꼭 그분이라는 확신이 없다.

교사의 역할에 대한 참교육을 누군가로부터 제대로 받았더라면 하는 아쉬움이 남는다.

초보 교사 시절, 스스로 학생에게 사랑받는 교사가 되고 싶다는 생각은 했지만, 존경받는 교사가 되고 싶다는 생각은 한참 후에야 하게 되었다.

방학 때마다 빠짐없이 연수도 받고, 자기 계발을 위해 애썼다. 사이버 연수라도 들으려 애썼다.

연수 없는 방학을 보내는 것이 왠지 불편했고 아이들에게 미안했다.

그런데도 아쉬움이 많다.

나는 매 순간 거짓 없이 진심으로 아이들을 대했다.

그러면서 내 마음을 알아 달라 소리 없이 외쳤고, 몰라주는 아이들에게 서운한 마음을 숨겨야 했다.

지금 생각하면 참 어이없는 일이다.

아이들의 마음을 더 깊게 이해하려고 하는 마음보다, 나의 진심을 알아주기를 바라는 마음이 더 컸던 것 같다.

그래서 나는 아이들의 세상을 온전히 이해하지 못해 더 아파해야 했던 것이라는 생각이 든다.

나의 제자들에게 미안한 마음을 전한다.

다시 돌아간다면, 청소년의 심리에 대해 더 많이 공부하고, 아이들을 넓은 가슴에 품고 싶다. 교사의 역할과 교사다움에 대해 더 많이 연구하고 고민할 것이다. 무슨 일이 있어도 매로 생활지도를 하지는 않을 것이다.

그러나 다 소용없는 일. 과거는 되돌릴 수 없으니까.

나는 초보 시절을 생각해서, 선배 교사로서 후배 교사에게 내 경험에서 얻은 진심 어린 조언을 할 때가 있다.

그러나 그것도 하지 말아야겠다고 마음먹었다.

나는 아끼는 마음에서 한 말인데, 예민한 선생님은 일 못한다고 책망하는 것으로 받아들이는 것이다.

그런데도 성격상 모르는 척 넘어 가지지 않는다. 업무처리에 있어 실수가 보이면, 알려 주면서 이렇게 하는 것이 좋지 않겠냐고 말한다.

고맙다고 말은 하지만, 그 말이 진심인지는 알 수가 없다.

어떤 교사는 끝까지 자기 실수를 시인하지 않고, 변명만 줄줄이 늘어놓는다.

참 기운 빠지는 일이다.

다시는 말하지 않으리라 다짐하면서 스스로 내려놓는 연습을 수없이 되풀이하며 생활한다.

이런 나에게 친구들은 자칫 잘못하다가는 갑질한다는 소리 듣는다며, 나를 말린다.

그래서 나는 하고 싶은 말이 있어도 종종 참게 된다. 나이 들면 입은 닫고 지갑은 열라는, 누군가의 말을 매일매일 새기며 산다.

'꼰대'는 되고 싶지 않아

　매일 같이 공원 산책로를 걸으며 운동하고 사색도 하고 있다.

　중년의 나이로 접어들면서 건강을 지키기 위한 몸부림으로 시작한 일이었는데, 이제는 습관이 되어버렸다.

　코로나19 상황으로 답답한 일상을 보내고 있지만, 계절은 어김없이 찾아와 봄의 전령사들이 앞다투어 자신만의 매력을 뽐내며, 우리의 시선을 사로잡고 있다.

　하천을 따라 길을 걷다 보면 변화무쌍한 자연의 풍광들에 마음까지 정화되는 기분이다.

　개울물 흐르는 소리와 이름 모를 새소리, 나뭇가지를 스치는 바람 소리가 귀에 스며든다. 왜가리와 백로, 오리, 까치와 까마귀들도 자신의 존재를 알리려 날개를 퍼덕인다. 매화와 벚꽃, 백목련과 자목련, 개나리와 산수유도 수줍은 듯 살며시 얼굴을 내민다.

　비슷한 듯 다른 봄꽃들을 들여다보면 같은 세상을 사는 우리의 모습과 닮았다고 생각하게 된다.

　각자의 위치에서 저마다의 소질과 능력을 발휘하며 자신의 책임과 역할을 충실히 수행하고 있는 우리 아이들, 친구들, 선배님들, 후배들, 각양각색 하는 일은 달라도 언제나 동심이 머무는 곳은 오직 한 곳,

학창 시절 추억이 깃든 교정이 아닌가 하는 생각을 해 본다.

어릴 적 더없이 넓게만 보이던 학교 운동장이 어른이 되어 찾았을 때, 너무 작게 느껴졌던 경험, 세상이 변했기 때문이라 생각했지, 내가 변했다는 사실을 미처 깨닫지 못한 짧은 순간이 있었다.

돌아보면 세상도 변하고 나도 변했다. 너무도 빨리 돌아가는 세상에 뒤처지지 않으려고 안간힘을 쓰며 살아온 것 같다.

나는 젊은이들이 말하는 '꼰대'가 되고 싶지는 않다.

'꼰대'는 젊은이들이 사용하는 은어로 권위적인 늙은이를 일컫는 말이다. 늙은이는 시대에 뒤떨어져 말이 통하지 않는다는 것이다.

그래서 나는 꼰대가 되지 않기 위해 몇 가지 노력을 하고 있다.

첫 번째, 반복해서 말하지 않고, 되도록 말을 적게 한다(묻는 것에만 대답하고, 필요한 것만 말한다.).

두 번째, 내가 틀릴 수 있다는 것을 인정하고, 내 생각을 타인에게 강요하지 않는다.

세 번째, '나 때는 말이야.'라는 말을 사용하지 않는다(현세대를 이해하고 공감한다.).

네 번째, 상대방의 얘기를 잘 들어준다(나이와 경력에 상관없이 상대방을 존중한다.).

다섯 번째, 끊임없이 배운다.

누군가는 이렇게 말했다.

나이가 들었다는 것은 새로운 걸 받아들이지 못할 때라고 말이다.

그 말을 듣는 순간, 나는 정신이 번쩍 들었다. 적당히 안주하고 편하게 살고 싶었던 마음을 들켜버린 것 같았다. 참 맞는 말인 것 같다.

4차 산업혁명 시대 운운하며 새롭게 등장하는 각종 디지털기기에 채 적응하기도 전에, 더 업그레이드된 새로운 기기들이 등장한다.

숨이 찰 노릇이다.

정말이지 배움은 끝이 없다.

슬픈 것은 나이 들어 배우는 게 정말 어렵다는 것이다.

그놈의 기억력은 어디로 도망을 갔는지 외워도 돌아서면 잊어버린다. 학창 시절 삼십 분이면 외워지던 것들이 세 시간을 외워도 극히 일부만 기억난다. 그마저도 며칠 지나면 기억이 나지 않는다.

참으로 안타깝고 화가 나는 일이다.

그렇다고 누구를 탓할 수도 없다. 그저 매일 밥을 먹듯 반복하는 것밖에 다른 길이 없다.

나이는 숫자에 불과하다.

참 위로되는 말이다.

그래서 나는 배움을 멈추지 않으련다. 새로운 것을 배우고, 갈고 닦아, 젊게 산다는 말을 듣고 싶다.

왜냐하면 나는 정말 '꼰대'는 되고 싶지 않기 때문이다.

내가 오랜 세월을 아이들과 생활하다 보니 스스로 학생들의 눈높이에 맞추려고 노력을 한 탓인지, 아니면 철이 덜 든 건지 몰라도, 사람들은 내 나이를 들으면 깜짝 놀라면서, 나이보다 십 년 이상 젊어 보인다고 말한다.

그러면 나는 농담 삼아,

"제가 방부제를 너무 많이 먹어서 그런가 봐요."

하고 농담으로 받아준다.

그러면 모두 빵 터진다.

지금은 가공식품을 빼고 먹기는 어려운 식생활이 되고 보니, 나의 농담이 먹히기도 한다.

오래전 돌아가신 아버지께서 하신 말씀이 생각난다.

초등학교 교사는 초등학생 시근(철)이고, 중학교 교사는 중학생 시근이고, 고등학교 교사는 고등학생 시근이라고.

그러면서 하시는 말씀이, 아버지 친구분 중에 교사 딸을 둔 분이 몇 분 계시는데, 무의식중에 말투가 가르치려 든다는 것이다.

그 말씀을 하시는 것으로 보아, 나한테서도 그런 말투가 느껴지는 것은 아닌지 염려되어 엄청나게 말조심했었다.

학생 시근과 같다는 말은 세상물정 모르는 순진한 사람이라는 뜻과도 같으니, 내가 젊게 보이는 이유가 우리 아이들 때문이라고 생각하여, 나는 늘 아이들에게 고맙게 생각하며 지낸다.

되도록 아이들 눈높이에서 그들을 이해하려 애쓰다 보니 어려지는 것이 아닌가 생각하며 스스로 웃어본다.

작은 목걸이가 주는 감동

1997년 5월 스승의 날, 그날을 나는 좋은 추억으로 간직하고 있다.

교사가 되어 처음 담임을 맡았던 해, 교육설명회에 참석하신 우리 반 어머니 몇 분이 얼마의 돈을 거두셨다며, 돈봉투를 내밀어 나를 당황하게 한 적이 있었다.

그때 나는 깜짝 놀라며, 그 돈봉투를 극구 사양했다.

그 일이 있고 난 후, 나에게 촌지란 건 없었다.

그러나 고백하건대, 스승의 날 일절 선물을 받지 않는 것은 아니다.

고등학교 근무할 때는 스승의 날 아이들이 마음을 모아 작은 선물을 해 주었고, 나는 기쁜 마음으로 받았다.

1990년대, 그 당시 내가 받은 선물은 대체로 식기 종류였다.

아마도 내가 미혼이라 필요하리라 생각했던 모양이다.

커피잔, 다기 세트, 뚜껑이 있는 물컵, 면기, 오르골 보석함, 유리컵 세트, 손수건 등이 떠오른다.

제일 비싼 선물은 우리 반 아이들이 돈을 모아 사준 장지갑이었다.

우리 반 반장이 아이들과 얼마씩 돈을 거두어 선물을 사주었는데, 그때는 작은 정이라 생각하고 받았는데, 지금 와서 지난 일을 돌아보니, 결코 자랑스러운 일은 아니라는 생각이 든다.

나는 1994년 나의 첫 제자들과 만났다.

그때 우리 반 반장은 소탈한 성격에 인정이 많고, 예의가 바르며, 착한 학생이라 선생님들은 물론 급우들 사이에서도 신임이 두터웠다.

눈치 빠른 녀석이 반장 역할을 아주 잘해 주어 담임으로서 참으로 많은 도움이 되었다.

그래서 지금까지도 녀석에게 고마운 마음을 가지고 있다.

어느 날 학급에서 담임 생일 파티를 한다고 난리가 났다.

나는 우리 반 아이들에게 내 생일을 알려 준 적이 없다.

그런데 그 당시 학교 서무실에 근무하던 한 학생의 언니로부터 호적상 생일을 알아내어 내 생일을 챙겨주던 아이들이다.

아버지께서 앞으로는 모두 양력을 사용하게 될 것이라며, 출생신고를 하실 때, 양력 생일을 올리셨다고 한다.

선견지명이 있으셨던 것일까, 내 친구들은 모두 음력 생일로 출생신고를 하였는데, 나는 양력 생일로 출생신고를 한 것이다.

감사한 일이다.

그러니까 우리 반 아이들은 나의 양력 생일에 생일 축하를 해준 것이다. 떡과 음료수를 준비해서 교무실에 계신 선생님은 물론이고, 학급 전체 학생들이 함께 나눠 먹으면서, 아주 성대하게 내 생일을 축하해주었다.

나는 행여 아이들에게 부담이 되었을까 걱정되어 조심스럽게 반장에게 물었다.

도대체 돈을 얼마나 거뒀냐고 물었더니, 반장이 하는 말,

"선생님! 저도 깜짝 놀랐어요. 아이들이 반대할까 봐, 천 원씩 거두

자고 했더니, 뜻밖에도 ○○이가 '천 원 가지고 뭐하겠나. 이천 원씩 거두자.' 이렇게 말하는 거예요."
라고 말하였다는 것이다.

○○이는 평소 학급 일에 제동을 제일 많이 거는 학생이라 깜짝 놀랐다는 것이다.

나도 깜짝 놀라고 어찌나 고맙던지, 두고두고 생각하게 된다.

그때 선물 받은 예쁜 지갑을 애지중지 가지고 다녔는데, 어느 날 집에서 책상 의자에 가방을 둔 채 집안일을 보았는데, 나중에 보니 지갑이 없었다.

단독주택 1층에 내 방이 있었는데, 창문을 열어 놓고 있었던 것이 잘못이었던 듯하다.

아끼던 지갑을 도둑맞고 속상해하던 나를 기억하고는 다음 해 스승의 날, 잃어버린 지갑과 비슷하지만 다른, 예쁜 지갑을 선물해 주어 나를 감동하게 한 아이들이다.

정말 내가 가진 것을 모두 내어주어도 아깝지 않을 나의 사랑하는 제자들이다.

나는 녀석들이 선물한 지갑의 모서리가 마르고 닳도록 들고 다녔고, 낡아서 더 이상 사용할 수 없는데도 오랫동안 버리지 못했다.

나는 아이들이 준 선물에 대한 보답으로 아이스크림이나 과자 등을 한두 번 돌렸지만, 그 아이들의 마음은 두고두고 꺼내서 생각하게 하는 내 마음속 소중한 보물로 간직되어 있다.

1997년 그해, 스승의 날은 내게 가장 기쁘고 의미 있는 하루로 기억하고 있다.

고등학교를 졸업하고 새내기 대학생이 된 녀석 넷이 돈을 모아 샀다며, 하트 모양의 작은 핑크 큐빅이 박힌 아주 가늘고 작은 목걸이를 사 들고 나를 찾아왔다.

잊지 않고 찾아와 준 것만도 정말 고마운 일인데, 학생 신분으로 용돈을 아껴 산 귀한 선물까지 받으니, 어찌 행복하지 않을 수 있겠는가. 보고 또 보고, 애지중지, 너무나 마음에 쏙 드는 기분 좋은 선물이라 평생의 귀한 선물로 지금도 간직하고 있다.

나에게 이 작은 목걸이는, 그냥 목걸이가 아니다.

정말 귀한 사랑의 목걸이다.

졸업생이 주는 선물이니 마음의 부담이 없어 좋고, 그래도 내가 나쁜 선생님은 아니었나보다 스스로 위로받는 마음도 있다.

이렇게 찾아와 주는 제자들이 있어 교사로서 보람을 느낄 수 있게 해 주는 사랑의 목걸이다.

그래서 나는, 참 행복한 사람이다.

아주 특별한 소풍

　2010년 10월 무렵, 학교를 졸업한 지, 한참이 지나 결혼하고, 대구와 가까운 경산에서 신혼생활을 시작한 아끼는 제자한테서 아주 오랜만에 전화가 걸려 왔다.

　이런저런 지난 얘기로 안부를 주고받고, 친한 친구 한 명 한 명 안부를 물으며 한참 수다를 떨다 문득 생각나서, 다음 주 금요일 학생들을 데리고 대구 놀이공원으로 가을소풍을 간다고 말했다.

　녀석은 반가운 마음에 깜짝 놀라며, 마침 그날이 휴무라며 놀이공원으로 나를 만나러 오겠다고 한다.

　녀석의 말을 듣고 나는 반가움과 기쁨의 웃음을 감추지 않았다. 앞뒤 가릴 것 없이, 우리 둘은 그렇게 소풍날 놀이공원에서 만나기로 약속했다.

　녀석은,

　"선생님! 뭐, 드시고 싶으세요? 제가 다 사서 갖고 갈게요."

　하고 말한다.

　나는 그냥 오면 된다고 했지만, 재차 빈손으로 갈 수는 없으니, 뭐가 좋을지 말해 달라고 하여, 나는 선생님들 드실만한 간식 조금만 사서 오라고 했더니, 어떤 선생님들이 함께 오느냐고 묻는다.

나는 나를 제외한 나머지 선생님들의 성함을 일일이 말해주었다.

"선생님 빼고는 모두 남자 선생님이시네요."

하고 녀석이 말한다.

"그러네."

하고 말하고는 둘이 함께 웃었다.

그렇게 우리는 한참을 웃고 떠들다 전화를 끊었다.

다음날 옆자리 선생님께서,

"선생님 무슨 좋은 일 있으세요?"

하고 묻는다. 나는

"없는데. 왜?"

하고 말했더니, 무슨 좋은 일이 있는 사람처럼 기분이 아주 좋아 보인다는 것이다.

아마 나도 모르게 계속 웃고 생활했나 보다.

그랬다. 나는 녀석을 만난다는 사실에 흥분되어 철없는 아이처럼 마냥 소풍날을 기다리며 설레기까지 했다.

고등학생을 데리고 놀이공원으로 소풍을 가면 학생들은 신이 나서 뛰어다니며 놀지만, 선생님들은 그 긴 시간을 보내는 것이 정말 지루하다.

그래서 읽을 책을 들고 가기도 하고, 평상 하나를 임대하여 둘러앉아서 온갖 얘기들을 나누면서 지루한 시간을 보낸다. 참으로 하루가 길게 느껴지는 날이다.

그러나 이번 소풍은 아주 특별하다.

기다리던 소풍날이 되어 학생들을 데리고 놀이공원으로 갔다.

차에서 내리기 전에 소지품 관리와 이런저런 안전과 관련한 주의 사항을 한 번 더 일러주고, 버스에 탑승할 시간을 알려 주면서 반드시 시간을 지킬 것을 강조하였다.

미리 예매한 자유이용권을 찾아 하나씩 손목에 채워주니, 앞다투어 놀이공원 안으로 달려간다.

아이들이 다 들어간 것을 확인하고는 동행한 선생님들과 천천히 놀이공원 안으로 걸어 들어가 평상 하나를 빌려 자리를 잡았다. 함께 한 선생님들과 이런저런 얘기를 나누면서도, 나는 휴대폰을 손에서 놓지 않았다.

녀석이 도착할 시간에 맞추어 나는 놀이공원 입구로 마중을 갔다. 졸업생 녀석은 간편한 복장으로 등에 배낭 하나를 메고 왔다.

반가움에 서로 손을 잡은 채 긴 인사를 나누고, 걸음을 옮겨 일행들이 있는 평상으로 걸어 올라갔다.

평상에 앉아서 쉬고 계시던 선생님들과도 반가움의 인사를 나누고, 우리는 다시 평상에 둘러앉아 자리를 잡았다.

잠시 후 졸업생이 배낭에서 주섬주섬 꺼내는 간식을 보고 남자 선생님들의 입이 떡 벌어졌다. 좋아서 어쩔 줄 모르겠다는 표정이었다.

그리고 우리는 함께 큰 소리로 웃었다.

녀석이 꺼내 놓은 간식은 막걸리 두 병과 부추전이었다. 그야말로 약주 좋아하시는 선생님들의 취향을 알고, 맞춤형 간식을 만들어 온 것이다. 그날 막걸리와 부추 전을 앞에 두고 주거니 받거니 많은 이야기를 나누었다.

17살 풋풋한 나이에 나와 처음으로 인연을 맺은, 나의 첫 제자 중

한 명이다. 교사로서 첫발을 내딛는 시기에 만났던 녀석들이라 유독 애정이 가고, 지금도 가장 많은 수의 이름을 외우고 있는 녀석들이기도 하다.

녀석은 중학교 때, 축구를 했다며, 짧은 커트 머리를 하고 활발한 모습으로 다녀 학교를 졸업한 지 십 년이 지났지만, 선생님들도 모두 기억하고 계셨다.

우리는 녀석의 학창 시절 얘기부터 현재 근황까지, 녀석의 동기생들 안부까지 정말 많은 얘기를 나누었고, 주변의 눈치 안 보고 정말 큰 소리로 마음껏 웃었다.

놀이공원이라 아이들의 소란스러운 소리가 우리 일행들의 조금은 예의 없는 큰 웃음소리를 너그럽게 받아주었다.

그렇게 웃고 떠들다 보니 집으로 돌아갈 시간이 되었다. 미리 버스로 가서 학생들을 기다려야 했기 때문에 녀석과 나는 아쉬운 작별 인사를 나누었고, 나는 버스로, 녀석은 집으로 돌아갔다.

그날 우리 일행은 정말 시간 가는 줄 모르고 긴 하루를 즐겁게 보냈고, 아쉬운 마음으로 하루를 마무리한, 정말 특별하고 소중한 소풍을 보냈다.

그날 놀이공원까지 나를 보러 찾아와 준 녀석이 너무도 고맙고, 감사하다. 그날의 일은 내 가슴에 진한 추억의 한 장면으로 아직도 깊게 남아있다.

학교를 졸업하고 나면 마음은 있지만, 학교를 찾는다는 것이 그리 쉽지 않다는 것은 누구나 알고 있다.

어쨌거나 보고 싶은 선생님만 보는 것도 아니고, 여러 선생님이 함께 계신 곳이라 부담도 되고 부끄럽기도 했을 텐데, 그런데도 기꺼이 경산에서 대구까지 나를 보러 찾아와 준 녀석의 마음이 너무 예쁘고 고마워 감동하지 않을 수 없다.

녀석은 지금까지도 연락을 주고받으며 지내는데, 또다시 고맙다는 말을 전하고 싶다.

아버님의 생일 축하 편지

2001년 9월 7일, 여느 날과 다름없이 아침에 출근하여 교무실에 들어섰는데 선배 교사께서,

"임 선생, 책상에 꽃이 피었다."

라고 말씀을 하신다.

무슨 말씀이지, 생각하며 내 자리로 갔다.

뜻밖에도 내 책상 위에는 예쁘게 포장된 선물 상자와 꽃으로 가득한 대바구니가 놓여 있다. 웬 꽃이지, 생각하며 꽃바구니를 살펴보니, 생일 축하 카드가 꽂혀있었다.

나는 집에서 음력 생일을 지낸다.

그러니 오늘은 내 생일이 아닌 셈이다.

그런데 또 알고 보니, 오늘이 내 양력 생일, 즉 호적상의 생일이기도 하다.

선물을 보낸 사람은 우리 반 학생의 가족 일동이었다.

어떻게 알고 선물을 보냈을까 생각하면서, 조심스럽게 선물 포장을 뜯어보았다.

선물 상자에 들어있는 생일 축하 편지를 읽는 순간 가슴이 찡해 옴을 느꼈다. 내가 받은 선물 중 가장 기쁜 선물이라 감히 말할 수 있다.

선물은 우리 반 학생의 가족들이 보낸 것이었다.

학생의 부모님은 시내에서 중저가 브랜드 옷 가게를 하고 계셨는데, 상자에는 가게에서 파는 브랜드의 다이아몬드 무늬가 있는 초록색 조끼와 흰 양말, 헤어밴드, 손수건, 볼펜 등을 비롯한 작은 선물 8가지가 담겨 있고, 그 위에 학생의 아버님께서 직접 손으로 눌러쓰신 손 편지가 들어 있었다.

편지를 읽다 보니 이 선물을 온 가족이 함께 준비하고 포장하는 모습이 머릿속에 그림으로 그려지면서 가족의 정성이 느껴졌다.

이런 선물을 받고 감동하지 않을 사람이 몇 명이나 있으랴.

다음날 나는 오징어 한 축을 감사의 선물로 보냈다.

오징어를 받으신 어머니께서, 우리 가족이 오징어를 좋아하는 줄 어떻게 알았냐며 고맙다는 인사를 하셨다.

나는 늘 학생들을 진심으로 대하고자 노력한다.

대부분은 그저 평범한 하루하루를 살아가지만, 때때로 공동체 생활의 규칙이나 질서 등을 무시하고, 제멋대로 구는 녀석들이 있다.

흔히 말이 통하지 않는다고 느끼는 녀석들이 있어 속이 타고 상처를 받을 때가 있다.

그럴 때는 정말 힘이 든다. 도무지 말이 통하지 않고, 벽하고 대화하는 듯 답답함을 느낄 때가 종종 있다.

그래도 가끔 나의 진심을 알아주는 녀석들 덕분에 상처가 치유된다.

이 선물의 주인공 또한 나의 진심을 알아주는 녀석 중 한 명이다.

나는 녀석에게서 많은 위로를 받았다.

한 해를 마무리하고 겨울방학을 맞아 홀가분한 마음으로 며칠을 한

가롭게 쉬었다.

　부모님이 계시는 집으로 가기 위해 자취방을 정리하고 있는데, 녀석의 어머니로부터 차 한잔하자는 전화가 왔다.

　나는 무슨 일이지 하면서도 기쁜 마음으로 응했다. 내 생일날 너무나도 감동적인 선물을 보내주셨기에, 이번에는 내가 커피를 사리라는 마음으로 기꺼이 약속 장소로 갔다.

　밀양강이 보이는 어느 커피숍에서 어머니를 만났는데, 한 해 동안 고생하셨다는 말씀과 함께 화장품 세트를 선물로 주셨다.

　내가 받을 수 없다며 사양하자, 어머니께서는 선생님만 드리는 것이 아니고, 초등학교 때부터 매년 한 해를 마치면 아이들 담임 선생님께 감사의 선물을 드렸다고 말씀하신다.

　하물며 우리 아이가 좋아하는 선생님이신데 이보다 더 큰 것도 할 수 있지만, 선생님께서 부담을 느끼실까 봐 예년과 같은 것으로 준비했으니, 부담 가지지 말고 받아 달라는 것이었다.

　나는 더 이상 사양할 수 없어, 선물을 받았다.

　한 해 동안 있었던 이런저런 일들에 대해 많은 이야기를 나누고, 저녁 무렵 선물로 받은 화장품 세트를 들고 집으로 왔다.

　학부모로부터 선물을 받았지만, 전혀 마음이 불편하지 않았다.

　학기 초라면, 난 이 선물을 받지 않았을 것이다. 왜냐하면 마음이 불편하여 견디기 힘들 걸 알기 때문이다.

　그런데 한 학년을 마치고 감사의 마음을 담아서 주시는 선물이니 고맙고도 감사한 마음으로 받았다.

　이 가족은 참 건강하고 화목한 가정이라는 생각이 든다.

고등학교 남학생이 이처럼 부모님께 학교에서 있었던 얘기를 스스럼없이 나눌 수 있다는 것이, 그것을 증명한다.

선배 교사들의 얘기를 듣다 보면, 청소년기 아들이 아버지와 한 공간에 앉아 있는 것을 거부한다고 푸념하시는 분도 계신다.

고등학교 남학생이 아버지와 친구처럼 지내는 것은 그리 흔하게 볼 수 있는 풍경은 아니기 때문이다.

학생들을 자세히 관찰하다 보면, 늘 밝고 환하게 웃는 녀석이 있는가 하면, 3년 동안 웃는 모습을 본 적이 없다는 생각이 들게 하는 녀석도 있다. 그리고 그런 학생들의 모습 뒤로 어쩔 수 없이 가정의 분위기가 연상되기도 한다.

우리 청소년들을 건강하고 바람직한 민주 시민으로 잘 키우기 위해서는 학부모와 학교, 우리 사회가 함께 노력해야 한다는 것은 누구나 알고 있다.

그러나 말처럼 쉽지 않다.

중요한 것은 부모님께서 행복하셔야 자녀들도 행복하다는 사실을 잊지 않으셨으면 한다.

"내 제자가 사줬어."

2007년 10월 무렵의 일로 기억한다.

나이를 먹다 보니 동창들로부터 부모님이 돌아가셨다는 연락을 받는 일이 점점 늘어가고 있다.

그날은 울산에 살고 있는 초등학교 동창의 어머니께서 돌아가셨다는 연락을 받고, 동창생 친구들이 모여 차 한 대로 문상을 가게 되었다.

울산까지 문상을 가게 되니, 그곳에 살고 있는 여고 동창생 친구 생각도 나고, 나의 첫 제자 사랑하는 휘트니(별명)도 생각났다.

누구에게 전화를 걸까 생각하는데, 손가락은 벌써 휘트니의 전화번호를 누르고 있었다.

전화기 너머에서 반가운 휘트니의 목소리가 들렸다.

서로 안부를 주고받았고, 울산에 간다고 하니, 마침 퇴근하는 중이라며, 울산까지 오셨으니, 차라도 한잔하고 가시라며 반갑게 맞아준다.

나는 장례식장이 있는 병원 이름을 알려 주었다.

휘트니는 내가 있는 병원 근처로 오겠다고 말했고, 우리 둘은 근처 호텔 커피숍에서 만나기로 약속했다.

같이 간 친구들과 문상하고, 장례식장 한 테이블에 모여 앉은 우리

들은 상주와 인사를 나누고, 돌아가신 분에 대한 이런저런 얘기도 듣고 위로의 말도 해 주었다.

그러고는 오랜만에 보는 친구들과 서로 인사를 나누고 안부를 물었다. 그러다 문득, 옆에 앉아 있던 한 친구가 귓속말로

"은주야! ○○이 한번 봐."

하고 말했다.

나는 그 친구를 유심히 살폈다.

내가 느낀 불편함을 옆에 앉아 있는 친구도 똑같이 느낀 모양이다.

그 동창은 온몸에 장신구를 하고 나타났는데, 장소가 장소이니만큼 영 보기가 좋지 않았다.

망자의 명복을 빌고, 상주를 위로하기 위해 모인 자리에 귀걸이, 목걸이, 반지 등을 주렁주렁하고 나타난 모습은 결코, 교양 있는 사람으로 보이지 않았다.

그 모습을 보고 나만 불편함을 느낀 게 아닌 모양이었다.

그러나 정작 본인은 알지 못하고, 부끄러움은 함께 한 동창들의 몫이 된 것 같았다.

그렇게 이런저런 얘기를 나누며 장례식장에 앉아 있는데, 휘트니에게서 전화가 왔다.

나는 먼저 일어나서 나오면서, 같이 간 친구에게 집에 갈 때 전화해 달라고 부탁했다.

나는 시간 맞춰 휘트니와 만나기로 약속한 장소인 근처 호텔 커피숍으로 걸어갔다.

커피숍에서 만난 우리는 서로 반가움의 인사를 나누고, 한참 동안

이런저런 얘기를 주고받았다. 아직 못다 한 얘기들이 많은데, 같이 간 일행들로부터 집에 가자는 전화가 와서 급하게 대화를 정리하고 헤어지게 되었다.

참 많이 아쉬웠다.

계산하고 나오는 휘트니를 밖에서 기다리는데, 휘트니의 손에 종이 쇼핑백이 하나 들려있었다.

휘트니는 종이 쇼핑백을 건네주면서,

"댁으로 가실 때, 차 안에서 친구분들과 드세요."

하고 말했다.

종이 가방에는 호텔 커피숍에서 판매하는 빵과 쿠키가 들어 있었다.

녀석의 따뜻한 마음에 짧은 시간 감동이 왔지만, 나는 고맙다는 인사를 대강하고, 급하게 일행들이 있는 곳으로 달려갔다.

집으로 돌아오는 차 안에서 동창들에게 빵을 나눠주니, 어디서 났냐며 물었다.

나는 졸업생 제자를 만난 자초지종을 이야기했고, 친구들은 그런 내가 부럽다는 말을 해 주었다.

휘트니는 내가 처음 교직 생활을 시작하던 시절, 나의 첫 제자이면서 2년간 담임을 맡았던, 유난히 애정이 많이 가는 녀석이었다.

휘트니는 우리 반 반장이었는데, 급우들로부터 신망이 두터워 담임인 내게도 아주 큰 힘이 되어주었다.

휘트니를 포함한, 그때 내게 교사로서 힘듦을 잊게 했던 녀석들이 몇 있다.

나의 첫 제자인 녀석들과는 많은 세월이 지난 지금까지도 서로 안부를 주고받으면서 지내고 있다. 그리고 가끔 만나 함께 수다를 떨며 시간을 보낸다.

나한테는 정말 애틋하고 사랑스러운 제자들이며, 마음을 풍요롭게 해 주는 큰 재산이라고 생각한다.

이런 마음을 녀석들도 잘 알고 있으리라, 나는 믿어 의심치 않는다.

이런 행복을 주시어 감사합니다

2022년 12월 말, 여느 때와 다름없이 학교는 학기 말 성적처리와 학교생활기록부 작성으로 눈코 뜰 새 없이 바쁜 하루하루를 보내고 있었다.

그때 졸업생으로부터 메시지가 왔다.

1월 7일, 시간이 괜찮으시면 한번 뵙고 싶다는 말에 어찌나 반갑던지, 입이 귀에 걸렸다.

그때 나는,

"반가워서 어찌할 바를 모르겠네."

하고 답장했다.

나의 이런 반응에 서로는 빵하고 웃음을 터뜨렸고, 한참을 웃다가 1월 7일 토요일 점심 약속을 했다. 녀석의 친구들도 함께할 것이라고 했다.

녀석은 나의 오랜 교직 생활 중 지금까지 연락을 주고받는, 몇 안 되는, 정말 격의 없이 지내는 사랑스러운 나의 제자다. 부족한 나를 잘 따라주니 나로서는 너무도 고맙고, 예쁜 녀석이다.

돌아보면, 나에겐 아쉬움이 남는 초보 시절이다. 마음은 정말 좋은 선생님이 되고 싶었는데, 내 마음을 알아주려 하지 않는, 유난히 말을 안 듣는 녀석이 있어, 참 속이 많이 상했었다.

생각해 보면 거짓 없는 진심으로 아이들을 대했지만, 표현이 서툰 게 아니었는지 반성하게 된다.

오래전 교직 생활을 마감하는, 어느 선배 선생님의 말씀을 다시 한 번 떠올려본다.

교직 생활 30년 중 10년은 패기로 하고, 그 후 10년은 기술로 하고, 나머지 10년만 사랑으로 한 것이 아닌가 하는 말씀이었다.

그 말씀이 어찌나 마음에 와 닿던지. 사랑으로 학생들을 대하고자 애쓰지만, 때때로 유난히 나랑 안 맞다 싶은 녀석들이 나타나곤 했다.

지금이라면 좀 다르게 처방을 내렸을지 모르겠다.

그러나 그때는 내 마음을 몰라주는 녀석들 때문에 참 많이도 힘들어했었다.

그렇게 힘든 일상에서도 늘 내 진심을 알아주는 몇몇 녀석들이 있어 긴 시간 힘듦을 참고, 교사라는 직업을 지켜오지 않았나 하는 생각에, 녀석들이 고맙고도 감사하다.

겨울방학이라 집에서 시간을 보내고 있던 나는, 차를 타고 1시간 남짓 거리에 있는 밀양의 한 식당으로 약속 시간에 맞춰 차를 몰았다.

오늘따라 왜 이렇게 가슴이 설레는지, 식당에 도착하니 반가운 얼굴들이 먼저 와서 나를 맞아주었다. 네 명의 제자들과 포옹으로 인사를 하고 자리에 앉았다.

녀석들 여섯 명은 고등학교 친구로 모임을 만들어 오랫동안 서로 정을 나누며, 친목을 다지고 있다. 하나 같이 고만고만한 녀석들끼리 열심히 생활하며 행복을 만들어 가는 모습이 참 예쁘다.

시끌벅적 수다를 떠는 동안 식사가 나왔다. 밥을 먹고, 차를 마시고, 근래에 오늘처럼 행복한 날이 있었나 싶을 정도로 시간 가는 줄 모르고 이야기꽃을 피웠다.

녀석들과 나의 대화는 친구나 다름없다.

미용에 관한 얘기부터 신랑 흉보는 일도 개의치 않는다. 참 신기하고 재밌는 일이다. 그런 대화가 불편하거나 이상한 느낌은 전혀 들지 않는다.

나는 마음속으로 생각한다.

'이제 이렇게 같이 늙어가는구나.'

벌써 고등학생 학부모가 된 녀석들이니, 어쩌면 당연한 일인지도 모르겠다. 여섯 명을 다 같이 만나고 싶었지만, 두 명은 일이 있어 참석하지 못했다고 한다.

그제야 나는,

"너희들 오늘 무슨 일이니?"

하고 물었다.

녀석들은

"그냥 선생님 너무 오랫동안 뵙지 못해서요."

라고 말한다.

녀석들은 꽤 비싼 화장품 세트를 내게 선물로 주었다. 그러면서 나의 나이를 확인하려는 듯 다시 물었다.

나는 아무 생각 없이 내 나이를 말해주었다.

그랬더니,

"선생님! 올해 환갑 맞으시죠?"

하고 묻는다.

나는 웃음으로 대답했다.

그랬다. 녀석들은 뒤늦게 내 환갑을 챙겨주려고 이렇게 귀한 시간을 내서 모인 것이었다.

녀석들은 나의 퇴직일을 물으면서 퇴임식에 오겠다고 한다.

참으로 고마운 일이다.

그러나 요즈음은 학생들을 모아놓고 하는 퇴임식은 하지 않는다. 그냥 교직원들과 함께 식사하는 자리만 있을 뿐이다.

우리 학교는 사립이라 중학교와 고등학교 교직원이 함께 모여 저녁 식사를 하는데, 그것도 편하지만은 않다.

나는 중학교에서 더 오래 근무하다 보니, 고등학교 선생님들은 모르는 분이 더 많다.

함께 근무했던 선생님은 모르지만, 나를 잘 알지 못하는 젊은 교사의 처지에서 생각해 보니, 그 자리가 부담될 것도 같다는 것이 내 생각이다.

그런데도 직장 생활의 일부이니, 그들도 기꺼이 참석하지 않나 하는 생각이다.

나는 녀석들과 한참 수다를 떨며 놀다가 다음을 약속하고, 우리 다섯 명은 아쉬운 마음으로 헤어졌다.

바쁜 녀석 둘은 집으로 가고, 우리 셋은 찻집으로 자리를 옮겨 다시 마주 앉았다.

그 자리에서 두 녀석이 또 선물을 내민다.

기쁨의 미소를 감추지도 않고, 샴페인과 노화 예방에 좋다는 콜라겐 영양제를 넙죽 받고 말았다.

그리고 한참 동안 우리는 끝도 없이 수다를 떨다 해가 지고 나서야 다음을 기약하고 헤어졌다.

집으로 돌아와서 선물로 받은 화장품 세트를 구경하고, 샴페인과 콜라겐 영양제도 풀어보았다. 짐을 정리하고, 세수하고, 잠자리에 누우니 그제야 감동이 밀려와 가슴이 뭉클했다.

녀석들이 내 나이를 짐작하여 환갑이라고 이런 귀한 자리를 마련하였구나, 생각하니 그 고마움을 말로 다 표현할 수가 없다.

나는 무엇으로 보답을 하지? 침대에 누워 천장에 시선을 고정한 체, 녀석들과 내가 지내왔던 시간을 돌아보았다.

나는 깨달았다.

'나는 녀석들에게 참 빚이 많은 사람이구나.'

이 녀석들로부터 받은 것이 너무 많다.

부모님께서 농사지은 딸기며 수박, 깻잎과 단감, 내 생일에 받았던 음료수와 떡, 스승의 날 받았던 커피잔 세트, 카네이션과 지갑, 졸업한 첫 해 스승의 날 받았던 작은 목걸이.

그리고 휘트니가 시골에 작은 사과밭이 딸린 전원주택을 샀다며, 직접 말린 사과와 누룽지, 사과를 갖다주었던 일, 전원주택에 친구들을 초대할 때, 나도 함께 불러주어 배불리 먹고 즐겁게 놀았던 시간.

스승의 날 화장품을 선물해 주던 순이, 내가 골프 친다는 것을 알고, 자기 신랑이 가지고 있는 골프공 중에서 좋은 것만 골라왔다며 내밀던 희야.

녀석들이 학교를 졸업하고, 직장을 다니고, 결혼하고, 학부모가 된이 순간까지, 많은 이야기를 함께 나눌 수 있다는 것이 얼마나 축복받은 일인지. 그들과 나 사이에는 너무나 많은 추억이 함께 하고 있다.

이런저런 생각을 하다 보니 고마움에 눈물샘이 반응한다.

얘들아! 너무너무 고맙고 사랑한다.

나한테 보람이라는 것을 느끼게 해줘서 정말 고맙다.

앞으로 선생님이 너희들의 고운 마음에 보답할 기회를 꼭 마련할 거야. 그때 다시 만나 많은 얘기 나누자꾸나.

마음의 빚을 갚아야 하는데

퇴직이 몇 달 남지 않았다.

주위 친구들은 내게 수십 년 다니던 직장을 그만두게 되는 기분이 어떠냐고 묻는다.

'시원섭섭하다.' 그 표현이 딱 맞는 것 같다. 저울로 단다면 섭섭한 마음 쪽으로 조금 기울어질 것 같기는 하다.

수십 년 밀양에서 직장 생활을 하면서, 실제로 밀양에서 산 것은 5년이 조금 안 되는 세월이고, 나머지는 한 시간이 조금 안 되는 거리에서 출퇴근하고 있다.

밀양에서 살아보니 자연환경은 너무나 아름답고 좋은데, 저녁 시간에 딱히 할 일을 찾지 못해 방황했고 외로웠다.

작은 도시에 졸업생과 학생들이 많이 살다 보니 행동의 제약을 받는 것이 불편하기도 했지만, 가정 사정상 출퇴근을 시작한 것이 교직 생활 대부분을 장거리 출퇴근을 하며 지냈다.

막상 그만둔다고 생각하니, 이제는 직장이 있는 밀양에 자주 올 기회가 없겠구나, 하는 생각에, 고마운 사람들에게 맛있는 식사 자리라도 마련해서 내가 받은 관심과 사랑에 대한 마음의 빚을 갚아야겠다는 생각이 들었다.

나의 첫 제자 녀석들을 불러 모아 밥이라도 한 끼 사야지.

마음이 급해진다.

생각난 김에 추석이 며칠 지난 어느 날, 밥 한 끼 같이 하자고 했더니, 고맙게도 한 녀석도 빠짐없이 여섯 명이 다 참석하겠다고 한다.

나는 비싸고 맛있는 밥을 사주고 싶었는데, 녀석들이 지난번에 나와 함께 점심을 먹었던 조용한 식당으로 모이겠다고 한다.

나는 한방 삼계탕이 어떠냐고 제안했더니, 비빔밥이 좋다고 한다.

비빔밥이 좋아서인지, 아니면 내게 부담이 될까 봐 그러는지 알 수 없는 일이지만, 요즈음은 다들 건강식을 좋아하니 막무가내로 내 주장을 앞세울 수는 없는 일이라 그러자고 했다.

추석이 열흘가량 지난 토요일, 녀석들과 점심을 먹기 위해 밀양으로 출발했다.

차를 움직인 지 얼마 가지 않아 배터리 충전 레벨이 낮다는 경고등이 들어왔다. 가는 길에 타이어 교체한 가게로 가서 물어보니, 수입차라 알지 못한다고, 다른 곳으로 가보라고 한다.

급한 마음에 조금 늦을지 모른다고 전화를 해놓고, 다시 차를 돌려 수입차 정비하는 곳으로 찾아갔다. 배터리를 교체해야 한다고 말한다.

나는 당장 해야 할 급한 상황인지를 물었고, 일주일 정도는 괜찮다고 했다.

나는 월요일 정비 예약을 하고 차를 몰아 밀양으로 달렸다.

식당에 도착하니 십 분가량 약속 시간이 지나 있었다.

방문을 여니 녀석들이 반갑게 맞아준다.

테이블 위에는 이미 상이 차려져 있었다. 녀석들은 내가 올 때까지 식사를 하지 않고 기다리고 있었다.

나는,

"밥 식는데, 먼저 먹지 기다리고 있었나?"

하고 말했더니, 한 녀석이

"에이, 선생님! 저희는 예의 있는 사람들이잖아요."

하고 말해 모두 소리 내어 웃었다.

밥을 먹으면서 이런저런 얘기를 나누었다. 녀석들과 만나면 모두 얘기가 끝이 없다.

오래전 한 녀석이 했던 말이 생각난다.

"선생님! ○○선생님하고 통화하면 인사말 주고받고 나면 할 말이 없어요. 그런데 선생님하고 전화하면 얘기가 끝이 없어요."

하고 말했다.

나는 그들의 모든 것이 궁금하다. 그래서 이것저것 자꾸 안부를 묻다 보니 꼬리에 꼬리를 무는 질문들이 이어지는 것 같다.

한 번은 스승의 날 기념으로 점심 약속을 해서 밥을 먹었는데, 참석하지 못한 한 녀석으로부터 저녁에 전화가 왔었다.

이런저런 얘기로 깔깔깔 웃으며 통화를 하였는데, 전화를 끊고 나서 시계를 보니, 1시간 20분 동안 통화를 한 것이었다.

내 느낌과 다르게 긴 시간 통화가 이어진 사실 앞에 놀라면서 절로 웃음이 나왔다.

'엄마표 떡볶이'를 만들어 주신 어머니께도 마음의 빚을 갚아야 하는데, 작년에 한 번 얘기했더니, 녀석이 어머니 바쁘다며 기회를 만들어 주지 않아서 그냥 지나갔다.

어머니께서는 떡볶이 외에도 조리 실습이 있는 날이면 깻잎을 쪄서 양념장과 함께 반찬이 될 만한 것들을 보내주시기도 하고, 수박이며, 딸기 등 농사지은 과일을 주셔서 감사한 마음으로 받아서 먹었다.

그때 당시 고등학교에서는 학생들 조리 실습을 하면, 그날은 실습한 음식으로 교사들 점심을 대신하고는 했다.

그때는 꽤 많은 조리 실습수업을 했었다.

언뜻 떠오르는 메뉴는 한방백숙, 비빔밥, 돈가스, 함박스테이크, 카레라이스, 피자, 타래과와 진달래 화전, 크레페 등이 기억난다.

한식과 양식을 번갈아 가면서 1, 2학년 학생들이 1년에 한 번은 꼭 조리 실습수업을 했었는데, 학교에서 조리 실습이 없어진 지 꽤 오래되었다.

내가 고등학교에서 중학교로 옮기고 나서 고등학교에서는 더 이상 조리 실습을 하지 않는다고 들었다.

나는 중학교에 와서도 몇 년 동안은 조리 실습수업을 했다.

그런데 어느 해, 학생들이 칼을 들고 장난을 치면서 칼날을 다 부수어놓는 장면을 보고 위험을 느껴 그만두었다.

30명이 넘는 중학교 남학생을 데리고 혼자서 조리 실습수업을 하는 것은 너무 힘들고 위험한 일이었다.

그런 연유로 다른 남자 중학교는 조리 실습을 하지 않는다고 했다.

그런데도 나는 학생이 좋아하는 수업이라 내가 힘들어도 해 주고 싶었는데, 그날 이후 그만두었다.

지금도 '엄마표 떡볶이'를 해 주신 어머니께도 식사를 한 번 대접해야 할 텐데, 하고 기회를 살피는 중이다.

작년에 남편분을 먼저 보내고 상실감에 정신이 없으실 것 같은데, 뭐라 위로를 드려야 할지도 걱정이다. 머지않은 날에 꼭 맛있는 식사 대접을 하고 싶은데, 약속 잡기가 쉽지 않다.

하루빨리 약속 시간을 잡아야 할 것 같다.

또 한 분의 어머님이 생각난다.

중학교 3학년 담임을 했던 녀석의 어머니시다.

우체국에 근무를 하시다 지금은 퇴직하셨다.

학교에 행사가 있으면 항상 도움을 주셨지만, 학생이 졸업하고도 몇 년 동안 제주도 감귤과 경주 찰보리 빵 등 먹을 것을 교무실로 보내주시어 선생님들과 맛있게 먹었던 기억이 난다.

녀석이 고등학교를 졸업하고 대학에 진학했을 때도, 내게 전화를 걸어 기쁜 소식을 전해주시며, 선생님 덕분이라 말씀해 주시어 너무나 감사했다.

녀석이 대학을 졸업하고 공무원 시험에 합격했다는 기쁜 소식도 직접 알려 주셨다.

녀석은 지금 아버지의 뒤를 이어 시청에서 공무원으로 일하고 있다.

어머니께서는 다니시던 직장을 퇴직하고 새로운 직장에 재취업을 하신 것도 알려 주셨는데, 60대 중반이 되어서야 한가로운 생활을 하고 계신다.

그 분께도 꼭 식사대접을 해야겠다.

학부모로 만났지만, 인간미에 끌려 인연의 끈을 놓지 않고 잡아주신 어머니께 감사의 말씀을 드립니다.

길 끝에서 생각나는 녀석

누구나 한 번쯤은 지나간 일을 아쉬워하거나 그리워하지 않을까, 하는 생각이다.

나 또한 그렇다.

아주 오래, 또 멀리 달려온 길을 멈춰 서서 돌아보니, 여러 개의 발자국이 눈앞에 고요히 펼쳐진다.

그중에는 앞만 보고 달려 두 줄로 나 있는 아주 선명한 발자국이 있는가 하면, 갈 길을 잃고 방황하느라, 한 곳에 수많은 발자국이 겹쳐 형태를 알아보기가 힘든 곳도 있다.

또 가끔은 뭔가를 잃어버린 듯 달리던 길을 되돌아서 달리고, 다시 돌아오느라 몇 개의 발자국이 겹쳐 있는 곳도 보인다.

분명 내 발자국이 맞는데, 크기도 모양도 제각각인 것 같아 내 발자국이라는 확신이 들지 않는다.

먼 길을 오래 걸어온 탓에, 이제는 다리가 아파 쉬어야 할 것 같다. 제법 길고 구불구불한 길을 아주 오랫동안 지나오면서, 가끔은 돌부리에 걸려 넘어져 피를 흘리기도 하고, 때로는 고단함에 지쳐 주저앉고 싶었던 적도 있었다.

이 길을 가는 것이 맞는지, 이 길이 내가 걸어가야 할 길이 틀림없는지 의심하면서도 걸음을 멈출 수는 없었다. 계속 걷다 보니 어느새 그 끝에 다다라 내가 걸어온 길을 내려다본다.

이제야 안도의 숨이 쉬어진다.

"정말 큰 부상 없이 잘 걸어 왔구나. 이제는 좀 편안하게 여유를 즐기면서 살아보렴."

스스로에게 격려의 말을 건네 본다.

내가 지나온 길 곳곳에는 분명 걷기 힘든 흙탕물도 있었지만, 아름다운 풍경들에 이끌려 지금까지 꿋꿋하게 걸어왔던 것 같다.

나에게 아름다운 풍경이 되어준 녀석들에게 감사의 마음을 전하고 싶다.

옥떨메(옥상에서 떨어진 메주)라는 별명을 지니고 있던 ○○이는, 눈도 작지만, 콧등이 낮아 친구들이 그렇게 불렀다.

공부를 잘하는 것도, 얼굴이 잘생긴 것도 아닌 녀석이지만 자존감이 높고, 마음은 비단결이었다. 사회성이 좋은 녀석은 늘 친구들과 농담을 주고받으며 구김살 없이 학교생활을 하였다.

그런 사랑스러운 녀석이 교통사고로 사랑하는 형을 잃었다는 사실을 한참 후에야 알았다.

○○이는 나와 함께 가출한 친구 녀석을 찾아다니다 집 앞까지 태워다 준 나한테, 처음으로 자기 집에 들어와서 차 한잔하고 가라는 기특한 인사말을 해 주었다.

그 후로도 길에서 내 차만 봐도, 전화를 걸어

"선생님! 지금 어디쯤 지나가고 계시네요."

하며 반가움의 인사를 해 주었던 녀석이다.

나를 스스럼없이 아주 편하게 대했던 많지 않은 녀석 중 한 명이다.

이십 대 초반의 나이에 결혼하였다는 소식을 전해 들은 후, 지금까지 녀석의 소식을 알지 못하고 있다.

지금은 학부모가 되어 열심히 세상을 살아가고 있을 녀석이 정말 정말 보고 싶다.

○○이는 어린 나이에 엄마를 하늘나라로 보내고, 아버지와 생활하던 녀석인데, 엄마의 정이 그리웠던지, 나를 참 잘 따랐다. 젊지도 예쁘지도 않은 나에게 화이트데이 때 사탕을 선물로 주어 나를 기쁘게 했던 녀석이다.

어느 스승의 날 녀석이 내게 선물로 준, 핑크 리본을 목에 두른 작은 곰 인형과 수술이 달린 크림색 머플러를 볼 때마다 녀석이 생각난다.

남들이 나이 든 노처녀라 부르던 그 당시의 나는, 녀석에게 따뜻한 포옹 한번 해 주지 못했다.

그래서 녀석에게 엄마 같은 따뜻함을 느끼게 해 주지 못한 것이 못내 마음에 걸린다.

녀석이 고등학교 남학생이고, 내가 여교사라 적당한 거리를 두어야만 했던 게 사실이다. 녀석이 여학생이었다면, 나는 동생처럼 더 살갑게 대했을지도 모르겠다.

가족의 정이 그리웠던지, 녀석도 이십 대 초반의 이른 나이에 연상의 여인과 결혼했다는 소식을 언뜻 듣기는 했는데, 녀석이 가족의 울타리 안에서 행복하게 살아가기를 간절하게 바라는 마음이다.

언제 녀석을 만날 기회가 있으면 힘껏 한번 안아주고 싶다.

환갑을 넘긴 스승이 청년이 된 제자를 안아준다고 색안경 쓰고 볼 사람은 없지 않을까 싶다.

　나이 든 탓일까, 정년퇴직을 앞에 두고 있으니 보고 싶은 녀석들이 너무나 많다.

　그러나 녀석들 대부분은 나의 글에서 언급했다.

　뒤늦게 생각나는 녀석들이 많지만, 여기서 그만두어야겠다.

　살아가면서 떠오르는 녀석들을 모아 모아서, 다시 나의 책 속에서 만나고 싶은 마음이다.

졸업생의 방문

　　2023년 유난히도 무덥고 긴 여름, 방학을 하였으나 고등학교 리모
델링 공사 관계로 2주가량의 아주 짧은 방학을 하게 되었다.

　　운동장을 같이 사용하는 관계로 여러모로 불편한 점이 있지만, 어쩔
수 없는 노릇이다.

　　방학이 너무 짧다 보니 무엇부터 해야 할지 마음은 급한데 일은 제
대로 진행이 되지 않는다.

　　미뤄두었던 글 쓰는 일을 제일 먼저 마무리를 해야 하는데, 좀체 일
이 손에 잡히지 않는다.

　　때마침 만나자는 사람은 왜 그리 많은지. 학교에 근무하다 보니 평
소에 만나기 어려운 친구들은 방학이 되면 한 번씩 연락을 해서 만나
고 있다.

　　보고 싶은 사람들이라 전화 연락이 올 때마다 약속을 잡고 보니 방
학이 모자랄 지경이다.

　　때마침 졸업생에게서 전화가 왔다.

　　한 번 찾아오겠다는 얘기는 수없이 했지만, 서로가 바빠 차일피일
미루다가 이제야 찾아오겠다고 한다.

　　나는 반가운 마음에 열 일 제쳐두고 녀석을 기다렸다.

녀석은 내가 고등학교에서 중학교로 옮길 때 마지막으로 담임을 했었다. 당차고 야무져 학생회장까지 했던 녀석인데, 나는 녀석에게 늘 마음의 빚이 있다.

오래전 내가 고등학교에 근무할 때, 그때는 방학마다 학생들을 모아 보충수업을 하고는 했다.

그해 여름방학 보충수업 학급 편성이 다 끝난 후 뒤늦게 수업을 듣겠다는 녀석이 두어 명 있어, 같은 학년 선생님들과 의논해서 추가로 교실에 책상을 더 들이고 수업을 듣게 하고, 수업료로는 아이들 간식을 사서 나눠주기로 했다.

더운 여름이라 아이스크림을 간식으로 사서 나눠 주었는데, 그것이 문제가 되었다.

학년 부장 선생님과 학년 총무라는 이유로 돈 관리를 맡았던 나는 학기 중간에 중학교로 이동 명령을 받게 되었다.

일명 'ㅅㄹㅇ사건'이다.

나는 담임이 학기 중간에 이동하는 것은 아이들에게 회복하기 어려운 피해가 가니, 학년을 마무리하고 가게 해달라고 사정하였지만, 관리자분은 나의 청을 들어주지 않았다.

아무리 사립학교지만, 아이들을 우선으로 생각한다면 있을 수 없는 일이라 생각했고, 억울하기도 했다.

그때 교장실 문밖에서 일렬로 무릎을 꿇고, 우리 선생님 보내지 말아 달라고 교장선생님께 애원하던 우리 반 녀석들 때문에, 얼마나 많은 스트레스를 받고, 가슴에 피멍이 들었는지 모른다. 태어나서 가장 큰 스트레스를 감당하지 않았나 싶다.

아이들이 며칠을 교장실 문밖에서 항의했지만 통하지 않았고, 나는 2학기에 중학교로 이동하였다.

그때 담임에 대한 의리를 지켜준 녀석들에게, 나는 늘 고마운 마음을 잊지 않고 살아가고 있다.

오늘 만나는 녀석이 바로 그때, 나에게 의리를 지켜준 녀석이다.

그런 녀석인데, 어찌 사랑스럽고 반갑지 않겠는가.

녀석들은 교실에서 단체로 찍은 사진을 작은 액자에 담아 편지와 함께 내게 선물로 주었다.

나는 그 액자를 한 번도 내 책상 위에서 치워본 적이 없다.

중학교에서 근무한 날이 더 길지만, 녀석들에 대한 애착이 큰 건 녀석들의 의리를 배신하지 않기 위해서다.

내가 사는 아파트 주차장에 차를 세우게 하고, 녀석을 태워 정원이 아주 예쁜 레스토랑으로 갔다.

몇 군데 식당을 말해주고 어디 가고 싶으냐고 물었더니, 녀석이 그곳을 선택했다.

나는 소고기를 먹이고 싶었는데, 깡마른 녀석을 보니 짠한 마음에 몸보신을 시켜주고 싶었다.

두 아이의 엄마라고 하기에는 너무 야위어 녀석을 보는 내 마음이 아팠다.

우리 둘은 그동안 미뤄왔던 많은 이야기를 나누었다.

포부가 큰데 마음처럼 잘 풀리지 않는 듯해 마음이 쓰이고, 뭐라도 도움이 되었으면 하는 생각이 들었지만, 기다려주는 게 최선일 것 같아 그만두었다.

성인 ADHD 판정까지 받고 약을 먹고 있다는 얘기에 더욱 마음이 아팠다.

꿈을 찾아 수없이 방황하고, 실패를 거듭하고, 치열하게 살고 있는 녀석이 언제쯤 마음 편히 쉴 수 있을지 걱정이다.

내 짐작에 녀석의 진짜 꿈은 여성 정치가가 되는 것이라고 생각한다.

그러나 우리나라 정치는 경제적인 것이 뒷받침되지 않으면 힘든 것이 현실이기도 하다. 그래서 녀석은 일차적으로 돈을 벌기로 마음먹지 않았나 하고 짐작할 뿐이다.

녀석이 성공이라 여기는 것이 무엇인지, 치열한 삶의 목표가 어딘지 모르지만, 그날이 빨리 왔으면 좋겠다고 생각했다.

청년 창업 지원 정책으로 정부의 지원을 받아 사업을 하고 있다는 녀석이 대박 날 그날을 손꼽아 기다리며, 간절한 마음으로 기도하고 있다.

녀석이 흔히 말하는 성공한 사업가가 되고, 자신이 이루고 싶은 진짜 꿈을 향해 달려갈 그날이 빨리 왔으면 좋겠다.

자기가 좋아하는 일, 하고 싶은 일을 하고 사는 것이 진짜 행복인데, 녀석이 정말 행복했으면 좋겠다.

마지막 담임

나는 올해 마지막 교직 생활을 하고 있다.

몇 년 동안 담임을 하지 않았는데, 퇴직을 앞둔 마지막 해, 담임을 자청하여, 남중학교 3학년 담임을 맡아 학급을 운영하고 있다.

3학년 담임을 맡다 보니 졸업문집 만드는 일과, 앨범 제작, 체험학습, 고등학교 입시지도, 졸업식 등 3학년 담임으로서 해야 할 모든 업무는 당연히 내 몫이다.

그래서 나는 어느 연도보다 바쁜 한 해를 보내고 있다.

나는 우리 반 녀석들이 너무 예쁘고 사랑스럽다.

그러나 녀석들을 바라보고 있노라면, 마음에 안 드는 구석이 있다.

녀석들은 문제가 될 만한 잘못은 하지 않는다. 그것은 참 다행스럽고 고마운 일이었다.

그러나 나는 녀석들에게 아쉬운 점이 많다. 다 그런 건 아니지만, 몇몇 녀석들이 매사에 이기적인 생각과 소극적 태도를 보이는 것이 불만이다.

학교생활은 성실하게 잘 하지만, 학교 교육과정 외의 활동에는 관심이 없다. 봉사활동도 마찬가지다.

앞으로 지도자가 될 사람은 봉사활동을 많이 해야 한다고 말해보지만, 녀석들은 보상이 없는 일에는 절대 자발적으로 움직이지 않는다. 하다못해 작은 심부름을 시켜도 과자를 주냐고 물어본다.

참으로 안타깝고 서운한 일이다.

굳이 그렇게 말하지 않아도 먹을 것이 있으면 줄 테고, 없으면 하는 수 없는 노릇이다.

우리 교사들은 말한다.

공짜에 길든 아이들이 자기의 돈과 시간을 투자하는 봉사활동에는 관심도 없거니와, 베푸는 일에 너무 인색하다고….

나는 아이들이 이웃돕기 성금을 낼 때, 내가 내는 돈 천 원은 천 원이 아니라 일백만 원이 될 수도 있고, 한 사람의 생명도 살릴 만큼 가치 있는 일이라고 말해준다.

아이들이 남을 돕는 일에서 보람을 느끼지 못하는 것 같아, 너무 안타깝다.

나는 한 달에 한 번, 토요일과 일요일, 주말 이틀을 학교 생대환경교육 강사 양성을 위한 연수를 받고 있다.

연간 100시간의 연수 시간을 채워야 한다.

퇴직하고도 기회가 되면, 학교에 와서 아이들을 만나고 싶은 나의 작은 소망을 담아서 받는 연수다.

그래서 바쁘지만, 즐거운 마음으로 열심히 연수에 적극 참여한다.

또 틈나는 대로 좋은 클래식 공연이나 작가와의 만남, 북토크 등의 행사가 있을 때면 시간을 내서 참석하고 있다.

교양이 쌓이는지는 몰라도 마음을 치유하는 휴식의 시간이 되는 것은 사실이다.

나는 우리 아이들에게 각종 공연 홍보를 하면서 가족들과 함께 관람하기를 권유한다.

그러나 아이들은 교외 활동을 잘하지 않는다.

한번은 공연 홍보를 하면서 물었다.

이런 문화 공연은 왜 봐야 하는지를, 한참 동안 생각을 하더니, 한 녀석이 '교양'이라고 말한다.

그러나 녀석들 대부분은 이해하지 못하는 눈치다.

나는 말했다.

신체 건강을 위해 몸에 좋은 음식을 먹거나 식단을 조절하고, 체력을 키우기 위해 운동도 하듯이, 문화생활은 우리의 마음을 풍요롭게 만들어 주고, 교양 있는 사람이 되게 해 준다고.

그러나 아이들은 별로 느끼는 것이 없는 것처럼 보인다.

참 안타깝다.

학교에서도 다양한 문화를 체험할 수 있도록 많은 기회를 제공하고 있다.

학교 행사가 있을 때면 장기 자랑이 빠지지 않는다. 자발적 출연자가 부족하면 학급별로 배정하기도 한다.

그러나 그 누구도 선뜻 하겠다고 나서는 사람이 없다. 서로 참여하지 않겠다고 하는 바람에 반강제로 반대표를 뽑아야 할 때는 한숨이 절로 나온다.

평소 콧노래를 자주 부르거나 노래를 잘한다는 녀석도 절대 나서서 하지 않겠다고 고집을 부리는 모습을 보면 참으로 못나 보이고, 서운한 마음도 생긴다.

담임이 권유의 말을 해도 서로 안 하려고 가위, 바위, 보로 정하자고 하는 아이들을 보면서 맥이 쭉 빠진다.

장차 사회 지도자가 될 사람이니 남 앞에 서는 것도 훈련이 필요하다. 누구나 떨리지만, 그것을 극복해야 큰 사람이 될 수 있다는 말로 설득도 해보지만 통하지 않으니 답답할 뿐이다.

나는 호기심이 많다. 어디 맛있는 식당이 있다고 하면 먹으러 가보아야 한다.

맛있으면 가족과 친구를 데리고 또 가서 같이 먹는다.

어디 경치 좋은 커피숍이 있다고 하면 가보아야 직성이 풀린다. 역시나 마음에 들면 가족과 친구들을 데리고 찾아간다.

운동도 구경하는 것보다는 직접 하는 것을 좋아한다.

뭐든지 직접 경험해 보고 나 스스로 포기하든 계속하든 결정을 내리는 편이다.

이런 내 성격 탓에, 아이들의 이기적이고 소극적인 태도가 마음에 들지 않는 것도 사실이다.

그래도 하는 수 없다.

아이들을 내 마음에 들도록 움직이게 할 수 있는 권리는 내게 없거니와 그런 능력도 없다.

다만, 녀석들이 스스로 남에게 베푸는 선한 영향력에서 보람과 행복을 느끼는 날이 빨리 찾아왔으면 하는 바람만 있을 뿐이다.

나이를 뛰어넘은 친구 관계, 생각만 해도 참 보기 좋은 그림이다.

나는 아이들과 그런 친구 관계로 남고 싶은 게, 나의 작은 소망이다.

끝맺는 말

감사드립니다.

그동안 저와 함께 같은 길을 걸으면서 곁을 내어주신, 세종학숙 교직원분들께 감사드립니다.

여러분들이 계셔 외롭지 않았습니다.

어려운 일이 있을 때마다 같이 고민하고, 해결 방법을 찾으면서 힘든 고비를 잘 넘긴 것 같습니다.

저에게 많은 지혜를 나눠주신 여러분들 덕분에 정년 퇴임할 수 있게 되었습니다.

정말 감사합니다.

내 나이를 잊게 해 준 은자매 여러분! 고맙습니다.

사랑하는 나의 제자들아!

너희들이 없었다면 나의 삶이 얼마나 무미건조했을지, 생각해 보면 교사의 길을 걷게 된 것이 참으로 다행이라는 생각이다.

나를 울고 웃게 해 준 너희들이 있어 나는 참으로 행복했단다.

선샘은 진심으로 너희들을 사랑했다고 말하고 싶어.

따뜻한 마음 잊지 않고, 너희들의 행복을 기원할게.

정년퇴임 축하 선물로 떡과 케이크를 보내준 나의 첫 제자, 이순, 정희, 보경, 미금, 경순, 영재야! 정말 고맙다.

너희들이 나의 든든한 배경이야.

사랑하는 가족들,

늘 기쁨과 슬픔을 함께 나누며, 힘이 되어주신 것에 감사드립니다.

퇴임 축하 선물을 마련해준 진아 부부와 훈이 부부, 정말 고맙다.

친구들!

힘들고 지칠 때, 말하지 않아도 알아차리고, 먼저 "밥 먹자."는 말로 나를 위로해 준 친구들이 있어, 나는 큰 위로를 받고, 에너지를 재충전할 수 있었어.

정말 고마워!

끝으로

나의 글이 세상에 나올 수 있게 도와주신 분들께 감사드립니다.

문지사 홍철부대표님, 아인북스 김지숙대표님, 마산 대신서점 이강래사장님, 친구 정숙이. 여러분 덕분에 제 마음속에 갇혀 있던 글들이 세상 구경을 하게 된 것 같습니다.

진심으로 감사드립니다.

이 글을 읽는 모든 분께도 마음을 다해 감사드립니다.

2024. 12. 31. 교직 생활을 마무리하며

임은주 드림